KB268845

박신애 판타지 장편 소설
FANTASY FRONTIER SPIRIT
Aza Riah
아사랴

아사랴 1

박신애 판타지 장편 소설

초판 1쇄 찍은 날 § 2008년 4월 23일
초판 1쇄 펴낸 날 § 2008년 4월 30일

지은이 § 박신애
펴낸이 § 서경석

편집장 § 문혜영
편집책임 § 정서진

펴낸곳 § 도서출판 청어람
등록번호 § 제1081-1-89호
등록일자 § 1999. 5. 31
어람번호 § 제1-0965호

주소 § 경기도 부천시 원미구 심곡1동 350-1 남성B/D 3F (우) 420-011
전화 § 032-656-4452 팩스 § 032-656-4453
http://www.chungeoram.com
E-mail § eoram99@chollian.net

ⓒ 박신애, 2008

ISBN 978-89-251-1291-6 04810
ISBN 978-89-251-1290-9 (세트)

FANTASY FRONTIER SPIRIT
AzuRiah
박신애
판타지 장편 소설
아사라
산속의 괴물
1

도서출판
책
람

Contents

✤ 아사랴(AZARIAH) : '신에게 선택받은 자' 라는 뜻.

PROLOGUE

[지금 당신의 삶에 만족하십니까?

혹시 대단한 능력과 지위를 가진 부모를 원하지는 않으신지요?

여기 그러한 삶이 있습니다.

거기에 더불어 대단한 재능까지 주어진 삶.

원하신다면 지금 당장 당신의 삶과 교환해 드리겠습니다.

대가는 없습니다.

오직 당신이 바뀐 삶에 대한 책임을 다하신다면 그것으로 족하답니다.

기회는 단 한 번, 이 기회를 놓치지 마십시오.

놓치시면… 후회할 겁니다.]

　새파란 하늘이 보기 좋고 햇볕도 따뜻하고 바람도 산들산들 부는, 낮잠 자기 딱 좋은 어느 날의 오후였다. 보는 이마다 감탄을 자아낼 정도로 아주 굵게 일직선으로 쭈욱 뻗은 높디높은 산맥의 한쪽 귀퉁이의 어느 깊은 산속에서 갑작스레 괴성이 들려왔다.

　"제기라아아알~ 이 사기꾼아아아아~!! 잡히기만 해봐라! 절대 가만 안 둬어어어~!!"

　그 괴성으로 인하여 놀란 산새들이 푸드득거리며 날아올랐지만, 괴성의 주인공은 그걸 아는지 모르는지 괜히 죄없는 약한 동물들의 덜컹거리는 심장은 생각도 않고 다시금 고래고래 악을 써댔다.

　"아이고~ 아이고오오~! 내가 미쳤지, 미쳤지! 한순간 정신이 회까닥 갔지이이~ 왜 그때 대답을 했더란 말이냐아아아~! 제기랄, 이 빌어먹을 놈아아아~! 어디 사기 칠 놈이 없어서 나 같이 선량한 시민에게 사기르으으으을~!!"

　높디높은 절벽 꼭대기에 서서 애꿎은 하늘을 향해 팔까지 휘둘러 가며 목이 터져라 한참 동안 고래고래 소리를 지르던 존재는 결국 지쳤는지 그 자리에 털썩 주저앉았다. 하지만 그래도 분은 안 풀렸던지 앉은 자세로 다시 한 번 몸부림치며 울분 섞인 고함 소리를 토해냈다.

　"으아아아아악~!!"

　그 소리가 얼마나 우렁찼던지, 방금 전과는 비교도 안 될 정도의 넓은 범위에서 놀란 새들이 파드드득 하고 날아올랐다.

고함 소리만 들어보면 누군가에게 사기를 당해 크나큰 손해를 본 가여운 사람이 산속에 홀로 올라와 울분을 토하는 거라고 생각하겠지만, 고함지르는 존재를 본다면 그 생각은 쏘옥 들어갈 것이다.

2미터는 훨씬 넘어 보이는 거대한 키의 그 존재는 아무리 좋게 뵈줘도 인간이리고 절대 말할 수 없는 모습을 하고 있었다. 그나마 상반신은 대충 인간의 모습을 하고 있었지만, 하반신은 완전히 동물의 그것이었다. 개 혹은 늑대를 세워놓으면 그런 모습일까? 게다가 발 끝에 뾰족한 발톱이 살짝 보이는데, 하반신이 동물의 모습인 걸로 추측해 보건대 여차하는 순간에는 발톱이 길게 튀어나올 것 같다.

하반신이 동물의 모습이다 보니 엉덩이에는 동물의 꼬리도 달려 있었다. 그것도, 단순히 그것만 본다면 정말 탐스러울 정도로 털이 풍성하고 아름다워 구미호가 부러워할 만한 멋진 꼬리가 말이다.

색도 죽여줬다. 햇빛을 받아 반짝반짝 빛나는 눈밭을 떠오르게 하는 황홀할 정도로 아름다운 은색이었으니, 만약 죽어서 가죽을 남긴다면 엄청난 고가의 털가죽이 될 거다.

상체는 보디빌더들도 부러워할 건장한 근육질이었는데, 앞부분은 복부와 심장만 가리는 약간 기울어진 삼각형 부위에 은색의 털이 감싸고 있었고, 등 쪽도 길쭉한 타원 반 형의 형태로 털이 감싸고 있었다. 마치 중요한 부분을 보호하려는 것처럼 말이다.

드러난 상체의 맨 피부는 여인네들이 보면 무척 부러워할 정도로 새하얀 우윳빛이었다. 근육질의 몸매하고는 별로 잘 어울리지 않는 것 같지만, 은빛 털과 어우러지니 구릿빛 피부인 것보다는 나은 거 같기도 하다.

손은 사람의 모양이었지만 일반 사람보다 훨씬 컸고, 손톱은 발톱처럼 동물의 발톱 모양을 하고 있었다.

얼굴은 인상파를 스카우트하길 원하시는 분들이 보면 너무나 탐을 낼 정도로 무척이나 우락부락한 모습이었다. 거기에 눈이 양옆으로 찢어지고 위로 치켜 올라간 데다가 양 뺨에 마치 육식동물이 할퀸 것 같은 붉은 줄이 두 개씩 가 있었다. 그리고 머리에는 두 개의 새하얀 뿔이 뾰족하게 솟아 나와 위용을 과시하고 있었다.

이런 모습에 전혀 어울리지 않게도 눈은 밝은 군청색이었고, 치렁치렁 허리까지 내려오는 반지르르 윤이 나는 머리카락은 은하늘색이었다. 하여간, 모습은 괴물이라도 이 괴물을 이루고 있는 색은 하나같이 끝내주게 아름다운 색들이었다.

이 괴물 존재에게서 가장 놀라운 모습은 그의 등에 있는 거대한 두 쌍의 날개였다. 정확히 네 장의 날개는 각기 다른 모습을 가지고 있었는데, 왼쪽은 '악마'를 떠올리게 하는 새카만 피막 날개였고, 오른쪽은 '천사'를 떠올리게 하는 새하얀 깃털 날개였다.

그런데 왼쪽의 새카만 피막 날개 두 개 중 위에 있는 것은 정상인 모습을 하고 있었는데 아래에 있는 것은 마치 살짝 데친 시금치처럼 일그러져 있었다. 제대로 된 기능(?)을 가지고 있는지 의문스러울 정도로 말이다.

그리고 그건 오른쪽 아래에 있는 새하얀 날개도 마찬가지였다. 이건 그나마 데친 시금치 꼴은 아니지만 영양실조, 혹은 폐사 직전의 비실비실한 닭처럼 위의 날개보다 크기도 작고 깃털도 듬성듬성한 데다 윤기도 흐르지 않았다.

의아한 것은 태어날 때부터 그랬는지, 아니면 태어난 후에 누가 그랬는지 모르겠지만 이 네 장의 날개가 솟은 등 중앙 부분에 새하얀 꼬챙이가 하나 꽂혀 있는 것이었다. 지름이 대략 4, 5센티 정도로 보통의 여성 손목 굵기 정도인 이 꼬챙이는 안으로 얼마나 깊이 박힌 건지 모르겠지만, 밖으로 튀어나온 부분은 대략 20여 센티 정도였다.

그렇게 괴상한 모습을 한 존재는 울분 섞인 비명 같은 고함을 지른 후 바닥에 아무렇게나 털퍼덕 앉은 상태로 입을 다문 채 고개를 푹 숙이고 있었다.

그러길 한참, 그걸로 대충 마음의 정리가 되었는지 다시 고개를 슬며시 든 존재는 하늘을 한번 쳐다보면서 기나긴 한숨을 푸우욱 내쉬며 어쩔 수 없다는 어투로 중얼거렸다.

"아, 배고프다. 참내, 이럴 때도 밥 달라고 아우성치냐."

식사하러 갈 생각인 듯 자리에서 일어나 하반신에 묻은 흙들을 대충 툭툭 털어낸 뒤 아주 가볍게 살짝 발을 구른다 싶었더니만, 그 존재는 어느새 절벽 위에서 자취를 감추고 없었다.

벌써 저~만치에서 가고 있다. 일부러 빨리 달리려는 것 같지도 않은 느긋한 태도인데도 엄청나게 빨랐다. 생긴 것 못지않게 몸놀림도 괴물 같은 존재였다.

거짓말 좀 보태서 눈 몇 번 깜빡하자 내 몸은 내가 거처로 지정한 굴 앞에 도착해 있었다. 이 놀라울 정도의 스피드는 그 빌어먹을 악마 녀석이 말한 이 몸의 재능 중 하나였는데, 하나도 반갑지 않았다.

'재능이 많으면 뭐 하나?'

다시금 치솟는 분노에 나는 한참 동안 씩씩댔지만, 그래 봤자 이제 와서 뭘 어찌할 수도 없다는 걸 잘 알기에 체념의 한숨을 푹 내쉬고 터덜터덜 안으로 들어갔다.

'그려, 다 내 탓이지 뭐. 그놈의 계약인지 뭔지를 덥석 해버린 내 탓이지. 아, 젠장!'

몇 달 전까지만 해도 나는 대한민국의 수많은 직장 여성 중의 한 사람이었다.

나이? 나이는… 쓰읍… 누구냐, 나이 묻는 놈.

묻지 마라.

하여간 그럭저럭 괜찮은 대학을 중상위 정도의 성적으로 졸업하여 청년 실업률이 높은 이 시대에 욕심 안 내고 눈을 살짝 낮춰서 직장을 찾던 중 운 좋게도 설립된 지 10여 년이 지난, 제법 잘나가는 벤처기업을 발견, 무난하게 입사하여 그럭저럭 잘 다니고 있었다.

사실 사회 나와 일하는 사람들 중 모든 일이 술술 순조롭게 잘 풀려 승승장구하는 사람이 과연 얼마나 있을까? 아마 대부분의 사람들이 '직장 생활은 힘든 것이야!' 란 생각을 하고 있을 거다.

나 또한 그 범주에서 크게 벗어나지는 않았기에, 자식들을 캐나다로 유학 보내놓고 기러기 생활을 하느라 생긴 스트레스를 부하들에게 푸는 대머리 까진 부장과 원래 까다로운 성격의 팀장 아래에서 쉽지 않은 직장 생활을 하고 있었다. 틈만 나면 동료들과 삼겹살에 소주 한잔을 곁들이며 상사들을 씹거나 가끔 연락하여 만나는 학교 동창들과 수다 떠는 즐거움으로 스트레스를 풀면서 말이다.

그러던 어느 날, 그 빌어먹을 날이 찾아오고야 말았다.

그날은 정말 운이 지지리도 없는, 머피의 법칙에 걸린 날이었다. 며칠 동안 따뜻한 날이 계속되었기에 그날도 그럴 것이라 예상하고 옷을 얇게 입고 나왔는데, 하필이면 대륙성 고기압인지 뭔지 때문에 기온이 뚝 떨어진 것이었다.

덕분에 난 덜덜덜 떨며 회사로 출근해야 했고, 그것이 불행의 시작이었다. 추위 앞에 무력했던 나는 결국 감기 기운이 생기고 말았고, 지끈거리는 머리를 부여잡고 간신히 버티고 있었건만, 얼마 안 있어 하필이면 내가 속해 있던 팀이 애를 써서 따낸 계약이 팀원의 사소한 실수로 크게 어긋나는 바람에 파기가 되어 결국 다른 회사로 계약 건이 넘어가 버리는 대형 사고가 터져 버렸다.

문제는 그 사소한 실수를 일으킨 사람이 바로 내 담당 직속

후배였다는 것. 후배가 일해놓은 것을 일일이 체크했어야 하는데 계약 성사로 인하여 일이 폭주하는 바람에 정신없었던 관계로 좀 소홀했던 것이 사단이 난 것이었다.

그리하여 결국 내가 모든 책임을 지고 부장과 팀장으로부터 신나게 깨지는 것은 물론이거니와 시말서까지 써 내야만 했다. 그나마 안 잘리는 것이 다행이기는 했지만, 하필이면 그날이 바로 내 동생 녀석 대학 졸업식이었다(그 때문에 좀 차려입느라 옷이 얇아졌던 거였다).

평소 4가지가 없는 얄미운 놈이었으나, 나이 차가 좀 나는 덕에 어려서 꽤나 예뻐했던 데다 하나밖에 없는 동생이었기에 될 수 있는 한 나도 참여할 생각이었다. 어차피 일이 순조롭게 진행된다면 오전에 끝날 예정이었기에 더욱더 잘되었다 싶었던 것이다.

그런데 진짜 머피의 법칙인지, 차라리 일이 끝난 뒤에 조퇴하겠다고 이야기할 것을 일 끝나고 팀원들끼리 있을 회식에 끌려갈까 봐 출근하자마자 팀장에게 조퇴하겠다고 미리 이야기를 해놓는 바람에 나는 그것까지 싸잡혀서 더욱 크게 깨지고 말았던 것이다. 그리고 당연히 그날 나는 조퇴는커녕 뒷수습 때문에 야근까지 하게 되어버렸다.

열받게도 이놈의 머피의 법칙이 얼마나 끈질긴지 불행은 거기서 끝이 아니었다.

그날 밤, 겨우겨우 대충이나마 수습하고 대부분의 사람들이 퇴근해서 조용한 회사 건물을 터덜터덜 걸어나오는데 눈이 펑

펑 내리고 있는 것이었다.

낭만을 찾는 사람들이라면 '어머, 멋져~' 라고 외쳤겠지만, 나에게는 눈이 원수로 보일 뿐이었다. 밤인데다 눈까지 내리면 날도 춥고 길도 미끄러워서 택시도 제대로 잡히지 않아 집에 가는 일이 무척이나 힘들어지니 말이다.

그렇지 않아도 감기 기운 때문에 몸 컨디션이 별로 안 좋은 상태로 저녁도 못 먹고 야근까지 해서 엄청 피곤한데 눈까지 맞으며 집에 가게 생겼으니, 오늘 운세를 주관하는 놈이 누구인지 눈앞에 있기만 하면 멱살을 잡고 달달달 흔들어주고 싶은 심정이었다.

그래도 그때, '어휴, 오늘따라 지지리 운도 없네' 하고 지나갔으면 좋았을 것을, 나는 너무나 허탈해진 심정에 지금도 두고두고 땅을 치며 후회하는 말을 내뱉고야 말았다.

"아, 젠장. 내 인생은 왜 이리 꼬였냐. 누구는 오늘 같은 날 데이트를 하거나 따뜻한 방에 누워 티브이라도 볼 텐데, 나는 후배 실수를 옴팡 뒤집어써서 앞으로도 두고두고 갈굼당해야 하다니… 너무 불공평한 거 아니야?"

솔직히 이런 말, 누구라도 할 수 있는 말이 아니던가? 이런 푸념조차 마음대로 못하고 사람이 어찌 살아간단 말인가.

그런데 이런 푸념을 누군가가 들었는지 나에게 말을 걸어왔던 것이다.

[그럼 인생을 바꿔줄까?]

하고 말이다.

[대단한 지위를 가진 부모님에 뛰어난 재능을 가진 인생이야. 어때, 관심있어?]

평소였다면 의아해하며 누가 이런 소리를 하는지 찾으려고 하거나, 아니면 귀의 이상을 고려하며 후비기라도 했을 거다.

그러나 오로지 빨리 집에 가고 싶은 마음만 굴뚝같았던 나는 딴 데 신경 쓰고 싶은 마음이 요만큼도 없었기에 누가 옆에서 말을 걸건 말건 무시하고 그냥 지나치려고 했다.

그런데 그놈의 목소리가 얼마나 끈질긴지 내가 계속 무시하고 가는데도 불구하고 자꾸만 말을 걸어오는 것이었다. 마치 여름밤에 달콤한 잠을 방해하는 모깃소리처럼 말이다. 안 당해본 사람은 모른다. 그게 얼마나 짜증나는 일인지.

[인생을 바꾸고 싶지 않아? 바꾸고 싶지? 바꾸고 싶을 거야. 새로운 인생을 살아본다는 거, 멋지지 않아?]

그렇지 않아도 기분이 최저의 최악을 달리고 있던 나는 거기에 짜증까지 더해지자 결국 참지 못하고 폭발하고 말았다.

"어떤 놈이야~ 자꾸 시끄럽게! 그래, 그 잘난 인생 있으면 좀 바꿔줘 봐~! 바꿔줘 보라고~!! 어디, 나도 그 잘난 인생 좀 살아보자!!"

그랬다.

이제 알겠는가?

나는 절대로 악마 녀석의 달콤한 꾐에 넘어가서 덥석 계약을 한 것이 아니라, 끈질기게 나에게 말을 거는 그놈의 목소리에 짜증이 폭발해 버려서 후회할 말을 내뱉고 말았던 것이다.

이때까지도 잠시 후 나에게 일어날 일을 예상하지 못했던 나는 한번 성격이 폭발하자 그 끈질긴 목소리의 범인을 찾기 위해 거친 동작으로 주변을 휘휘 돌아보았다.

"누구야? 당장 나오지 못해!"

절대로 가만두지 않으리라 다짐에 다짐을 하며 말이다. 최소한 들고 있던 핸드백으로 두세 대 패주지 않으면 울화통으로 돌아가실 것 같았다.

그러나 방금 전까지만 해도 바로 옆에서 이야기를 걸었던 것 같은 녀석은 물론이거니와 내 주위에는 아무도 없는 거였나. 단지 하늘에서 쏟아지는 굵은 눈빛만이 흩날리고 있을 뿐.

다른 때 같았으면 아무도 없는 상황에 이상함을 느꼈겠지만, 화가 머리끝까지 치솟아 있던 나는 어떤 놈이 장난을 하고 숨었다고만 여겼다.

"도대체 누가 장난을… 우악~!"

그에 더더욱 열이 받은 내가 큰 소리로 외치며 신경질적인 발걸음으로 한 걸음 내딛는 순간, 눈을 잘못 밟았는지 미끄러져 버렸고, 그다음은 당연하겠지만 뒤로 넘어졌다.

쿠당탕~!!

그냥 주저앉아 엉덩방아 한 방 정도로 끝났으면 좋았으련만, 끝까지 머피의 법칙에서 벗어나지 못했던 나는 심하게 뒤로 넘어져 엉덩이를 부딪치고, 그다음 등을 부딪치고, 마지막으로 뒤통수를 바닥에 강하게 부딪쳐 버렸다.

"꽥!"
그렇게 눈이 펑펑 쏟아지는 어느 추운 2월 중순 날의 밤에 나는 인적 없는 인도 위에서 정신을 잃고 말았던 것이다.

Chapter 1
죽지 못해 산다?

“끄으응~ 아이고!”

꽤나 시간이 흐르고 나서야 놀라 도망 나갔던 정신이란 놈이 조심스레 돌아와 머리의 기능을 다시 활성화시켰고, 그제야 나는 간신히 의식을 차릴 수 있었다.

그리고 제일 먼저 깨달은 것은, 머리가 깨질 것처럼 아프다는 것이었다.

꼭 만취의 후유증 같은 심한 두통에 나는 머리를 부여잡으며 끙끙거렸다.

“어우쒸, 어제 내가 얼마나 마신 거야?”

목소리마저 완전히 갔는지 잔뜩 쉬어 걸걸하게 들렸다. 거기에 더해 속까지 쓰린 것 같아 나는 아침부터 사무실 근처에

문을 여는 해장국 집 중 어디를 갈까 고민하기 시작했다.

'콩나물국밥으로 할까, 돼지뼈해장국으로 할까? 아, 한 달 전에 새로 생긴 내장탕 집도 괜찮던데. 어우, 어제 얼마나 마신 거야? 동생 녀석 졸업 축하한다고 신나게 들이부었나?

거기까지 생각하던 나는 뭔가 이상함을 깨달았다. 동생 녀석 졸업을 축하하는 자리라면 부모님도 함께하셨을 텐데, 그 자리에서 필름이 끊길 정도로 마셨을 리가 없었던 것이다.

'가만, 어제… 동생 졸업식 날이긴 했는데… 난 못 갔잖아?

그제야 하나둘 어젯밤 정신을 잃기 전에 있었던 일이 떠오르기 시작했다.

'맞아. 어제 완전 죽이는 날이었는데……. 부장님하고 팀장님에게 완전히 깨지고 야근까지 하고, 밤에 눈까지 펑펑 와서 리…….'

분명 술은 한 방울도 안 마셨다. 대신 눈 쌓인 도로에서 미끄러져 뒤통수를 강하게 부딪치고 기절했었지.

"맞아, 그랬었지?"

거기까지 생각한 내가 벌떡 자리에서 일어나려고 한 순간, 나는 내가 요상한 곳에 엎어져 있다는 것을 깨달았다.

지금까지는 계속 우리 집 내 방의 옥돌 전기 매트 위에서 자고 일어난 줄 알고 있었는데, 지금 보니 웬 돌바닥에 엎드려 있는 거다.

"으웅? 으헉~!"

그에 의아함을 느낀 내가 고개를 갸웃거리며 상체를 일으켜 바닥에 앉아 주변을 둘러본 순간, 나는 너무 놀라 헛바람을 들이켜야만 했다.

공포, 혹은 스릴러 영화 세트장의 모습이 바로 이럴까 싶을 정도로 주변에는 진한 피비린내와 함께 붉고 진득한 피가 사방 돌벽은 물론이거니와 천장, 심지어는 내가 엎드려 있던 바닥에까지 뿌려져 있었던 거다. 지금까지 왜 이걸 못 알아채고 있었는지 의아한 지경이었다.

너무 놀라 자리에서 벌떡 일어난 나는 두 번 생각할 것도 없이 잽싸게 빛이 들어오는 입구를 향해 뛰쳐나갔다.

그랬더니 더더욱 기가 막히게도 내 눈앞에는 울창한 숲 속이 펼쳐져 있는 거였다.

기겁하여 뒤를 돌아보니 내가 뛰쳐나왔던 곳이 분명한, 시커먼 입을 벌리고 있는 굴이 보인다.

"뭐, 뭐야? 내가 왜… 으헉! 이게 뭐야? 내 손이 왜 이래?"

당혹감에 중얼거리던 나는 버릇처럼 입을 막으려 손을 올렸는데 어째 손이 이상한 거다.

후다닥 몸을 내려다봤더니 이게 무슨 일? 내 늘씬, 길쭉한 다리는 어디로 가고 은빛 털이 숭숭 난 강아지 다리(?)가 대신 그곳에 서 있는 것이었다.

"이, 이게 뭐야? 내 다리, 내 다리가 왜 이래?"

기겁한 나는 황급히 내 온몸을 살펴보기 시작했다. 그러자 보이는 건 웬 괴물의 형상이었다.

"이, 이게 무슨 일이래? 이게 무슨 일이래……."

믿을 수 없는 현실에 나는 얼이 빠져 그 자리에 털썩 주저앉으며 중얼거렸지만 이런 날 도와주는 이는 아무도 없었다.

하긴, 누군가 있어봤자 '괴물이다~!!' 하고 도망치거나 오히려 위협을 가했을지도 모른다.

그렇게 얼이 빠진 채 땅에 주저앉아 있던 내가 어느 정도 정신을 차린 건 꼬박 하루가 지난 다음이었다. 그래 봤자 어찌 된 영문인지 알 수가 없으니 어떻게 해야 할지는 감도 잡히지 않았다.

일단은 몸이 괴물로 바뀌고, 어딘지 모를 산속에 혼자 있다는 것이 현재의 상황이긴 한데…….

"침착하자. 우선 침착하자고. 왜 이렇게 된 거지?"

충격으로 인하여 제대로 돌아가지 않으려는 머리를 억지로 쥐어짜다 한참 뒤에야 겨우 떠올린 건 내가 정신을 잃기 전 나에게 귀찮을 정도로 달라붙었던 원인 모를 소리였다.

"분명히… 인생을 바꾸자고 그랬었지? 나는… 열받아서 바꾸라고 그랬고. 헉! 그럼 그 말 때문에 내가 이 괴물과 바뀐 거란 말이야?"

물론 누가 들으면 참으로 황당하다고 여길 이야기였다. 누가 장난치는 소리에 대답했다고 해서 갑자기 하루아침에 괴물로 변해 버렸다는 건 나라도 믿기 힘든 이야기였으니 말이다. 하지만 아무리 어젯밤 일을 되풀이해서 떠올려 봐도 내가 이렇게 된 원인이 될 만한 건 그것밖에 없었다.

아니면 혹시 내가 엄마 뱃속에 있을 때 어느 산속에 부모님
이 가셨다가 산신령 같은 사람에게 뭔가 잘못해서 '태어날 아
이가 모년 모월 모시에 괴물이 되리라~' 하는 저주를 받기라
도 하셨나?

"이건… 정말 말도 안 돼."

그래, 정말 말도 안 되고 믿기도 힘든 현실이었다.

나는 받아들이기 힘든 상황에 망연자실해져 넋 놓고 언제까
지고 그렇게 앉아 있었다.

그런 내가 다시 정신을 차린 건 배에서 꼬르륵 소리가 났을
때였다. 이런 몸이라도 배는 고픈 건지 착실하게 무언가 음식
을 먹어달라고 호소하는 것이다.

그러나 아직 현실을 제대로 받아들이지도 못하고 있던 나는
몸의 요구를 들어줄 정신이 없었다. 아니, 오히려 이럴 때 배고
픔이나 호소하고 있는 몸이 어처구니가 없기도 했고, 차라리
이대로 굶어 죽자는 생각까지 들어 아예 자리에 드러누… 우
려다가 등이 땅에 닿기도 전에 느껴지는 엄청난 고통 때문에
화들짝 돌아서 엎드렸다.

'젠장, 이 괴물딱지 녀석은 눕는 것도 마음대로 못하냐?'

얼마나 심한 통증이었던지 배고픔까지도 잊어버릴 정도였
고, 등이 마비되는 것만 같은 기분이었다.

엎드린 채로 등의 고통을 버텨내던 나는 문득 눈물이 주르
르 흘러내릴 것만 같아 얼른 눈을 감아버렸다.

'도대체 뭐가 어떻게 된 거야? 악몽이라면 빨리 깨버렸으면

좋겠어.'

그런데 악몽 안에서도 배고픔은 어떻게 해결 안 되는 모양이었다. 등의 고통이 점점 희미해질 무렵 다시 배에서 아까보다 더 커다란 목소리로 꼬르르륵거리는 것이다. 그 소리가 얼마나 컸던지 내가 현실을 잠시 잊고 키득~ 하고 웃을 정도였다. 물론 웃긴 것보다는 내 배의 위대(?)함에 기가 막혀서 그런 거였지만 말이다.

하지만 그렇다고 그 배에 감사를 하고 싶은 마음은 요만큼도 없었기에 나는 무시해 버렸다.

배에서는 연신 꼬르륵꼬르륵~ 하며 배고픔을 호소해 왔지만 내가 계속 모르는 체하자 최후통첩인 양 쓰라림으로 발전했다. 그래도 내가 엎드린 채로 꿈쩍도 안 하자 어느 순간 배도 요구하는 데 지쳤는지 쓰라림은 물론이거니와 배고픔까지 사라졌다.

그렇게 버티다가 나도 모르게 스르르 잠이 들었던 모양이다.

짹짹짹~

어디선가 들려오는 맑은 새소리에 나는 잠결에 오만 가지 인상을 찌푸리며 손을 뻗어 주변을 더듬어댔다. 하지만 아무리 더듬어대도 원하는 핸드폰은 손에 잡히지 않고 계속 새소리만 들려오는 것이었다.

"아, 젠장. 이놈의 핸드폰이 어디에 있는 거야?"

　계속 울리는 알람 소리(?)에 짜증이 뻗친 난 결국 눈을 뜨고 자리에서 벌떡 몸을 일으켰다. 그리고 당장 이놈의 핸드폰을 찾으려는 순간, 초록빛의 싱그러운 자연의 모습에 온몸이 경직되고 말았다.

　“어… 아… 여, 여긴…….”

　그제야 난 이곳이 대한민국 경기도에 자리 잡고 있는 우리 집이 아니라 어딘지 모를 산속이라는 걸 깨달았던 것이다. 그리고 그와 함께 잠들기 전에 있었던 일들이 주르륵 떠올랐다.

　“이거… 꿈이 아니었던 거야?”

　혹시나 싶어 몸을 내려다봤지만, 내 몸은 어제 본 그 모습 그대로 여전히 괴물 모양을 하고 있었다.

　“하하… 하하하하… 하하하하하…….”

　너무 황당하고 허무하고 기가 막히니 웃음만 흘러나왔다. 그리고 그와 함께 눈에서 눈물이 주르르륵 흐르는 것이었다. 내가 갑자기 왜 이런 꼴을 당해야 하는 건지 이해도 안 가고 어떻게 해야 할지도 모르겠고, 그러자니 나오는 건 웃음과 눈물뿐이었다.

　한동안 실성한 사람처럼 울며 웃던 나는 그대로 다시 엎드려 눈을 감았다. 모든 일에 의욕을 잃어 손 하나 까딱하기 싫었던 것이다. 하기야, 뭐를 어떻게 해야 할지도 몰랐고 말이다.

　잘은 모르겠지만, 대략 이틀이나 사흘을 계속 그러고 있었던 것 같다. 절망해서 엎드려 눈을 감고 있다가 잠들고, 깨어나면 혹시 내가 본래의 현실에 돌아온 건 아닌지 기대하며 주변을 둘러보다 여전히 그 악몽 같은 상황에 있다는 걸 확인하면 다시 절망해 울며 웃다가 엎드리고, 그러다 잠이 들고, 다시 깨어 변하지 않는 상황에 절망하고…….

나중에 깨어났을 때는 아무것도 안 먹은 채 엎드려 있기만 해서 그런지 어째 머리도 머엉~한 것이 고개를 들 힘조차 없었다. 뭐, 일어나 봤자 할 일도, 뭔가를 할 생각도 없었기에 그대로 엎드려 있던 나는 문득 웃겨 키득거렸다. 몸에 힘이 하나도 없는 것을 보니 조금만 더 이렇게 있으면 죽을지도 모르겠다는 생각이 들었던 것이다.

'후후후… 죽는다라……. 나쁠 거 없어. 죽으면 이 현실에서 벗어날 수 있잖아? 나쁜 게 아니라 무지 좋은 소리야. 키득키득.'

나중에 생각하면, 내가 이때 너무 절망에 빠져 약간 맛이 갔던 듯싶다.

그렇게 계속 키득거리던 나였지만, 잠시 후에는 몸에 너무 힘이 없어 키득거리는 것조차 힘들어졌다. 그래도 기분은 몽롱한 상황에서도 너무 좋아 날아갈 것만 같았다. 눈앞이 점점 흐려지기 시작했다. 이게 계속 굶어서 시력이 떨어지는 건지 눈이 감겨서 안 보이는 건지 모르겠지만, 아무래도 상관없다는 기분이었다. 다음으로 의식이 차츰차츰 흐려지자 나는 속으로 씨익 웃었다. 이제 다음에 정신을 차렸을 때는 이런 악몽 같은 현실이 아닌, 저세상에서 정신을 차릴 것 같았기 때문에 기분이 무척 좋았던 것이다.

문득 정신이 들었을 때, 제일 먼저 느껴지는 건 어떤 달콤한 향기였다. 어디선가 맡아본 것 같으면서도 또한 생전 처음 맡아본 그 향기는 너무너무 좋아서 뭐라 말로 표현할 수 없을 정도였다. 단순히 향기롭다는 수준이 아니었다. 마치 너무 굶주린 사람이 빵집 옆을 지나다 갓 구운 달콤한 빵의 향기를 맡을 때 느끼는 그런 절실하고 탐스러운 향기라고나 할까? 아무래도 이 향기 때문에 내가 정신을 차린 듯싶었다.

그다음으로 느껴지는 것은 입 안의 달콤한 맛이었디. 말랑말랑하면서도 촉촉한 것이, 순간적으로 나는 내가 제일 좋아하는 밀크 초코 푸딩을 입에 넣고 있는 줄만 알았다. 너무 맛있어서 목으로 넘기기 아까울 정도였다.

나는 거의 본능적으로 그 달콤함의 근원을 찾기 위하여 완전히 정신을 차리고 앞을 바라보았다.

그리고는,

"으아아아아아아악~!!"

정말 끔찍한 모습을 바로 코앞에서 목격한 나는 목청이 터져라 비명을 질렀다. 공포와 절망감이 뒤섞여 비명이라도 지르지 않는 한 참담함으로 인하여 질식할 것만 같아 견딜 수가 없었던 것이다. 물론 다른 존재로 인하여 공포를 느낀 것이 아니라 내 자신에 대한 공포와 절망감이었다.

눈을 떴을 때 제일 먼저 발견한 것은 정수리부터 사타구니까지 쭈욱 찢어진 데다 한쪽은 어디론가 사라져 버리고 나머지 한쪽만 남은 채 내 오른손에 붙잡힌 어떤 시커먼 정체 모를 존재의 모습이었다. 주변에는 엄청난 핏자국과 찢겨진 살덩어리임이 분명한 붉은 덩어리들이 널려 있었고, 내 왼손은 그 붉은 덩어리 중 하나를 내 입에 넣고 있었다.

그와 함께 아주 절절히 깨달아진 건데, 내가 너무나 달콤하게 느꼈던 그 향기는 아직도 따끈따끈한 온기를 간직한 혈향이었다.

'그, 그럼… 내가 아까 밀크 초코 푸딩이라고 생각한 건……?'

거기까지 생각이 미치자마자 나는 속이 뒤집히는 기분에 손에 있는 걸 던지고 구역질을 하기 시작했다.

"우웨에엑! 우웨에엑!!"

그런데 정말 기가 막히게도 속에서 나오는 건 하나도 없는 것이었다. 마치 내 정신과 육체가 따로 노는 듯한 기분이었다. 내 정신은 속에 들어간 것이 너무 혐오스러워 한시라도 빨리 토하고 싶건만, 육체는 그것이 너무나 필요한 것이라 내놓기가 싫어 끌어안고 있는 것 같았다.

더 기가 막히는 건, 정신을 차린 후 얼른 뱉었던, 그 입 안에 있었던 것이 지금도 너무 맛있게 느껴져 그쪽으로 신경이 쏠리며 침이 고인다는 것이었다.

정신의 방해 때문에 강제로 중단했던 식사를 지금 당장이라도 하고 싶어 움찔거리는 육체가 너무나 생생하게 느껴져 미칠 것만 같았다. 이대로 있다가는 난 당장이라도 손을 뻗어 바닥에 떨어진 붉은 덩어리를 집어 입속에 쑤셔 넣을 것만 같았고, 그랬다가는 순식간에 내 정신마저 육체처럼 완전히 괴물화되어 버릴 것만 같았다.

"으아아아아아아악~!!"

그러한 모든 생각 때문에 내 정신이 조금씩 조금씩 절망의 늪 속으로 빠지고 있는 듯한 느낌이 들어 나는 발작적으로 비명을 지르며 무작정 달리기 시작했다. 뭐라도 하지 않았다가는 이대로 내 정신이 그 늪에 가라앉아 영영 빠져나오지 못할 것만 같았던 것이다.

"아아아아아아아악~!!"

눈앞에 있던 풍경들이 빠른 속도로 내 뒤로 휙휙 지나갔지만, 그런 것 가지고 놀라움을 느낄 정신도 없었다.

얼마나 달렸을까.

나는 눈앞에 낭떠러지가 있음을 발견하고는 속도를 더해 그대로 낭떠러지 아래로 몸을 던졌다. 이대로 그냥 떨어져 콱 죽어버릴 마음이었던 것이다.

하지만 황당하게도 이 괴물 몸은 얼마나 대단한 능력을 보유하고 있었는지 몸이 허공에서 두어 번 뒤집히더니만 낭떠러지 아래에 아주 사뿐하게 착! 하고 착지해 버린 것이다.

얼마나 어이없던지…….

이 어이없는 상황에 나는 내가 방금 뛰어내린(?) 절벽을 멍하니 올려다봤다. 밑에서 올려다보니 솔직히 낭떠러지가 그렇게 높은 건 아니었다. 대충 5층 건물쯤? 아니, 그 정도까지는 안 되는 것 같았으니 운만 좋으면 보통 사람도 떨어져 무사할 수 있는 높이기는 했다. 하지만 그렇다고 해서 털끝 하나 다치지 않고 무사히 착지할 수 있는 높이도 아니었다.

그렇게 생각하니 제일 먼저 떠오른 감정은 분노였다.

"젠장할! 이제는 이놈의 낭떠러지조차도 날 안 도와주나?"

물론 떨어질 때 낭떠러지 높이를 확인하고 떨어진 건 아니었지만, 기껏 사람이 독한 맘 먹고 뛰어내린 건데 결과가 어이없자 묘한 오기가 생겨 버린 난 두 주먹을 불끈 쥐고 그 주변을 이 잡듯 뒤졌다. 지금 떨어… 아니, 결과적으로 뛰어내린 꼴이 된 낭떠러지보다 훨씬, 훠어어얼~씬 높은 낭떠러지를 찾았던 것이다. 굶어서 죽지 못했으니 얼결에 시도해 본, 뛰어내려서 목숨을 끊기에 도전(?)하려는 것이었다.

이러한 내 노력에 결실을 맺어 나는 하루를 꼬박 투자한 결과, 정말 '까마득하다' 란 말에 딱 어울리는 아주 높디높은 절벽을 발견할 수 있었다. 이런 절벽에서 뛰어내린다면 그 누구라도 절대 살아남을 수 없을 것 같았다. '그래, 바로 이것이야!' 라고 스스로 만족해하며 절벽 위로 올라간 나는 혹시라도 무서워서 못 뛰어내릴까 봐 아래쪽으로는 절대로 눈길을 주지 않은 채 더듬더듬 절벽 끄트머리에 다가섰다.

드디어 잠시 후면 이런 현실에서 벗어날 수 있다는 생각 때문인지 그동안 온통 내 머릿속을 휘저어대던 모든 감정이 가라앉고 나자 떠오르는 존재가 있었다.

이름은 물론이거니와 얼굴도 모르는 날 이렇게 만든 놈!

그놈 생각에 나는 깊게 심호흡을 한 뒤 하늘을 향해 외쳤다.

"어떤 노무시키인지 날 이렇게 만든 놈아, 기다려라! 내가 유령이 되어 찾아간다! 절대 가만 안 둬어어~!! 처녀 귀신의 무서움을 맛보게 해주마!"

라고 멋들어지게 외친 후 두 눈을 딱 감고 뛰어내렸다.

그.러.나.

내가 이렇게 주저리주저리 떠들고 있는 걸 보아 모두들 눈치 챘겠지만 죽지 못했다.

이번에 날 방해한 것은 내 등에 달린 날개였다.

내 나이, 으으음, 어쨌든 몇십 년 동안 인간으로 살아왔으니 등에 날개를 가지게 되었다고 해서 금방 사용할 수 있을 리가 없었다. 뭐, 사실 몸 앞부분의 모습만으로도 너무 쇼크를 받아 뒤에 뭐가 있는지도 모르고 있었다. 그런데 이 있는 줄도 몰랐던 날개가 절벽 위에서 뛰어내리자 쫘아악 펴진 것이었다.

그때 알게 된 건데, 원래 이 몸의 주인은 날개가 있어도 날지 못했을 거다. 왜냐하면, 본능적으로 날개를 움직이려 하자 마치 등 한가운데를 불 꼬챙이로 쑤시는 것 같은 엄청난 고통이 따라왔던 것이다.

"아으으으으으윽!"

정말 눈물이 쏘옥 빠질 정도가 아닌, 두 눈이 튀어나올 것만 같은 엄청나게 커다란 통증이었다. 하지만 그런 고통을 동반하며 펼쳐진 날개 덕분에 위로 떠오르지는 않아도 떨어지는 속도를 상당히 줄여 나는 이번에도 땅에 사뿐하게 착지할 수 있었다.

그러나 그 후, 나는 날개 한 번 사용한 것치고 너무나 커다란 대가를 치러야만 했다. 그 통증이 얼마나 강했는지 처음 절벽 아래에 사뿐히 착지한 후 나는 그대로 쓰러져 한 시간가량 일어나지 못한 채 비명을 지르며 땅바닥을 긁어댔던 것이다.

평소 교통사고 한 번 당해보지 않은 내가 언제 그런 통증을 겪어봤겠는가? 하여간 한번 호되게 겪고 나자 나는 그 후로 절대로 절벽 위에서 일부러 떨어져 내릴 엄두를 못 냈다. 좀 모순적인 거 같지만, 죽으면 죽었지 이 고통은 두 번 다시 겪고 싶지 않았던 것이다.

하지만 그렇다고 이 모습으로 살기도 싫었다.

'좋아, 떨어져 죽는 게 안 된다면 물에 빠져 죽자!!'

나중에 생각해 보면, 처음의 절망적인 현실을 피해 죽고자 하는 것이 아니라 왠지 모를 오기 때문에 죽으려고 애쓰는 이 시점부터 나는 나도 모르는 사이에 절망에서 조금씩 벗어나 서서히 현실에 적응해 가기 시작했던 것 같다. 죽으려 애를 쓰면서 새로운 삶에 적응해 갔다는 게 참 아이러니하지만 말이다.

내가 있는 곳은 무지무지 큰 산속이었다. 한국에 있을 때 내가 가본 높은 산이라고는 설악산과 한라산뿐이긴 했지만, 그 산들도 한국에서는 큰 축에 속한 곳이었다. 그런데 지금 내가 있는 산속에 비하니 설악산과 한라산은 어른 앞의 꼬맹이 같았다.

예전, 내가 대학 다닐 때 교양 과목으로 들은 영어회화 강사가 바로 캐나다 분이셨는데, 그분이 글쎄 남산이 그냥 높은 언덕 정도로 보인다고 하시는 거다. 그때는 그 말이 믿어지지가 않았는데, 지금은 그랬을 수도 있을 것 같다. 그만큼 내가 있는 산의 크기가 어마어마했던 것이다.

그러니 끼미득한 절벽이 존재할 수 있는 것이었고, 커다란 계곡도 존재할 수 있었고, 그 계곡을 따라 흐르다가 떨어져 내리는 엄청난 규모의 폭포와 그 아래 커다란 소가 존재할 수 있었던 거겠지.

내가 얼핏 지나가다 들은 이야기인데, 폭포가 떨어지는 소의 안쪽에는 소용돌이가 형성되어 그곳에 빠질 경우 빠져나오기가 힘들다고 했다. 뭐, 액션 영화에서는 폭포에서 떨어져도 잘만 빠져나오기 때문에 별로 신빙성은 없어 보이지만, 폭포로 인하여 소용돌이가 형성되는 건 틀림없는 것 같기는 했다.

게다가 지금 내 눈앞에 있는 소는 넓이도 어마어마하고 깊이도 엄청 깊어 맑은 물이 시퍼렇다 못해 시커멓게 보이는 데다 바닥이 보이지 않았다. 거기에 굉음을 내며 떨어지는 폭포 때문에 끊임없이 거품을 형성하고 있는 모습이 '너 여기 떨어지면 내 기필코 죽여주마~!' 라고 나에게 말을 건네는 것만 같았다.

그 모습을 보니 까마득한 절벽을 내려다봤을 때만 해도 코빼기도 보이지 않던 '겁' 이란 놈이 슬그머니 얼굴을 내미는 거다. 그러면서 꼬리를 물고 떠오르는 생각이란……

‘뛰어내려서 죽는 건 한순간에 부딪쳐 죽으니 고통이 순간이지만, 익사는 죽을 때까지 시간이 좀 걸린다던데… 그때까지 나 물속에서 허우적대야 하는 거야?

그와 함께 물속에서 숨이 막혀 몸부림치고 있는 내 모습이 —물론 여기선 괴물의 모습이 아니라 사람이었을 때의 내 모습이었지만—상상이 되자 나도 모르게 몸서리쳐지는 거다.

하지만 소름이 돋은 몸을 문지르기 위하여 시선을 내리는 순간 보이는 내 모습에 나는 마음을 굳혔다.

‘아니야. 한 시간이고 두 시간이고 이번 한 번의 고통을 감수하는 게 낫지, 평생 이러고 살 수는 없잖아? 그래, 이러고 살 수는 없어. 누구라도 내 상황이 되면 이렇게 할 거야.’

아마 이때 즈음에는 ‘나도 모르게 현실에 적응해 나가는’ 단계에서 한 단계 올라 이성이 서서히 돌아오고 있는 단계에 이르렀던 것 같다. 안 그랬으면 까마득한 절벽 아래를 보고도 오로지 뛰어내려야겠다는 생각밖에 안 들었던 내가 시퍼런 물을 보고 두려움이라는 감정을 느끼고 주춤거렸겠는가? 그래도 결론은 단 한 가지, ‘이러고 살 수는 없다’ 는 거였다. 머릿속 한구석에서는 내가 살아오면서 수없이 많이 들었던 ‘자살은 큰 죄악이다. 돌이킬 수 없는 일이다. 어떤 일이 있어도 생명을 끊어서는 안 된다’ 등등의 말들이 떠올라 가슴 한쪽을 콕콕 찔렀지만 가차없이 무시해 버렸다.

‘내가… 최소한 사람이었다면… 사람이기만 했다면 이러지는 않았을 거야. 하지만 지금은 사람이 아니잖아?

속으로 그렇게 부르짖으며 나는 이를 악물고 물속으로 뛰어들었다. 조금만 더 머뭇거리다가는 다시는 이런 시도를 하지 못하게 될 것 같아서였다.

풍덩~!!

덩치가 커서 그런지 소리도 참 요란했다.

그러나 그 소리만큼 효과는 좋지 못했다. 나는 큰 덩치가 뛰어내렸으니 당연히 깊게 빠져들 거라 생각했는데 살짝 몸만 잠겼다가 물 위로 뜨는 것이었다. 이유는 내 등 뒤의 날개 때문. 따로 날개에 기름 따위를 바른 적도 없건만 물에 젖지 않은 채 둥둥 떠 있는 것은 물론이거니와 내 몸까지 물 위에 떠 있게 만드는 거다.

'헐, 물에 빠져 죽을 염려는 없겠… 이게 아니잖아~!! 젠장할~!!'

본의 아니게 맑은 물에서 수영하게 된 나는 화가 난다기보다는 허탈해졌다.

'정말… 징하다고 해야 하나? 참내, 정말 대단한 몸이야.'

그러나 그렇다고 해서 포기할 수는 없는 일. 그리하여 나는 몸이 안 잠긴다면 얼굴만이라도 물속에 담가 죽기로 했다. 왜, 사람이 죽으려면 접시 물에 코 박고도 죽는다고 하지 않았던가. 이 몸이 아무리 대단하다고 해도 폐에 물이 들어차는데 살 수는 없을 거라 생각하고 그 즉시 몸을 돌려 이를 악물고는 얼굴을 물속에 푸욱 담갔다.

하지만,

"푸하~ 켈록켈록! 켈록! 이런, 젠장! 다시 한 번!"

"푸하하하! 캑캑! 콜록! 우쒸… 다시!"

"푸헉헉! 후헥, 후헥, 후헥! 아우쒸~!!"

제정신으로 물속에 얼굴을 박고 숨을 들이켤 수 있는 사람이 어디 있겠는가? 그래도 처음에는 '이번 한 번만'이란 생각으로 이를 악물고 물이 폐 속으로 들어가도록 들이켜려 했다. 하지만 물이 콧속으로 아주 조금 들어가자마자 심하게 기침이 나오면서 얼굴이 내 정신의 지배를 벗어나 자기 마음대로 물 밖으로 튀어나가는 것이다. 그나마 처음에는 아주 조금이라도 물을 들이켤 수(?) 있었지만, 두 번째가 되고 세 번째가 되니까 몸이 물을 들이켜려 하는 줄 알고 자동으로 방어를 하는 것처럼 아예 숨 쉬기 시도가 되지 않는 거다. 그리하여 결국 난 그날 해가 지도록 그 맑은 물속에서 숨 참기 연습만 신나게 하고 말았다.

'젠장… 역시 익사는 좋은 방법이 아니었던 거야. 다른 방법을 찾아야 해.'

실패(?)의 원인을 방법 탓으로 돌린 나는 좀 더 좋은 방법을 찾기 위하여 머리를 굴리며 산속을 어슬렁거렸다.

내가 지금 있는 이 산속은 사람들의 발길이 닿지 않아서 그런지 엄청 무성했다. 한국의 산들을 보면 보통 일정 기간에 한 번씩 산림청에서 나무가 너무 빽빽하게 자라지 않도록 솎아주는 걸로 알고 있다. 그런데 이곳은 그런 관리를 받지 않아서인지 엄청 빽빽한 데다가 얼마나 오랜 세월 동안 살아왔는지 일단의 나무들은 우람하고, 그 뒤에 자라난 녀석들은 햇볕을 받지 못한 탓인지 비실비실한 녀석들도 많았고, 제대로 크지도 못하고 가지도 제대로 뻗지 못해 축축 늘어진 나무들도 많았다. 그리고 그런 빽빽한 나무들을 멋대로 타고 올라가 이리저리 뒤엉킨 덩굴 나무들, 덩굴들…….

'덩굴? 덩굴이라고라고라?'

빽빽이 얽혀 있는 나뭇가지들에 매달려 축축 늘어져 있는 덩굴들을 보자니 좋은 생각이 떠올랐다.

'목을 매자.'

목을 매는 건 고통스러울 거다. 하지만 익사까지 생각한 내가 목을 매면서 생기는 고통쯤이야…….

게다가 준비할 것도 없었다. 조금만 둘러보면 흔히 보이는 것이 튼튼해 보이는 덩굴에 굵직굵직한 나뭇가지들이었으니 말이다. 단지 발밑에 받칠 돌덩어리만 구하면 되었다.

돌덩어리마저도 어렵지 않게 구한 나는 덩굴을 길게 묶어 나뭇가지에 걸어 길이를 조절한 뒤 돌덩어리 위에 올라섰다.

'드디어… 드디어 갈 수 있구나. 고통은 좀만 참자. 참자.'

눈앞에 늘어져 있는 덩굴을 바라보자니 조금 겁이 났지만, 눈 딱 감고 덩굴을 목에 감은 뒤 돌덩어리에서 살포시 뛰어내렸다. 그러자,

"헤엑… 헤엑… 이, 이게 왜… 헤엑… 헤엑……!"

내 몸무게에 의하여 덩굴이 기꺼이 내 목을 조이고 들어갔

다. 그런데 나의 목 근육이 얼마나 튼튼한지 분명 목이 조여 허공에 대롱대롱 매달려 있음에도 불구하고 나는 약간 숨 쉬기 곤란한 정도일 뿐, 죽을 정도로 숨이 막히질 않는 거다. 그것도 내가 발버둥을 침에도.

"에이 씨, 이게 뭐야?"

십 분? 십오 분? 하여간 그 정도 기다리던 나는 결국 숨이 안 막히는 걸 알고는 그냥 팔을 들어 목을 조이고 있는 덩굴을 끊어내고 땅으로 떨어져 내렸다.

"안 되겠어. 다른 방법을 써야지."

다른 방법이란 나뭇가지 아래에서 돌멩이를 발판 삼아 뛰어내리는 것이 아니라, 아예 덩굴을 묶은 나뭇가지 위에 올라가 거기서 뛰어내리는 것이었다. 서부 영화 같은 데서 사형수를 처형할 때는 떨어져 내리는 높이가 꽤나 높았던 것이다. 보통 사람이야 높이에 상관없이 발만 안 닿으면 될지 모르겠지만, 나는 아무래도 사람이 아니니 높아야 효과가 있을 것 같았다.

그리하여 멀리 갈 것도 없이, 방금 실패한 그 자리에서 덩굴만 새로 뜯어온 뒤 아까 덩굴을 묶었던 나뭇가지에 그대로 덩굴을 묶은 뒤 그 위로 올라가 앉았다.

'이번에는 성공하겠지?

사실 땅에서부터 나뭇가지까지의 높이가 상당했기 때문에 보통 사람이라면 이 위에서 떨어진다면 무사하지 못할 거다. 그런데 난 거기에다 덩굴을 목에 감고 있어야만 한다는 사실이 기가 막혔지만, 그거야 이제 잠깐이면 끝나는 일이라 생각하고 나는 두 눈을 질끈 감은 채 몸을 밑으로 던졌다.

그리고는,

뿌지지직~!

쫘당~!

"쿠엑~!!"

이게 뭔 소리인고 하니, 이놈의 나뭇가지가 굵기는 지금의 내 팔뚝 두 개를 합친 것보다 조금 더 굵은 주제에 내가 뛰어내리니까 신음 소리를 내며 그냥 뚝 하고 부러진 것이었다. 덕분에 난 뚝 하고 떨어져 계획에 없는, 땅바닥에 엉덩방아를 찧게 되었고 말이다.

"빌어먹을~!!"

게다가 나중에 보니 그 굵은 덩굴도 끊어져 있는 게 아닌가?

도대체 이 몸이 무거우면 얼마나 무겁다고. 물론 키가 일반 사람보다 더 크고 덩치도 있고, 거기에 사용하지는 못하지만 날개까지 네 개나 달렸으니 좀 무겁기야 하겠지만.

두 번이나 실패하긴 했지만, 이 괜찮은 아이디어를 이대로 포기하기는 싫어 그 뒤로 나는 좀 더 굵은 나뭇가지를 찾고 덩굴도 두 겹이나 해서 다시 한 번 시도를 해봤다.

그러자 이번에는 다행히(?) 나뭇가지와 덩굴이 버텨주기는 했지만, 나는 전처럼 숨 쉬기가 약간 불편할 정도이지 저승사자가 내 눈앞에서 방긋 웃을 정도의 타격(?)이 오지 않는다는 것을 깨달았다.

하여간, 이 육체의 근육이 억세기는 억센 모양이었다.

그렇게 세 번이나 실패하자 어쩔 수 없이 그 방법을 포기한 나는 다른 방법을 찾아 다시 산속을 헤매기 시작했다.

그러던 어느 순간, 우연치 않게 무언가에 의하여 꺾어진 나무가 눈에 들어오는 것이었다. 톱 같은 것으로 잘린 게 아니라 단순히 힘에 의해 꺾여서 그런지 잘려진 단면이 매끄럽지 않고 울퉁불퉁한 게, 어찌 보면 뾰족한 것 같기도 했다. 그걸 보는 순간 난 손뼉을 쳤다.

"바로 저거야!!"

죽는 방법이 어디 투신이나 익사밖에 없겠는가? 뭔가에 찔려 출혈과다가 되면 죽을 수도 있었다. 게다가 내가 알기로는 심장이나 목뼈, 관자놀이 등등의 급소를 찔리면 고통을 느낄 새도 없이 즉사할 수 있다고 했다. 자세하게는 잘 모르지만.

'이럴 줄 알았으면 추리 소설을 좀 자세히 읽어두는 건데……'

추리 소설 같은 데에는 아무래도 이런 일에 대해 자세하게 설명되어 있으니 말이다. 그러나 이제 와서 후회해 봤자 너무 늦은 일이었고, 지금 심정으로는 조금 아프더라도 확실하게만 죽을 수 있다면 즉사하든 조금 시간이 걸려서 괴롭든 상관없을 것 같다. 그래도 설마 익사하려는 것만큼 두렵고 어렵다거나, 날개를 사용했을 때만큼 고통스럽지는 않을 테니 말이다.

주변에 칼같이 날카로운 물건은 보이지 않았지만, 뾰족하게 잘린 나무 막대 정도면 충분할 것 같았다. 물론 직접 찌르는 건 내가 할 수 있을지도 의문이었고, 한다 해도 제대로 찔리지 않을 게 뻔했기에 내가 선택한 방법이란 뾰족한 부분을 하늘로 올라오게 한 나무 막대를 땅에 잘 고정시킨 후 높은 곳에서 그곳을 향해 뛰어내리는 것이었다.

물론 엄청 높은 곳에서 떨어지면 날개가 펴질 테니 적당한 높이를 고르는 것이 상당히 중요했다. 게다가 나무 막대 하나 정도로는 성공 확률이 낮을 테니 여러 개, 그것도 굵고 튼튼한 것으로 준비하느라 시간이 여러 날 걸릴 정도였다.

그때까지만 해도 나는 그 몸을 살펴보기는커녕 외면하느라 바빠 그 육체의 능력에 대해 대부분 파악하지 못하고 있었기에 이 육체의 손톱과 발톱이 엄청 길다는 것, 그리고 그 강도가 웬만한 강철 못지않고 날카로움 또한 잘 갈린 부엌칼 못지않다는 것을 몰랐다. 알았다면 그걸 이용해서 좀 더 수월하게 준비물(?)을 확보했을 텐데, 그것을 몰랐기에 이미 부러져 있는 나무들을 찾아다니느라 꽤 고생했었다. 하기야 육체의 능력을 알았다면 이 방법이 나에게 먹히지 않으리라는 걸 알았겠지만 말이다.

하여간 드디어 며칠 동안 고생하여 내 마음에 흡족한 여건이 마련되었다. 내가 양팔을 벌려 안아도 손이 닿지 않을 정도의 굵은 나무 아래에 그동안 열심히 주변을 뒤져 찾아낸, 팔뚝 굵기의 나무 막대를 뾰족한 부분이 위로 올라오도록 하여 땅에 고정시켜 놨다.

'이 정도라면……'

함정이라고 해도 손색이 없을 정도다. 물론 땅에 박은 말뚝을 가리는 작업은 덧붙여야겠지만 말이다.

하여간, 그러한 모습에 나는 내심 무척 만족해하며 나무 위로 기어올라 갔다.

"이제 여기도 안녕이다."

굵은 나뭇가지에 올라 살벌한 아래 광경을 내려다보니 약간은 두렵기도 하고, 또 한편으로는 내가 이러는 것이 정말 잘하는 짓인가 하는 회의도 슬며시 들었다. 거기에 더 발전하여 예전 영화에서 봤던, 태어나길 괴물의 모습으로 태어나 사람들의 색안경 낀 시선에 외면받고 배척받으며 힘든 삶을 살아야 했던 가여운 주연 급 조연의 모습―나중에 편견없이 대해주는 주인공을 만나 헌신적으로 그를 도와주는 역할의 조연들 말이다―이 슬며시 떠오르는 거다. 그때는 그런 영화를 보면서 겉모습만 보고 편견을 가진 인간들의 행태에 혀를 끌끌 찼던 나다. 그런데 지금 내가 괴물의 모습이라면서 죽으려 하는 건 그런 인간들과 다를 바가 없지 않은가 하는, 무조건 목숨을 끊으려는 나를 꾸짖는 이성의 목소리가 들려오는 것 같았다. 하지만 나는 곧 고개를 저으며 이런 목소리를 떨쳐 버렸다. 그럴 수 있었던 가장 큰 원동력은 처음 굶어 죽으려고 했을 때 정신을 잃었다가 깬 직후에 본 끔찍한 광경이었다. 생명의 귀중함이고 뭐고, 이대로 살아서 또다시 그런 일을―본의든 아니든 간에―벌이고 싶지는 않았던 것이다.

'어쩔 수 없어. 이게 최선이야.'

그렇게 마음속으로 이런 내 행동을 합리화하면서 한 번 크게 심호흡을 한 뒤 나는 두 눈을 질끈 감고 밑으로 몸을 날렸다. 물론 이 육체의 능력이 뛰어나다는 것을 알기에 살짝 몸을 뒤틀어 멋지게 착지하지 못하도록(?) 뒤쪽으로 손을 뻗어 두 발을 꽉 잡은 상태였다. 덕분에 배가 볼록하게 튀어나온 모습이 되어버렸지만 상관없었다. 오히려 지금의 상황에서는 좋은 자세(?)였으니 말이다. 떨어지는 낙하 속도도 좋았고 각도도 좋았다. 이제 이 육체 덩어리와 나무의 뾰족한 부분이 부딪지기만 하면 되었…….

'되었다?

빠지지직!

유감스럽지만 되지 못했다.

정말 기가 막히게도 내 배와 그대로 충돌한 나무 말뚝들이 마치 종잇장 구겨지듯 내리눌리며 그대로 바스러지는 것이었다.

털퍼덕~!!

덕분에 내 배때기는 그대로 땅바닥과 조우하는 영광을 누릴 수 있었다. 게다가 그 충격으로 양손에 힘이 풀리며 양손과 발이 바닥에 떨어졌고, 그와 함께 고개도 사정없이 바닥으로 처박혔다. 즉, 나는 바닥에 대 자로 뻗게 되었던 것이다.

'뭐, 뭡니까, 이거?

어이없는 상황에 나는 한동안 바닥에서 일어날 생각도 못한 채 허탈한 웃음만 흘려댔다.

'뭐냐? 설마 내가 구해온 나무들이 모조리 썩어서 툭 건들기만 해도 부스스 하고 부서지는 것들은 아니었겠지?

그랬다면 그것들을 꺾어올 때 이미 부서졌을 거다.

나무가 부실한 게 아니라면 원인은 단 하나.

'세상에나, 이놈의 가죽은 도대체 얼마나 질기다는 소리인 겨? 좋아, 네놈이 얼마나 질긴지 한번 해보자구. 나무가 안 된다면 돌로 하면 되겠지.'

떨어지기 전 심란한 마음을 굳혔던 '목숨을 끊는 건 옳은 일은 아니지만, 지금 내 상황에서는 옳은 일이다' 란, 어딘지 억지로 애써 만들어냈던 거창한 당위성들은 몽땅 잊어버리고 오로지 분노와 오기만 남아 나는 괜히 아름다운 은빛의 털로 덮여 있는 내 배를 째려보며 속으로 중얼거렸다.

'기필코 피를 보고야 말겠어.'

위험하게 보일 정도로 날카로운 돌들을 찾는 건 나무를 찾는 것보다 쉬웠다. 나무는 이미 꺾어져 있는 것들을 찾아야 했지만—자연을 보호하라고 교육받은 나였으니 괜히 성한 나무를 부러뜨릴 수가 없었던 것이다—돌은 적당한 크기를 가진 바위만 발견한 뒤 깨뜨리기만 하면 되었으니 말이다. 완전 구석기시대 무기 제조법이었지만 효과는 탁월했다.

그렇게 해서 구한 날카로운 돌들을 전에 나무 말뚝을 박아뒀던 장소에 놓아두고 나는 다시 나무 위로 기어올라 갔다.

'이번에야말로 틀림없겠지?

그래, 틀림없었다.

내 가죽이 엄청 질기다는 사실이 말이다.

"젠장할~!!"

나는 완전 모래까지는 아니고 조약돌 정도의 크기로 산산조각이 난, 3분 전까지만 해도 날카로움을 자랑하는 커다란 돌덩어리였던 처참한 파편의 모습을 보며 투덜거렸다.

그렇게 돌들을 부숴(?) 버렸는데도 내 몸에는 살짝 종이에 베었다거나 긁힌 정도의 아주 가벼운 상처들만 있는 것이었다.

"진짜 질기기도 하지. 젠장할, 이놈의 가죽을 찢으려면 도대체 어떻게 해야 하는 거야?"

니중에 알게 된 일이었지만, 내 육체는 날카로운 돌뿐만이 아니라 웬만한 도검류 정도도 거뜬히 막아낼 정도로 방어력이 엄청났다. 그러나 그런 뛰어난 방어력에 고마운 마음을 가지게 되는 건 나중의 일이었고, 지금으로서는 골칫거리밖에 되질 않았다. 현재 나에게 가장 커다란 고민은 어떻게 하면 이 질긴 가죽을 뚫어 나에게 상처를 낼 수 있느냐 하는 것이었으니 말이다. 그리하여 결국에는 이 세상과 작별을 하는 것이 궁극적인 목표.

이번 방법도 실패하자 나는 또다시 좋은 방법을 찾기 위하여 정처 없이 산속을 헤매고 다니기 시작했다.

그러던 어느 날, 나는 생전 처음 보는 괴물을 발견했다. 지금 현재의 내 육체보다도 훨씬 커다란 덩치에 흉악해 보이는 외모와 분위기 등은 기본 옵션으로 가지고 있었고, 거기에 특급 옵션으로 머리가 둘이 달려 있는 녀석이었다(나중에 알고 보니 그 녀석은 트윈 헤드 오거였다). 하여간, 그 녀석을 보자마자 내 머릿속에서 전구가 반짝하고 빛이 났다.

'바로 이거야!'

이 녀석이라면 분명히 나를 죽여줄 수(?) 있을 것 같았다. 두터운 입술 밖으로 나온 이빨이 무지하게 크고 날카로운 걸 보니 절대 초식 괴물은 아닌 듯했고, 사방을 둘러보는 눈동자에는 포악함이 가득했다. 여자의 감으로써 단언하건대, 분명히 굶주린 야수가 먹잇감을 찾고 있는 거였다.

그래서 나는 아주아주 기쁜 마음으로 녀석의 앞에 떡하니 나타나 줬다. 절대로 녀석에게 반항할 마음이 없다는 의지를 나타내려 두 손에 아무것도 없음을 보여주며 말이다.

그런데 이게 웬일?

날 보면 아주 좋아라 하며 달려들 줄 알았건만, 녀석은 내 예상과는 반대로 나와 눈이 마주치자마자 움찔하더니 그 커다란 덩치에 걸맞지 않게 잔뜩 움츠러든 채 내 눈치를 힐끔힐끔 살피며 뒷걸음질을 치는 거다.

"어? 어? 야, 왜 그래? 나, 안 잡아먹어?"

그에 황당해진 내가 한 걸음 녀석에게 다가가자 녀석은 화들짝 놀라더니 돼지 멱따는 듯한 괴성을 지르며 후닥닥 도망가 버리는 게 아닌가?

꾸에에에에엑~!!

"아, 아니, 뭐 저런 웃긴 괴물이 다 있냐?"

방금 전까지만 해도 사방팔방으로 뿌리고 다니는 그 흉포한

성질은 어디다 버리고 안 어울리게 꼬리 만 강아지 꼴이라니…….

어이를 팔아먹은 괴물 녀석의 행태에 나는 한순간 모든 걸 잊고는 그 괴물이 사라져 버린 곳만 멍하니 바라보고 있을 뿐이었다. 그러다 곧 아차 싶어서 녀석이 사라진 곳의 뒤를 쫓았다.

"야! 잠깐! 거기 서봐. 야! 거기 서보라니까!!"

놈이 왜 날 보고 도망가는지는 모르겠지만, 녀석이 안 덤빈다면 내가 덤비면 되는 것 아니겠는가? 시작이야 어쨌든 싸움이 나기만 하면 되니까 말이다. 그러고 나서 녀석의 공격을 고스란히 받아주기만 하면 내 목적을 이룰 수 있을 것이다.

하지만 녀석은 보기보다 잽싼 몸동작을 가지고 있었는지 코빼기도 안 보이는 거다. 물론 내가 녀석의 모습이 사라진 뒤에 쫓기 시작한 거였지만, 그래도 몇 분 지나지 않은 사이였는데 그 짧은 사이 숨기기도 어려울 것 같은 큰 덩치가 보이지 않다니…….

'에… 이거 혹시… 놈이 겉으로만 흉악해 보이는 초식동물인 거 아니야? 그러니 이렇게 잽싸지.'

주변을 이리저리 찾아보다 놈의 털끝 하나 발견하지 못하자 결국 찾기를 포기한 나는 속으로 투덜거렸다.

'에잇, 보자마자 그냥 덤벼볼걸… 괜히 먹혀준다고 가만있었나 보네.'

그래도 나는 내심 예상외의 수확이 있었다고 좋아하고 있었다. 이번에야말로 확실히 목숨을 끊을 수 있는 방법을 발견하지 않았는가 말이다. 아까의 그런 놈이 초식동물이라면, 그런 놈을 잡아먹는 육식동물은 더욱더 포악하고 강하고 흉악할 것이다.

하긴, 나란 존재도 있는데 또 다른 괴물이 존재하지 말라는 법은 없었다. 그동안은 내가 딴 데 정신이 팔려서 다른 존재들을 보지 못해 몰랐지만, 여긴 어쩌면 나와 비스름한 괴물들이 사는 산속일지도 모른다.

그러니 육식동물? 괴물? 하여간 그런 존재를 찾아 내 육신을 적선하면 될 것이다.

'뭐, 날 안 먹는다면 한번 겨뤄보자 하고 덤벼보지 뭐. 육식동물들은 사냥도 하지만 영역 다툼도 많이 하잖아?

하.지.만……

일주일 정도의 시간을 투자하여 열심히 산속을 헤맨 결과 몇몇의 적당한(?) 괴물들을 발견했건만, 기가 막히게도 놈들의 반응이 맨 처음 만난 어이없는 괴물과 똑같은 거다. 물론 난 이번에는 그냥 보내고 싶지 않아서(?) 놈들이 슬금슬금 도망치려는 태세를 취하자마자 다짜고짜 덤벼들었다. 나에게서 일단 한 방 맞고 나면 분노하여 이성을 잃고 덤벼들 거라 생각해서 인정사정 볼 것 없이 한 방 먹이고는 녀석에게 내 몸을 들이댔다. 그런데 이게 웬걸? 녀석들은 분노하면서 덤벼들기는커녕 잔뜩 웅크린 채 깽깽대며 도망치기 바쁜 것이었다. 그런 놈들에게 대고 '나 좀 잡아잡수쇼~!!' 라고 할 수도 없고, 설사 한다고 해도 녀석들이 내가 원하는 대로 나에게 덤벼들 리가 만무했다.

"뭐, 뭐야, 이거? 가만 생각해 보니 열받네? 왜 날 보자마자 무조건 도망치는 거냐? 네놈들은 자존심도 없어? 내가 기껏 제놈들 좋은 일 좀 해주겠다는데 왜 도망치는 거야? 앙?"

정말 억울했다.

솔직히 내가 괴물 모습이라지만 제놈들이 더 흉악하게 생겼고 덩치도 제놈들이 더 큰데 왜 나만 보면 꼬리를 말고 도망친단 말인가?

"제장할, 그래, 내가 그만둔다, 내가 그만둬. 에잇, 더러워서라도 네놈들에게 안 다가간다고!"

그렇게 여러 우여곡절을 겪은 뒤에 진짜 절절하게 깨달은 건데, 죽는 거, 무지하게 힘들었다. 이 육체의 능력이 내 예상보다 너무 뛰어났던 것이다.

그리하여 내가 할 수 있는 모든 노력을 다 했어도 죽지 못한 나는 어쩔 수 없이 생각을 고쳐먹을 수밖에 없었다. 죽지 못하는데 살아야지 어쩌겠는가?

'일단은 살겠어. 하지만 이대로 계속 살 수는 없으니까 몸을 바꾸는 방법이든 죽을 방법이든 찾아내겠어. 반.드.시!!'

Chapter 2
하늘에서 떨어진… 아저씨?

　살기로 마음먹은 나는 제대로 된 생활을 하기 위하여 제일 먼저 적당한 굴을 찾아 거처로 삼았다. 거처를 정하고 나니 제일 먼저 변하는 것은 잠과 식사를 규칙적으로 하게 된다는 것이었다. 뭐, 내가 부지런한 성격은 아니라 일찍 자고 일찍 일어나고 식사는 삼시 세 끼 꼭꼭 챙겨 먹는 건 아니었지만, 그래도 전에 비하면 그럭저럭 규칙적이라고 할 수 있었다.

　거처를 정하기 전에는 졸리면 근처 커다란 나무 위 같은 데서 잤고, 배가 고프면 주변의 나무 열매나 버섯 같은 것들을 따 먹는 정도로 허기만 면하는 선에서 끝냈다. 사실 그때는 오로지 이 세상과 이별하는 데 모든 정신이 쏠려 있어서 맛있는 걸 구해 배불리 먹고 싶은 욕구 같은 건 없었다. 단지 처음에 굶어 죽으려고 하다가 일어났던 그 참상을 다시는 일으키지 않으려고 몸이 보내오는 배고프다는 신호를 무시하지 않은 것뿐이라 하루에 한 번, 아니면 이틀에 한 번 정도 먹을까 말까 했다.

게다가 주변에 탐스럽게 익은 과일이 널려 있었던 것도 아니고 맛있는 과일을 찾으러 다니고 싶은 의욕도 없었기에 새파랗더라도 형체만 이루고 있으면 무조건 따 먹어버렸다. 그리고 그런 건 당연하겠지만, 엄청 쓰거나 시거나 한 경우가 대부분이었기에 한두 개만 따서 제대로 씹지 않고 얼른 삼키기 일쑤였다.

먹을 수 있는 건지 없는 건지, 혹시 독이 들어 있는 건지에 대한 염려는 하지도 않았다. 아니, 뭐, 치명적일 정도의 독이 들어 위험하다는 걸 알고 있었다면 좋아라 하고 모조리 다 따 먹었을지도.

사실 독버섯이 화려한 색과 무늬를 가지고 있다는 상식은 있었기에 초기에는 조금만 화려한 색이나 무늬를 가진 버섯은 모조리 따서 먹긴 했다. 그런데 이곳 버섯은 식용 버섯도 화려한 색과 무늬를 가지고 있는지 정신을 잃거나 호흡 곤란이 오기는커녕 배탈도 안 나는 거다. 그런 거 보면 여기는 한국의 산에도 많다는 독버섯이 없는 곳인가 보다. 보이는 족족 버섯을 따 먹었는데 운이 좋아서 독버섯을 요리조리 피해갔다는 게 말이 되는가? 차라리 이곳에는 독버섯이 없다고 생각하는 게 더 사실에 근접할 거다.

하여간 그렇게 불규칙적인 야외 생활을 하면서 알게 된 건데, 이 육체는 필요하면 이틀이나 사흘 정도는 잠도 안 자고 버티는 게 가능했다. 물론 나도 한국에서 직장 다닐 때 일이 많으면 하루나 이틀 정도는 밤을 새기도 하고 일주일 정도 야근을 하기도 했지만, 그 후에는 피곤해서 어찌할 바를 몰랐는데 이 육체는 사흘 정도 밤을 새도 좀 피곤하다 싶을 뿐, 일상생활을 하는 데는 전혀 지장이 없었다. 당장 쓰러져서 잠이 들 정도로 피곤을 느낄 때가 일주일 정도 밤을 샜을 때였나?

게다가 식사도 배가 제법 찰 정도로 한번 먹어주면 이틀 정도는 배고픔을 느끼지 않았다. 한 번도 시도해 본 적은 없지만, 배 터질 정도로 잔뜩 먹으면 대략 사흘에서 닷새 정도는 배고픔을 느끼지 않을 것 같다. 그런데 이런 것도 체력이 좋아서 가능한 건가?

그렇게 불규칙한 야생 생활을 하면서도 크게 힘들다는 느낌을 받지는 않았지만, 거처를 정한 뒤 매일 밤마다 꼬박꼬박 잠을 자게 되었고, 매일 세 끼는 아니더라도 두 끼나 한 끼는 꼭꼭 먹게 되었던 것이다.

게다가 거처를 정한 뒤 나는 사냥을 해서 고기를 구워 먹기 시작했다. 비록 양념 없이 질긴 육질을 가진 야생 동물을 무작정 불에 구운 고기였지만, 그동안 먹은 덜익은 과일의 맛에 비하면 훨씬 맛있었다. 게다가 사냥을 하면 고기 말고도 얻는 소득이 쏠쏠했고 말이다.

그렇게 사냥을 하기 시작하면서 나는 다시금 이 육체의 능력이 정말 대단하다는 것을 깨달을 수 있었다. 웬만한 동물들보다 더 빨라서 동물들을 발견만 하면 그놈들이 몇 초 안에 몸을 숨기지 않는 한 놓치는 일이 없었고, 제자리에서 있는 힘껏 뛰어오르면 3, 4미터 정도까지 도약할 수 있어 높은 곳에 달린 나무 열매를 따는 데도 문제없었다. 물론 높은 나무 위를 기어 올라 갔다 내려올 때도 문제없었고 말이다.

손발톱은 필요할 때마다 쭈우욱 길어졌는데, 최대 길이가 대략 30㎝ 정도 됐다. 거기다 이놈의 손발톱 강도가 얼마나 센지 웬만한 바위는 손쉽게 절단해 버리는 거다. 그래서 내 몸을 한번 찔러봤는데—가죽이 더 질긴지 손톱이 더 날카로운지 궁금해서 말이다—손톱이 가죽을 뚫고 들어가는 것이었다. 이로써 손톱의 날카로움이 우위라는 걸 알게 되었는데, 이때쯤에는 나도 이성이 완전히 돌아와서 그런지 이 손톱 가지고 내 관자놀이를 찌른다든지 하는, 죽으려는 행동을 시도해 보지는 않았다.

그런데 더 놀라운 것은 가죽보다는 하반신을 감싸고 있는 은빛 털이었다. 털 주제에 세포가 단백질이 아니라 철분으로만 이루어졌는지 방어력이 상당한 것이었다.

이 몸의 가죽이 아무리 질기다 해도 사냥을 하다 보니 가끔 상처를 입는 경우가 생겼다. 그래 봤자 긁혀서 살짝 피가 배는 정도의 상처가 대부분이었지만 말이다. 그런데 이 모든 상처가 하얀 털이 덮이지 않은 곳에만 생기는 것이었다. 설마 상처를 내는 요인들이 일부러 털이 안 덮인 곳만 골라서 노리는 건 아닐 텐데 말이다. 결국 내가 직접 손톱으로 찔러보는 실험을 해보자 손톱이 맨가죽은 찌를 수 있어도 은빛 털로 감싸인 부분은 찌를 수 없다는 결과가 나왔다.

피부와 털의 방어력도 대단했지만, 거기에 더해 회복력도 끝내줬다. 뭐, 내가 입는 상처가 대부분 가벼운 것이기는 했지만, 그래도 사람일 경우에는 빨라도 이틀이나 사흘은 지나야 새살이 돋고 상처를 덮고 있던 딱지가 떨어지지 않는가 말이다. 그런데 이 몸에서 살짝 긁힌 상처는 길어야 두세 시간, 가벼운 건 한 시간도 안 되어 완전히 나아버리는 것이었다. 이런 걸 바로 괴물 같은 회복력이라 하는 것이겠지?

덤으로 어지간해서는 추위도 잘 타지 않았다. 산속에서 옷 하나 걸치지 않고 있는데도 불구하고 낮이나 밤이나 기온 차이를 별로 모르겠다. 하기야, 그러니까 밤에 나무 위에서 그냥 자고도 감기 한번 안 걸리고 멀쩡할 수 있었던 걸 거다.

그러한 육체적 능력에 나는 '오오~' 하며 감탄해 댔다. 시간이 약이라고 하더니만, 처음에는 보기도 싫고 생각만 해도 끔찍했던 육체가 이제는 점점 익숙해지고 있었다. 이러다가는 완전히 내 몸으로 여겨 사랑하고(?) 아끼게 되는 건 아닌가 모르겠다.

하지만 아무리 그렇다 해도 날 이렇게 만든 놈은 절대로 용서할 수 없었다. 아직도 누구인지 모를 그놈을 떠올릴 때마다 이가 빠드득 갈리며 녀석에 대한 원망과 분노를 되새기게 되었다.

‘어느 놈인지 알기만 해봐. 아니, 보기만 해봐. 절대로 가만 두지 않을 테다.’

그렇게 조금씩 조금씩 새로운 환경에 적응하며 살기 시작한 지 두어 달 정도가 되자, 거처로 삼은 굴 안에 서툰 솜씨지만 내가 손수 만든 생활용품들이 하나둘 생기기 시작했다. 그러던 어느 날, 나는 전에 만들었던 잠자리가 너무 어설픈 솜씨 탓인지 별로 편안한 것 같지 않아 새로 만들어볼 생각에 거처에서 좀 멀리 떨어진 높다란 절벽 밑을 어슬렁거리고 있었다. 이 절벽이 높아서 그런지 아래쪽에 재료로 사용할 만한 커다란 돌덩어리들이 제법 많았던 탓에 뭔가 생활용품을 만들기 위한 재료를 찾을 때 자주 오곤 했었던 것이다.

마침 자잘한 돌 밑에 내가 찾던 제법 커다란 돌멩이가 깔려 있는 것 같아서 꺼내려던 참이었다.

쑤우웅~

뭔가가 떨어지는 소리에 놀라 고개를 들어보니, 과연 무슨 시커먼 물체 하나가 떨어지고 있었다.

“으잉?”

처음에는 반사적으로 떨어지는 검은 물체를 피해서 멀찍이 옆으로 비켜섰는데, 그러면서 가만 보니 떨어지는 물체가 어째 사람의 형태를 하고 있는 거다. 그에 혹시나 해서 계속 떨어지는 사람 형태를 하고 있는 물체를 유심히 살펴보니 사람의 형태를 한 물체가 아니라 진짜 사람이었다. 그에 나는 놀라

황급히 절벽 밑으로 달려갔다.

"우아아악! 자, 잠깐, 잠깐……!"

괜히 멀리 피해 있던 탓에 달리는 것만으로는 아슬아슬해 마지막에는 태클을 걸 듯 거의 몸을 날려야만 했다. 그렇게 애를 쓴 탓에 간신히 늦지 않게 그 사람을 받아냈긴 했는데, 그 사람의 몸무게와 떨어지는 속도가 합쳐져 생긴 충격이 얼마나 강했는지 이 육체의 뛰어난 능력에도 불구하고 나는 어깨가 빠질 것만 같은 고통을 느끼며 그 사람을 품에 안고 앞으로 데굴데굴 굴렀다.

그리고는 곧바로,

"끄어어어어억~!"

나는 등을 반으로 가르는 듯한 지독한 고통 때문에 입을 떠억 벌려야 했다. 그렇지 않아도 이 등짝에 박힌 정체 모를 물건 때문에 밤에 잘 때도 엎드려서 자느라 고생인데—날개도 불편하긴 하지만—그걸 땅과 부딪치게 했으니 너무 아파서 두 눈이 튀어나올 것만 같았다.

이번에는 바닥에 좀 심하게 부딪쳤는지 그 통증은 오랫동안 지속되다가 사라졌고, 고통이 어느 정도 가라앉고 나서야 나는 상체를 일으켜 바닥에 주저앉을 수 있었다.

"허억, 허억, 허억! 아으윽… 주, 죽는 줄 알았네."

얼마 전까지만 해도 죽으려고 몸부림쳤던 건 까맣게 잊고 그렇게 푸념하던 나는 아직도 고통의 잔재가 남아 아릿아릿한 몸을 일으키려 했다. 그런데 그때 지금까지 잊고 있었던, 내 품에 안긴 인물이 꿈틀거리며 자신의 존재를 알리는 것이었다. 그에 나는 아차 싶어서 그 사람을 내려다봤는데, 보자마자 헛바람을 일으키며 후다닥 그 사람을 바닥에다 고이 내려놨다.

"아, 맞다. 이 사람… 헉~!!"

내가 그 고생을 해서 받았던 사람이 피투성이였기 때문이다.

"이, 이봐요? 이봐요?"

보통 사람이 내 모습을 보면 그대로 쇼크사할지도 모른다는 사실도 깜빡 잊어버린 채 나는 재빨리 그의 모습을 살피면서 뺨을 때렸다. 응급 처치에 대한 지식이라고는 거의 없는 나였지만, 그래도 최소한 응급 상황에 놓인 환자가 정신을 잃으면 안 된다는 건 알고 있었기에 깨우려고 애를 썼던 것이다.

그러면서 한편으로 그 사람의 몸을 살피던 중 그의 복부에 틀어박힌 칼을 발견했다. 얼마나 깊이 찔렸는지 칼날은 완전히 몸 안에 들어가 있고 손잡이만 뾰족이 나와 있어 자세히 살피지 않았다면 칼이 꽂힌 거라는 걸 모를 뻔했다.

'뽀, 뽑아야 하나?'

이런 것도 전문가가 와서 뽑아야 한다는 건 잘 알고 있었다. 하지만 이 깊은 산속에 전문가가 어디 있단 말인가?

더 큰 문제는, 분명 칼이 꽂힌 상태라서 출혈이 그다지 많지 않아야 하는데도 이 사람은 입고 있는 옷을 흥건히 적실 정도로 이미 많은 피가 흘렀으며, 계속해서 피가 어디선가 흘러나오고 있는 거였다.

‘뭐, 뭐야? 왜 이렇게 피가 많이 나는 거지? 원래 이 정도로 나는 건가?

사실, 칼이 꽂혀 있는 상태에서 출혈이 적다는 건 지식으로 알고 있는 거였지 실제로 본 적이 없어서 많고 적음의 기준이 어느 정도인지 모른다.

‘으아아! 어떻게 하누? 어떻게?’

“이봐요오~!! 젠장, 정신을 차리란 말이야! 그냥 죽는 건 아니겠지?”

숨은 확실히 쉬고 있기는 하지만 숨소리가 약한 데다가 피가 자꾸 흘러서 그런지 얼굴에서 핏기가 사라지고 입술도 점점 새파래지고 있었다. 거기다 발작인지 추워서 그런지 덜덜 떨기까지…….

“으아아! 왜 자꾸 피가 나는 거지? 어디 혹시 딴 데 또 찔렸나?”

겉으로 봐서는 알 수가 없었기에 나는 배때기에 꽂힌 칼을 건드리지 않도록 옷을 찢어 벗겨 몸을 자세히 살폈다. 그러자 과연 복부 끝부분이자 옆구리가 시작되는(?) 부분에 칼에 찔린 상처가 있었고, 거기에서 지금까지 피가 쿨럭쿨럭 나오고 있었다.

“아이이고오.”

산속에서 산 지 좀 되긴 했지만, 약초 같은 건 알지도 못했다. 그런 것은 공부한 적도 없거니와, 내 몸은 웬만해서는 상처가 생기지도 않았고, 생겼다 해도 금방 나아버려 어떤 조치를 취해야 할 필요성도 느끼지 못했던 것이다. 덕분에 지금 내가 할 수 있는 거라고는 피가 안 나오게 그 사람의 찢어진 옷자락을 가지고 상처를 꾸욱 눌러주는 것뿐이었다. 누가 이렇게 깊은 산속에서 맨손으로 중상자와 마주치게 될 줄 알았겠는가마는, 그래도 진즉에 응급 상황에 대해 정확한 지식을 쌓아놓지 않은 것이 지금 무척이나 후회된다.

그 상태로 피가 멈추기만 바라며 적절한 조처 없이 시간만 흐르다 보니 위에서 떨어진 사람이 견디질 못했다. 급기야는 쿨럭 하고 피를 한 모금 토하더니만 커억커억 하면서 호흡까지 제대로 못하는 것이 잘못했다가는 숨이 꼴까닥 하고 넘어갈 것만 같았다.

그 모습을 보니 나는 점점 더 다급하고 초조해졌다. 이곳에 와서 최초로 만난 사람인데 아무것도 못하고 쩔쩔매다가 이대로 죽게 만들 순 없다는 생각에 필사적으로 내가 할 수 있는 일이 없나 하고 머릿속의 모든 지식을 검색하고 있는데, 갑자기 그 생각이 왜 난 건지 모르겠지만 하여간 한 가지 떠오르는 게 있었다. 스스로 생각해도 정말정말 엉터리인 방법이었지만, 이대로 아무것도 안 하고 이 사람을 죽이느니 엉터리 방법이라도 한번 시도해 보자 싶었다.

뭐, 좀 더 솔직해지자면 그렇게 뭐라도 해줘야 이 사람이 죽더라도 내 마음이 편할 것 같다는, 즉 순전히 내 마음에 생길 묵직함을 조금이라도 덜어보기 위한 이기심에 나는 그 방법을 시행하려 한 것이다.

그 방법이란, 내 피를 먹이는 것이었다.

아무런 근거 없이 생각난 것은 아니었다. 우리나라 민간요법에—옳은 방법인지 엉터리인지는 모른다—사람이 숨넘어가기 직전 약지를 찔러 나오는 피를 먹이면 숨이 돌아온다는 이야기가 있었다.

몇몇 옛날이야기에도 그 방법을 사용하는 게 나온다. 어떤 효자가 그렇게 해서 숨넘어가기 직전의 부모님을 살렸다는 이야기도 있었고, 가난한 노총각이 그렇게 해서 부잣집 딸내미를 살려 결혼하고 잘살았다는 이야기도 있었다. 뭐, 그 효자가 살린 부모님이나 가난한 노총가이 살린 부잣집 딸내미가 칼에 찔려 숨이 꼴딱꼴딱 넘어가려고 한 건 아니었지만 말이다.

하여간, 그 미약한 근거로 나는 한 손의 손톱을 내어 약지에 깊은 상처를 냈다. 얕게 냈다간 피가 나오기도 전에 상처가 아물기 시작하기 때문에 좀 깊이 찔러 피가 새어 나오자마자 얼른 그 사람의 입에다 가져다 댔다. 엉터리 같은 방법이지만, 그래도 부디 조금이라도 효과가 있길 진심으로 기원하면서 말이다.

그런데 이 엉터리 같은 방법이 놀라운 효과를 발휘했다.

처음에는 쿨럭 하며 다시금 피를 토하고 거칠게 숨을 들이키느라 대부분의 피를 넘기지 못했는데, 그래도 입 안에 피가 고이니 거의 반 강제적으로 피를 삼키기 시작했다. 물론 그가 피를 내뱉지 못하게 얼른 입을 막았던 게 주효했지만(아마 까딱 잘못했다간 그가 질식해 죽었을지도 모른다).

그렇게 조금 피를 부어주고 입을 막아서 넘기게 하고, 또 피를 부어주고 넘기게 하고 하니까 나중에는 어떻게 된 일인지 스스로 피가 흐르는 내 손가락을 덥석 물어 쪽쪽 빨아 먹기까지 하는 거다. 피를 많이 흘려 목이 되게 말랐던 모양이다.

먹이기 힘들 거라 생각했는데 의외로 피를 잘만 마시니까 나도 아무 생각 없이 피를 계속 줬다. 상처가 좀 쓰라렸지만 아까의 고통에 비하면 간지러운 정도고, 피야 밥 한 끼 먹으면 생기는 것인 데다 얼마 전까지만 해도 죽으려고 용을 썼던 나였으니 피 따위를 아낄 리 없었다.

그렇게 맘 편하게 한참을 먹이고 있던 나는 문득 의아한 모습을 보게 되었다.

'어라, 이제 숨을 잘 쉬네?'

그랬다. 아까까지만 해도 곧 숨넘어갈 듯 헐떡거리며 힘겹게 숨을 몰아쉬던 사람이 제법 숨을 잘 조절하며 피를 꼴깍꼴깍 넘기고 있는 거였다. 하기야, 숨 조절을 했으니 계속 피를 빨아 먹을 수 있었던 거겠지만 말이다.

거기에 새파랗다 못해 완전히 검게 변색되었던 입술도 어느 정도 풀어졌다. 완전히 생생한 색으로 돌아온 건 아니었지만, 아까는 완전 죽은 입술이라면 지금은 그래도 어느 정도 아픈 사람 입술 색?

'이야, 피 모자랄 때 피를 먹이면 그래도 효과가 있나 보네?'

나는 훨씬 나아진 모습에 시답지 않은 생각을 하며 손으로 누르고 있던 상처로 시선을 돌렸다. 어쨌든 운 좋게 한 고비를 넘긴 것 같으니 이제는 상처를 싸매든지 해서 내가 머무는 장소로 데리고 갈 생각이었다. 슬슬 어두워지는데 밖에서 계속 이러고 있을 수는 없는 일이 아니겠는가?

그래 조심스레 상처를 누르고 있던 천 뭉치를 떼어냈더니 다행스럽게도 피는 멈춰 있었다. 칼에 찔린 상처는 내 반 뼘보다 약간 작은 정도의 길이었고, 찔린 부위의 피부가 딱 달라붙어 있는 것이 잘만 싸매면 괜찮을 것 같았다. 물론 겉보기일 뿐 안쪽이 어떻게 되었는지는 모른다.

'부디 내출혈이 일어나지 않고 그냥 알아서 잘 아물 수 있길… 내출혈이 생기면… 그것도 이 사람 운이지 뭐.'

그렇게 무책임한 생각을 하며 대략적으로 상처를 싸맨 나는 그 사람을 옮겼다. 배때기에 칼을 꽂고 있는 사람이라 엎지는 못하고 공주님 안기로 해서 들어 올려 조심스레 내가 거처하는 굴로 운반했다. 내가 덩치가 크고 힘이 세서 다행이었지, 안 그랬으면 운반하는데 꽤나 고생했을 거다. 그만큼 이 사람도 제법 큰 덩치를 가지고 있었던 것이다.

내가 거처하는 굴로 돌아와 제일 먼저 한 고민은 여전히 배때기에 꽂힌 칼을 뽑을까 말까 하는 것이었다. 비전문가가 잘못 뽑았다가는 상처만 더 키운다거나 출혈을 많게 해서 오히려 더 위험하게 만들 수 있다는 건 아는데, 그렇다고 계속 안 뽑고 가만둘 수도 없는 일이니까 말이다. 빠른 시간 안에 전문가에게 보일 수 있다면 며칠이라도 그냥 두겠는데, 그럴 가능성이 극히 낮다는 게 문제였다.

나는 이 산을 벗어나 본 적이 없어 여기에서 가장 가까이에 있는 마을이 어느 방향에 얼마만큼 떨어져 있는지 몰랐다. 게다가 내가 이곳에서 사는 동안 오솔길까지는 아니더라도 사람이 다닌 흔적은 한 번도 발견하지 못한 걸로 보아 이곳은 사람들이 오가는 곳이 아니라는 건 확실했다.

그러니 내가 이 사람을 데리고 의사가 있는 곳을 찾아가지 못한다는 건 뻔했고, 천상 이 사람이 정신을 차려서 자신의 상처를 봐야 하는데—그것도 이 사람이 의료 지식이 있다는 전제하에서 말이다—이 사람이 빠른 시간 안에 정신을 차린다는 보장도 없었다.

칼을 그냥 이렇게 놔둔 채 오랜 시간이 흐르면 피부가 칼에 달라붙은 채로 그냥 아물어 버려 나중에 뽑아내는 데 꽤 곤란하게 되는 것은 물론, 혹시 지저분한 칼이라면 파상풍이 걸릴 위험도 높았기에 내가 비전문가임에도 뽑을지 말지 고민하고 있는 것이었다.

'안 되겠다. 그냥 뽑자. 잘못되면… 이 사람 운이려니 해야지 뭐.'

아무리 생각해도 뾰족한 수가 없었던 탓에 결국 나는 완전 막가는 심정으로 무책임하게 배때기에 꽂힌 칼에 손을 가져갔다. 그래도 최대한 빨리 뽑아서 고통만큼은 줄여주려 했고, 다른 한 손으로는 대량 출혈을 막을 만반의 준비—그래 봤자 천

뭉치를 들고 있을 뿐이었지만—를 끝냈다.

"하나, 둘, 셋!"

셋을 외침과 동시에 칼을 힘주어 뽑고 반사적으로 상처를 눌렀는데, 생각 외로 출혈이 없었다. 다른 쪽 상처가 한참 동안 피를 쿨럭쿨럭 쏟아내기에 상처를 누르는 천이 시뻘겋게 물들어갈 걸 예상했었는데, 내가 잘 눌렀는지 피가 천에 약간 배다 마는 것이다.

'어머나, 내가 의료에 소질이 좀 있나 봐. 이럴 줄 알았으면 한 해 재수해서 의대에 가는 건데…….'

천에 더 이상 핏물이 배어 나오지 않이 누르는 힘을 서서히 줄였는데도 피는 더 나올 기미가 보이지 않았다. 그래서 아예 천을 상처에서 떼었더니 피가 약간 배어 나오는 정도에서 그치는 거였다.

'허어, 이거 참…….'

한 사람에게 생긴 똑같이 칼에 찔린 상처인데도 이렇게 다를 수가 있나 싶었지만, 이런 데 지식이 없는 내가 뭘 알겠는가? 그냥 '원래 그런가 보다. 좋은 게 좋은 거지' 하는 생각에 남자의 찢겨진 옷 조각들을 잘 이어서 상처를 감싸준 뒤 춥지 않게 동물 가죽을 충분히 덮어줬다.

그리고 나서야 나는 남자의 얼굴을 찬찬히 살펴볼 여유를 가질 수 있었다.

얼굴에 간간이 보이는 주름과 귀밑과 정수리 부근에 희끗희끗 생기기 시작하는 새치를 보면 대략 50대 중반 정도인 것 같았지만, 강한 인상과 180은 되어 보이는 제법 큰 키에 단단한 체구를 보니 나이보다 젊어 보일 수도 있겠다 싶었다.

진한 고동색의 머리카락이 단정하게 잘려 있었고, 피부도 윤이 흐르는 데다 옷의 촉감도 좋고 장신구도 제법 달려 있는 것을 보니 분명 넉넉하게 사는 사람이었다.

의아한 점은 이 사람이 입고 있는 옷이 좋은 것이긴 하지만 등산이나 약초를 캐기 위해 산속을 헤맬 때 입을 옷은 아닌 것 같다는 거다. 그냥 가까운 곳을 산책할 때 입는 옷 정도?

'이 사람, 어떻게 이런 옷을 입고 여기까지 온 거고, 또 기껏 여기까지 와서 배때기에 칼 두 번 찔려 절벽에서 떨어진 거지?'

사실 이 주변에는 나만 보면 도망치기는 하지만, 그래도 일반 사람에게는 극히 위험한 괴물 녀석들이 꽤 많이 살고 있었다. 그러니 보통 사람이 이곳까지 온다는 건 엄청 어려운 일. 그런데 이 사람은 등산과는 거리가 먼 옷을 입은 것은 물론이거니와, 산속을 걸어온 사람답지 않게 옷차림이 깔끔했고— 내가 찢기 전에는 말이다—칼에 찔린 상처를 제외하면 다른 상처는 한 군데도 없었다.

만약 다른 상황에서 발견했다면 그냥 산책 나온 부잣집 아저씨가 강도를 만나 일을 당했다고 여겼을 거다.

나는 잠시 갸웃하다 고개를 절레절레 저었다. 일일이 따져 보자니 따질게 너무 많아 골치가 아팠고, 연유야 어찌 되었든 아무래도 나와 무슨 상관이냐 싶었던 거다.

그리고는 굴 입구 쪽에 마련한 화덕에 불을 피웠다. 나야 괜찮지만, 아픈 사람에겐 차가운 산 공기가 안 좋을 테니 말이다.

'하아, 이 불 피우는 것도 꽤나 고생이었지.'

원해서 이곳에 온 게 아니었으니 살아가는 데 필요한 도구가 준비되어 있을 리가 없었다. 그나마 튼튼하고 능력 좋은 육체 덕분에 그럭저럭 지금까지 무난하게 어려움을 헤쳐 나왔지만, 처음에 원시적인 방법으로 불 피우는 게 장난 아니게 힘들었다. 도대체 옛날 사람들은 어떻게 부싯돌로 불을 피웠는지 원…….

그렇게 옛(?) 생각도 하며 아픈 사람을 위해 필요할 듯싶은 것들을 이것저것 준비하고, 다시 남자를 살펴보니 숨소리도 좋았고 혈색이 아까보다 더 나아졌다. 심장도 제대로 콩닥콩닥 뛰고 있고.

'히야, 피가 정말 좋은 약이었나 봐.'

어쩌면 내 피가 좋은 걸지도 모르겠다. 난 상처도 무척 빨리 아무니까 말이다.

'우히, 정말 그러면 나중에 돈 없을 때 팔면 되겠군. 엄청 비싸게 받아야지.'

내 거처에 단 하나밖에 없는 잠자리는 환자에게 양보했기에 나는 굴 안의 그나마 평평한 바닥에 쭈그리고 앉아서 잠들 수밖에 없었다. 덕분에 그 다음날 아침 일어났더니만 온몸이 찌르르했다.

‘아그그그!’

아무리 대단한 육체라도 장시간 쪼그리고 앉아 있으면 저리는 건 똑같은가 보다. 온몸이 바들바들 떨릴 정도의 짜릿한 느낌 때문에 나는 금방 몸을 일으키지 못하고 한참이나 눈물을 머금고 저린 다리와 옆구리를 주물러야 했다.

간신히 근육 통증이 가라앉고 나서야 조심스레 몸을 일으킨 나는 찌뿌드드한 몸을 가벼운 스트레칭으로 천천히 풀어주면서 잠자리에 누워 있는 사람에게 시선을 돌렸다.

아직 정신을 차리지는 못했지만 혈색이 완전히 돌아왔고 숨소리도 고르고 평안했다. 거기다 상처를 싸맨 천을 갈아주려고 보니 상처에 딱지가 다 앉았다.

‘어라? 이런 상처도 딱지가 앉나?’

뭐, 대충 상처가 나빠지지는 않은 거 같으니 좋게 좋게 생각하고 어제 삶아서 말려놓은 새 천을 감아주려고 하는데 허스키한 낯선 음성이 들렸다.

“너… 뭐냐?”

‘엥?’

그에 깜짝 놀라 시선을 돌리니 이 중년 남자가 어느새 깼는지 또랑또랑(?)한 눈빛으로 날 보고 있는 거다.

“아? 음…….”

그 아저씨의 질문에 나는 순간적으로 당황해서 머뭇거렸다.

솔직히 나는 아직도 냇물에 비춰진 내 모습을 볼 때면 깜짝깜짝 놀란다. 나의 아리따운—내가 말하니 머쓱하군—모습이 이런 괴물로 변했으니 놀랄 만하기도 하지만, 그게 아니라 해도 보통 사람이 보면 상당히 놀랄 모습이 아닌가 말이다. 이제는 그래도 익숙해졌다고 생각하지만, 그래도 아직 완전히 익숙해지지는 못한 모양이다.

그래서 이 남자가 날 볼 때 무척 놀라는 건 물론이요, 두려워하며 도망치려 할지도 모른다고 생각했다. 만약 그렇게 되면 일단 힘으로 제압한 후 설명을 한다. 그래도 계속 몸부림치면 목덜미를 한 대 쳐 기절시키리라 마음먹고 있었는데, 이런 내 예상을 깨고 나를 똑바로 쳐다보는 덤덤한 눈빛에 오히려 내가 말문이 막혀 버렸다.

그러나 여기서 계속 어버버 하며 아무 말도 못하고 있는 건 내가 아니다. 하기야 그런 성격이었으면 사회생활이 쉽지 않지.

"당신 생명의 은인… 이요."

곧 당혹스러운 정신을 수습하고 간단명료하게 내뱉자 중년 남자의 인상이 마음에 안 든다는 듯 살짝 찡그려졌다. 아무래도 내 말투가 마음에 안 드나 보다. 하지만 난 반말 안 한 게 어디인가 싶었다. 사실은 반말로 대답하려다가—괴물이 예의 차리는 거 봤남? 나도 어느새 사상이 괴물틱해졌나 보다—에이, 그래도 동방예의지국인 대한민국 사람으로서 차마 그럴 수 없어 끝을 살짝 올려줬다. 그게 마음에 안 든다면야, 이 아저씨의 사정이고.

그 남자가 인상은 찡그렸지만 더 이상 뭐라 안 하기에 나는 궁금한 게 없는 거라 생각하며 잠시 중단된 일, 그러니까 붕대 가는 일을 하려고 했다. 그런데 조용히 있던 그 남자가 갑자기 딴지를 걸었다.

"자, 잠깐만. 그냥 붕대만 감는 거냐? 약 같은 건 안 발라?"

그에 나는 어깨를 가볍게 으쓱여 보이며 대답해 줬다.

"약 같은 게 없어서 말이지요."

"약초 같은 게 있을 거 아니야."

"이 산속 어딘가에는 있겠지만 제가 약초에 대한 지식 같은 게 전~혀 없어서요."

"뭐? 자, 잠깐만."

남자가 무지 당황해하며 몸을 일으키려고 하기에 나는 기꺼이 그의 팔을 부축해 앉는 걸 도와줬다. 상처에 딱지도 다 앉았기에 일어나 앉는다고 해도 상처가 터지거나 할 것 같지는 않았던 것이다. 뭐, 터지면 자기 팔자고.

그 남자는 그 상태로 다급히 자신의 상체를 살펴보더니 놀란 눈으로 날 쳐다봤다.

"뭐, 뭐야? 이거… 상처가 거의 다 아물었잖아? 혹시 '힐링'을 쓴 거냐?"

"예? 그게 뭔데요?"

알 수 없는 단어를 내뱉기에 되묻자 남자가 인상을 찡그리며 날 찬찬히 보더니 고개를 갸웃거린다.

"너… 마법을 모르냐?"

"마법? 마법이라면 그… 동전을 사라지게 했다 보이게 하

고, 모자에서 비둘기 꺼내고… 그러는 거? 할 줄 모르는
데…….”

내 말에 남자의 인상이 더욱더 찡그려졌다. 그런 상태로 잠
시 생각에 잠겨 있더니만 다시 나에게 물었다.

“내가… 며칠 동안 정신을 잃었지?”

“하루요.”

“그럼… 혹시 처치할 때 뭔가 한 게 있나? 단순히 상처를 싸
맨 거 말고 말이야.”

그런 그에게 나는 머리를 긁적이며 머쓱하게 웃었다. 사실
그에게 피를 먹인 건 앞서 이야기했듯 그 대단한 효능을 알아
서가 아니라 조금이라도 마음의 짐을 덜고자 했던 것이기 때
문에, 그걸 이제 와서 자랑스레 말할 만큼 나는 뻔뻔하지 못했
던 것이다.

“제… 피를 먹였습니다만…….”

그러자 찡그린 인상으로 날 바라보고 있던 중년 남자의 인
상이 서서히 펴지며 이해했다는 듯 고개를 끄덕였다.

“그랬군.”

‘엥? 이해했어? 이해한 거야?’

나는 그가 순순히 고개를 끄덕이는 게 더 놀랍다. 솔직히 황
당해하거나 화를 내는 게 정상 아닌가? 내 피에 뭐가 섞여 있
는지 모르니 잘못 마셨다가 병이 나거나 심지어 죽을지도 모
르니 말이다.

“저어… 어째 너무 손쉽게 납득하시는 것 같습니다만? 놀라

지 않으십니까?”

의아함을 참지 못하고 내가 묻자 중년 남자가 날 빤히 바라보며 묻는 거였다.

“너, 마족 아니냐?”

그의 말에 나는 입을 떠억 벌렸다.

“예? 마족이요? 저기… 제가… 마족인가요?”

내 말에 그가 날 황당하다는 듯 바라본다.

“마족 아니었냐? 아니, 그건 그렇고… 마족이면 마족이고 아니면 아니라고 하지, 나에게 마족이냐고 묻는 건 또 뭐… 오… 세상에……!”

그렇게 다다다 내뱉던 중년 남자는 뭔가를 발견했는지 눈을 휘둥그레 뜨더니 입을 떠억 벌렸다.

“처, 천족의 날개? 너, 너어… 도대체 정체가 뭐냐?”

아무래도 이 남자는 하얀 깃털에 감싸인 날개를 이제야 발견한 모양이다.

하지만 나에게 물어봤자 나는 내가 괴물이라고만 알고 있으니…….

“저도 그게 알고 싶거든요?”

내 말에 말문이 막히는지 벙찐 표정을 하고 있던 중년 남자가 잠시 후에 정신을 수습했는지 침착한 어조로 말을 꺼냈다.

“일단은… 나부터 회복하고 보자. 뭐 먹을 거 없냐?”

이 남자, 아무래도 보통 인간이 아니었다.

하여간 회복하려고 하는 건 좋은 거다 싶어 막 먹을 걸 챙겨

주려 하던 나는, 문득 어제 배를 칼에 찔린 사람이 뭔가를 먹어
도 되는가 하는 생각에 멈칫거렸다. 왜, 맹장 수술을 하고 나서
도 방귀를 뀔 때까지는 아무것도 못 먹게 하지 않는가 말이다.

"에에… 드릴 수는 있는데, 드셔도 되는 겁니까? 만약 장이
상한 상태라면 배가 고프더라도 안 먹는 게 좋을 거 같은
데……."

내 말에 중년 남자가 피식 웃었다.

"네 피의 능력을 믿어보도록 하지. 그래도 장에 무리가 가면
안 되니 간단한 수프 정도면 좋겠는데, 가능한가?"

그가 그렇게 이야기하니 괜찮겠다 싶어―잘못되면 알아서 책
임질 테니 말이다―나는 혹시나 하는 심정으로 준비해 놓은 아
주 뿌옇게 잘 우러난 사골 국물을 넘겨줬다.

"뜨거울 테니 식혀서 드세요."

나에게서 허연 국물을 받아 든 중년 남자는 킁킁거리며 냄
새를 맡아보더니만, 여엉~ 수상한 모양인지 인상을 찡그리며
날 바라봤다.

"이게 뭐냐?"

그의 말에 나는 가슴을 펴고 자긍심 어린 어조로 대답했다.

"사골 국물입니다. 사람이 다친 덴 이게 최고지요."

사골 국물이 별거 있는가? 튼튼한 동물의 뼈를 푸욱 고아내
면 그게 사골 국물이지. 특히나 이건 내가 만든 돌솥에다가 넓
적다리뼈 말고도 갈비를 잔뜩 넣어 장작불로 밤새도록 끓여낸
것이기 때문에 색이며 냄새가 정말 끝내주는 일등품 사골 국

물이었다.

자랑스러운(?) 내 대답에 중년 남자는 다시 한 번 냄새를 맡아보더니 조심스레 홀짝였다. 그런 그를 지켜보던 나도 이참에 아침을 먹을 생각으로 한 그릇 가득 뜨려고 하는데 중년 남자의 목소리가 다시 들려왔다.

"거… 소금이나 후추 없나?"

입맛을 쩝쩝 다시며 고개를 갸웃거리는 폼이 생소하기는 하지만 그럭저럭 먹을 만한 모양이다. 하지만 그래도 좀 싱겁기는 하겠지. 원래 사골 국물에는 소금이랑 후추를 약간 넣고 다대기와 송송 썬 파를 넣어야 맛있게 먹을 수 있는데 말이다. 그러나 미안하게도 나에게는 양념이라는 존재 자체가 없었으니…….

"그런 게 있으면 좋겠지만 아쉽게도 없네요."

아쉬운 게 어디 양념뿐일까? 뽀얀 사골 국물을 앞에 두니 기름이 자르르 흐르는 하얀 쌀밥과 깍두기도 그립고, 사골 국물 안에 들어가는 당면… 크흑흑, 생각하니 눈물이 앞을 가리누나.

"그러냐?"

아쉬움이 절절 묻어나는 내 말에 그 또한 아쉽다는 표정으로 입맛을 쩝쩝 다시더니 다시 국물을 홀짝였다.

그런 그를 향해 이번에는 내가 물었다.

"그러고 보니 비상식량 같은 거 안 가지고 계시나요? 보통 산에 올 땐 그런 거 챙겨 오잖아요?"

그렇게 말하면서도 나는 별로 기대를 안 했다. 산에 오면서 산책 갈 때의 옷차림을 한 남자가 설마 식량 같은 걸 꼼꼼히 챙겨 왔겠는가 싶어서였다. 그런데 의외의 대답이 들려왔다.

"가지고 오기야 했지. 단지 내가 안 챙겨서 문제지. 지금쯤 그거 다 가지고 돌아갔을걸?"

"쩝."

하기야 칼에 찔린 채 절벽에서 떨어진 사람이 그런 거 챙길 정신이 있을 리 없다. 추측해 보자면, 누군가에게 공격을 당했든지 배신을 당했든지 한 걸 텐데 그걸 떠올리게 하는 질문을 하다니 내가 생각이 짧았다.

그래, 은근히 미안한 마음에 물었다.

"저기… 갈비도 있는데 하나 뜯으실래요?"

내 말에 중년 남자가 픽 하고 웃었다.

"그래, 하나 줘봐라. 그런데 소금 정말 없냐?"

아저씨의 말에 나는 갈비를 하나 건져 주며 고개를 저었다.

"있으면 벌써 드렸거든요?"

'내가 지금 소금이 아까워서 안 내놓는 짠돌이로 보이남?

"그래? 거… 뭐, 허브라도……."

정말 끈질긴 아저씨다. 그만큼 양념 생각이 절실하다는 것이겠지.

하지만 이거 미안해서 어쩌나.

"제가 그런 데 지식이 없어서 말이죠."

시큰둥한 내 말에 큼지막한 갈비를 건네받던 중년 남자가 황당하다는 듯 날 바라봤다.

"아니, 약초에 대한 지식도 없고 허브도 모르다니… 도대체 그동안 여기서 어떻게 살았누?"

"뭐어, 그냥저냥… 없으면 없는 대로 살게 되드만요."

'한 이삼 일만 굶어봐요. 양념 없어도 맛있게 먹을 수 있게 됩니다.'

"너… 참, 재미없게 산다."

한심하다는 듯, 아니, 어찌 보면 불쌍하다는 듯 바라보며 하는 중년 남자의 말에 나는 픽 한번 웃어주고는 사골 국물을 쭈욱 들이켰다.

"그런데 갈비 하나 더 없냐?"

잠시 후 다시 들려온 중년 남자의 말에 나는 푸하하~ 웃으며 이번에는 부족하지 않게 큼지막한 갈비 두 덩어리를 찾아서 건네줬다.

'거참, 어제 배때기 찔리신 분이 식욕도 왕성하시지.'

그런데 그 중년 아저씨가 왕성한 건 식욕뿐만이 아니었다. 아침에는 겨우 자리에서 일어나 앉는 것이 고작이던 분이 저녁이 되자 자리에서 일어나기까지 하더니, 그 다음날 아침에는 내 부축 없이 홀로 주변을 걸어 다니기까지 해서 날 감탄하게 만들었다.

"나이 드신 분이 회복력도 끝내주십니다, 그려."

Chapter 3
도와주기 잘한 거… 맞아?

그렇게 그 아저씨를 구해 내 거처로 데려온 지 사흘째 되는
날이었다. 아저씨도 어느 정도 회복되어 혼자 둬도 될 거 같고,
비축해 둔 식량도 얼마 남지 않아 사냥을 하러 가려는데 아저
씨가 날 불렀다.

"어이, 이봐!"

"예?"

나가려던 몸을 돌려 대답까지 했건만, 이 아저씨는 뭔 생각
을 하는 건지 인상을 살짝 찡그린 채 입을 열 생각을 안 하는
거다.

"왜요?"

그에 한 걸음 다가가며 묻자 아저씨가 고개를 들어 날 쳐다

보더니 물었다.

"너… 이름이 뭐냐?"

"예?"

갑작스러운 질문이라 당황하며 되묻자 못 들었다 생각했는지 다시 물어왔다.

"이름이 뭐냐고. 나도 참… 그래도 생명의 은인인데 그동안 이름도 묻지 않았군."

그의 말에 나는 난처한 표정으로 입을 다물고 있을 수밖에 없었다.

이름.

물론 나에게는 이름이 있다.

하지만 그건 울 부모님이 어여쁜 딸을 위하여 고심고심하며 생각해 낸 것이었기 때문에 이 육체를 가지고선 차마 그 이름을 입에 담을 수가 없었다. 뭐, 솔직히 괴물의 몸이 아닌, 잘생긴 꽃미남의 육체로 바뀌었다고 해도 내 이름이 '여성틱' 했기 때문에 사용할 수 없었을 테지만 말이다.

혹 이 몸에게 따로 이름이 있을지도 모르겠지만, 날 이 육체로 바꿔 버린 빌어먹을 사기꾼 녀석은 이름은 물론이거니와 이 육체에 대한 그 어느 것도 가르쳐 준 게 없었기에 대답을 할 수 없었다.

이러한 내 침묵을 어떻게 생각한 것인지 그 아저씨가 티꺼운 표정으로 말했다.

"뭐냐, 말해줄 수 없냐? 뭐, 말해주기 싫으면 하지 마라."

그 말에 나는 기가 막힌 표정으로 그를 바라봤다. 아니, 자기도 말 안 해주는 주제에 나에게만 말 안 해준다고 저러는 건 좀 웃긴 거 아닌가? 게다가 자기 입으로 말했듯, 저 남자는 나에게 구함받은 사람이고 내가 생명의 은인. 은혜를 갚고 싶으니 말해달라고 사정은 못할망정 말하기 싫으면 말라니. 나는 기껏 자기를 배려해 주느라 아무것도 안 물었구먼.

"말해주고 싶어도 모르니까 못할길요?"

나도 똑같이 퉁명스레 대답하자 중년 남자가 멈칫했다. 하지만 그건 아주 잠깐이었고, 그 인간은 곧 아무렇지도 않게 물어왔다.

"뭐냐, 너 이름이 없냐?"

"있을지도 모르지만, 기억은 없네요."

그래서 나도 대수롭지 않게 대답할 수 있었다.

음, 아마 아저씨가 미안한 듯 물었다면 나도 무지 미안해하면서 대답해 줬을지도 모르겠다. 이 육체에게 말이다.

원래 이 주인이 정말 어땠는지 모르겠지만, 하여간 내 본래 육체가 아니라고 내 이름을 안 붙여주려고 했으니 말이다. 그렇다고 아무리 혼자 살아 이름 불러줄 존재가 없다고 하지만 다른 이름을 붙일 생각을 한 것도 아니고.

으음, 이렇게 생각하니 아닌 게 아니라 이 몸에게 좀 많이 미안하다.

"그건 그렇고, 아까 저 왜 부르신 거예요?"

더 이상 미안해하지 않으려고 화제 전환을 하자 그 아저씨도 아차 하는 표정으로 대답한다.

"네 등에 있는 그거 말이다."

"등? 아, 이 날개 말씀하시는 겁니까?"

아저씨가 날 처음 만났을 때 내 색다른 날개를 보고 꽤나 놀라워했던 걸 기억하고 있었기에 그렇게 물었다. 그 뒤로도 아저씨는 별다른 내색을 안 했지만, 가끔 날 주의 깊게 바라보고 있는 걸 눈치 채고 있었던 것이다.

그러나 이런 내 추측은 빗나갔다.

"아니, 날개가 아니라 네 등 한가운데 박힌 거 말이다."

날개가 아니라 그걸 보고 있었나 보다.

"아하, 그거요?"

이름을 모르니 3인칭으로 칭할 수밖에.

"그래, 그거. 그거 뭔지 아냐?"

"아뇨."

"그런가? 그럼, 그거 내가 좀 살펴봐도 될까?"

어려운 일도 아니었기에 나는 기꺼이 고개를 끄덕이고는 등을 돌려 대줬다.

"혹시 가능하면 뽑아주실래요? 사실 이것 때문에 아무래도 불편한 점이 많거든요."

"척 보기에도 범상치 않은 것 같으니 장담은 못하겠다만, 노력은 해보마."

아저씨의 말에 나는 의아해서 고개를 갸웃거렸다. 범상하든 범상치 않든 그냥 뽑기만 하면 될 텐데 뭐가 어렵다고 거창하게 장담을 못한다고 하는 건지 말이다.

내가 손만 제대로 닿았다면 진즉에 뽑았을 텐데, 그놈이 꽂힌 부위가 무지 교묘해서 어찌어찌 손이 닿는다 해도 확실하게 손으로 쥘 수 없고, 자꾸만 날개들이 방해를 해서 그동안 몇 번 시도는 해봤지만 모두 실패했다.

"제가 아플까 봐 그러십니까? 웬만하면 참을 수 있으니 그냥 뽑아주세요. 게다가 다친다 해도 제 자체 치유력이 강해서 금방 나을 테니 걱정 마세요."

혹시나 날 걱정해서 그러는 건가 싶어서 기껏 이야기한 건데, 아저씨의 대답은 전혀 아니올시다~였다.

"너 걱정하는 거 아니다. 날 걱정하는 거지."

'에엥? 그건 또 뭔 소리?

의아함에 질문을 꺼내려고 했지만, 그보다도 먼저 아저씨가 등 뒤로 다가오는 기척이 느껴져 나는 그냥 입을 다물었다. 말은 그렇게 해도 일단은 뽑아볼 생각이신 것 같은데 괜히 말 꺼냈다가 아저씨의 심기를 거스르게 될까 봐서였다. 물어보는 건 일단 뽑고 나서 해도 될 테니 말이다.

그래 나는 긴장된 심정으로 혹시나 신음 소리를 낼까 봐 이를 악문 채 기다렸다. 스스로 웬만하면 참을 수 있다고 말은 했지만, 그래도 상당한 고통이 느껴질까 봐 은근히 겁이 났던 것이다.

파지지직~!!

갑자기 들려오는 섬뜩한 음향에 나는 곧바로 고통이 올 것이라 지레 겁먹고 몸을 움츠렸다. 그런데 이게 웬걸? 나에게는 그냥 아저씨가 등을—정확하게는 등에 꽂힌 그 물체를—건드렸다는 걸 알아챌 정도의 느낌밖에 없었는데 의아하게도 아저씨의 고통스러운 신음 소리가 들리는 거다.

"크으윽……!"

황급히 돌아보니 아저씨의 오른손이 화상이라도 입은 것처럼 시뻘겋게 부풀어 올라 있는 게 아닌가?

"괜찮으세요?"

놀란 내가 당황해서 물었지만, 아저씨는 고통 때문에 인상을 찌푸리고 있으면서도 반응은 시큰둥했다.

"안 괜찮다."

거, 무슨 성격이 그런지, 기껏 남이 걱정해서 한 질문에 얄밉게 대답한 아저씨는 그것도 모자라 내가 살펴보기 위해 다가가려는 걸 손을 저어 막는 거였다.

'뭐 이런 아저씨가 다 있지? 도와주겠다는데도 싫다니. 그래, 어디 혼자 알아서 해보슈.'

조금 심술이 나서 '도와달라고 해도 도와주지 말아야지' 라고 마음먹으며 한 걸음 물러나 지켜보고 있는데, 이 아저씨, 혼자 입속으로 뭐라 뭐라 중얼거리기 시작한다. 그걸 본 나는 열받아서 욕이라도 중얼거리시는 줄 알았는데, 그 중얼거림 뒤에 '힐링!' 이란 소리가 들리더니 그와 함께 오른손 위에 올려놓은 왼손에서 흰빛이 터져 나오는 거였다.

그것만으로도 놀라운 광경이었건만, 더욱 놀랍게도 벌겋게

부푼 오른손이 그 밝은 빛을 쏘이자 눈에 보일 정도의 빠른 속
도로 차츰차츰 정상으로 돌아가는 것이었다.

"우, 우와아아! 그, 그게 도대체 무슨 마법이래요?"

나는 너무 놀라서 물어본 건데 아저씨는 황당하다는 시선으
로 나를 바라봤다.

"무슨 마법이긴 무슨 마법이야, 치유 마법이지. '힐링' 마법
이잖아. 마법인 건 알면서 치유 마법인 긴 몰랐다는 거냐?"

"예?"

어째 좀 뭔가 어긋난 기분이다. 나는 놀라운 일이라는 걸 표
현하기 위하여 '마법'이란 단어를 사용한 건데, 그에 대한 답
이 '치유 마법'이라니.

그런데 이번에도 그 아저씨는 나의 반응을 뭔가 어긋나게
이해한 모양이다.

"아아… 내가 미처 말을 못했는데, 내가 그래도 제법 괜찮은
마법사야."

"예에에~?"

"눈치 못 챘냐? 하긴, 내가 마법사 로브를 벗고 왔으니 그럴
만도 하지. 그거야 어쨌든 역시 생각대로 만만치 않은데? 마법
사의 혼을 불타오르게 하는 놈이로구먼. 어디, 누가 이기는지
한번 해보자고. 다시 등 좀 대봐."

아저씨는 손을 이리저리 살펴 완전히 회복되었다는 걸 알자
양손을 뚜드득거리며 나를 불렀다. 마법사의 혼을 불타오르게
한다더니, 정말 아저씨의 두 눈이 뭔지 모를 열정으로 불타오

르고 있었다.

그러나 아저씨의 반응이야 어쨌든, 얼결에 아저씨가 시키는 대로 등을 돌려대긴 했지만 내 정신은 아저씨의 말이 준 놀라움 속에서 허우적대고 있었다.

'마법사라… 마법… 어허허허…….'

하지만 얼마 지나지 않아 나는 이 상황에 대해 나름대로 납득할 수 있었으니…….

'그래, 뭐… 나처럼 희한한 괴물들도 많은데 마법사라고 없겠어? 나중에는… 요정이라도 만나게 될지 모르지. 아니면… 드래곤?'

납득이라기보다는 체념에 더 가까운 것 같지만, 이 상황을 끝까지 분석하려다간 내 머리가 과부하를 일으킬 것 같았기에 그쯤에서 그냥 그러려니 하고 말았다.

내가 그러고 있을 때 등 뒤에 있던 아저씨는 뭘 하는지 잠시 동안 꿈지럭대더니 다시 시도하려는 듯 나에게 다가섰다.

파지지직!

그러자 이번에도 어김없이 듣기만 해도 짜릿~해지는 소리가 들려왔다. 그런데 의아하게 이번에는 아저씨의 신음 소리가 들리지 않는 거다.

'어라? 이번에는 손에 천이라도 감았남? 아하~ 그러느라 아까 꿈지럭대셨던 거구먼. 으음… 그런데 등 뒤의 녀석, 왜 아저씨가 건드리니까 반항하지? 내가 만질 때는 괜찮았는데. 아, 하긴… 안 그랬으면 내 등에 꽂혀 있지도 못했겠지.'

뭔가 조치를 취해서인지 이번에는 버티는 시간이 오래가는 것 같다고 생각할 즈음이었다.

"후우~"

드디어 한계에 도달했는지 아저씨의 기척이 떨어지며 그동안 숨을 참고 계셨던 듯 길게 내쉬는 소리가 들렸다.

돌아보니 아저씨가 창백한 얼굴로 비틀거리며 침대 위에 털썩 주서앉는 거나. 하지만 안 좋아 보이는 안색에 비하여 표정에는 흡족한 기색이 떠올라 있다. 마치 퀴즈 대회에 나가서 어려운 문제를 받고 막막해하던 상황이었는데, 따악 좋은 힌트를 얻은 듯한 기색이었다.

그걸 보고 몸은 괜찮느냐고 물어봐야 할지, 뭔가 잘 해결되었냐고 물어야 할지 고민하던 나는 결국 몸 상태를 물어보기로 했다.

"괜찮으세요?"

"안 괜찮다."

'헐.'

이번에도 역시 시큰둥한 아저씨의 대꾸가 돌아왔다. 하지만, 그래도 그 어조에는 기분 좋은 기색이 살짝 어려 있는 걸 보니 역시 뭔가를 얻긴 얻은 모양이다.

아저씨는 창백해진 얼굴을 두 손으로 쓸고 목과 어깨를 주무르고 팔도 이리저리 틀더니 자리에서 벌떡 일어났다.

"좋았어. 이제부터 시작이다."

그렇게 혼자 중얼거린 아저씨가 주변을 휘휘 둘러보더니 마지막에는 나에게로 시선을 돌렸다.

"혹시 종이와 펜 있냐?"

"소금과 후추도 없는데 종이와 펜이 있겠습니까?"

"하긴."

기대를 안 했다는 표정이지만, 그래도 없다니 실망스러운지 입맛을 쩝쩝 다시던 아저씨가 다시 주변을 둘러보다 뭔가를 떠올렸나 보다.

'아~!' 하는 표정으로 황급히 거처의 입구를 향해 뛰다시피 걷는 아저씨의 모습에 '왜 저러신대?' 란 생각에 나는 어슬렁거리는 걸음으로 아저씨의 뒤를 쫓아갔다.

내가 거처로 삼은 굴 앞에는 제법 넓은 공터가 있었다. 처음에는 누구의 발길도 닿지 않는 곳이라 온갖 잡초가 내 무릎 위까지 올라올 정도로 무성했는데, 내가 이곳에서 산 뒤로 무성했던 잡초 밭은 사라지고 단단한 땅이 드러나 있었다.

굴 입구에 서서 그러한 공터를 살펴보고 있던 아저씨는 내키지는 않지만 어쩔 수 없다는 표정으로 가볍게 고개를 끄덕인다.

"이 정도면 뭐… 그럭저럭 쓸 만하겠군. 종이가 없으니 하는 수 없지."

도대체 뭔 소리를 하시는 건지 이해를 못한 내가 당혹스럽다는 듯 쳐다보는 걸 아시는지 모르시는지 또다시 공터를 둘러보던 아저씨가 장작을 쌓아놓은 공터 한구석으로 가서 제법 단단해 보이는 나무 막대를 하나 주워 오시더니 내 팔을 잡아당기셨다.

"여기 앉아봐라. 등 보이고."

"다시 시도하시게요?"

내 등을 보실 이유가 등에 박힌 그것을 뽑으려는 것 외에 뭐가 더 있겠는가? 나에게 나쁠 건 없었기에 아저씨가 시키는 대로 순순히 앉으면서 묻자 아저씨가 코웃음을 친다.

"시도한 적도 없다. 단지 어떻게 박혀 있는 건지 알아보려 했을 뿐이지."

"예?"

아저씨의 말을 이해 못한 내가 고개를 돌리며 되묻자 아저씨가 어째 이번에는 순순히 대답해 줬다.

"이게 그냥 박혀 있기만 한 게 아니라 봉인 결계를 펼쳐 놔서 못 뽑게 조치를 취해놨어. 그러니 이걸 뽑으려면 우선 그 봉인을 풀어야 해. 아까는 봉인이 있는지 없는지 알아본 거고, 지금은 이 봉인이 어떤 방식으로 된 건지 알아보려는 거야. 이게 다 너를 위한 일이니 시키는 대로 가만히 있어."

뭐, 결론은 아저씨가 시키는 대로 하라는 걸로 끝이 났지만 말이다.

'그런데 봉인이라니, 그런 게 있었나? 그럼 그 스파크가 봉인 결계 때문에 생긴 거야?

봉인이니 결계이니 하는 용어는 판타지 소설에서나 읽어본 게 다였기에 제대로 아는 건 없지만, 그래도 그게 무언가를 막기 위한 보안 장치라는 건 알고 있었다. 그러니 그 스파크란 아저씨의 행동을 막기 위한 보안 경보 정도 되는 건가 보다.

파츠츠츠~

다시금 아저씨가 그 봉인 결계를 건드린 건지 스파크 소리가 일어났다. 그런데 어째 이번에는 대략 30여 초쯤 지나자 소리가 똑 끊기는 거다.

그에 벌써 다 한 건가 싶어 고개를 돌려보니, 아저씨가 땅에다 동그라미를 그리고 있는 거다.

"에엥? 뭐 하시는 겁니까?"

"네 등에 펼쳐진 봉인 결계를 그린다. 일단 이걸 연구해서 원리를 알아야 풀 수 있을 거 아니냐?"

"오오, 그런 이유가……."

왠지 아저씨가 대단해 보인다.

아저씨는 큰 안에 작은 원을 그리고, 그 안에다 다시 삼각형이 엇갈려 붙은 모서리가 여섯 개인 별을 그리더니 다시 나를 돌아보았다.

"자, 다시 대봐라. 다음에 어떻게 되는 건지 보자."

"예."

파츠츠츠~

다시금 내 등에 펼쳐져 있다는 봉인 결계를 건드리는 소리가 들렸고, 이번에도 대략 30초쯤 지나자 소리가 끊겼다.

그래 시선을 돌려보니 아저씨가 신중한 표정으로 아까 그린 도형 바깥쪽에 글씨를 써 넣고 계신다. 분명 처음 보는 형식의 글씨였는데, 신기하게도 나는 읽을 수 있었다. 이게 어떻게 된 일인지 고민하고 있는 사이, 아저씨가 날 불렀다.

"자, 다시."

"아, 예."

파츠츠츠츠~

"다시 한 번 더!"

"예, 예."

파츠츠츠츠~

그렇게 일곱 번인가 여덟 번인가 봉인 결계를 건드린 후에야 아저씨는 봉인 결계를 다 베껴낼 수 있었다.

"히야, 이게 제 등에……."

땅에 커다랗게 그려진 원 안에 원, 또 그 안에 삼각형이 그려진 도형 안에 여기저기 쓰여 있는 문자들.

애니메이션에서나 보던 마법 결계를 실제로 보게 되었다는 신기함에 나는 아저씨에게 말을 걸려고 했다. 그런데 아저씨가 뚫어져라 마법 결계를 바라보는 폼이 '나 지금 딴것에 신경 쓸 정신 없다' 라고 선포하고 있는 것만 같아 꺼내려던 말이 나도 모르게 쏘옥 들어가 버렸다. 물론 앞 단어는 튀어나오기는 했지만, 아저씨는 내가 말을 꺼냈다는 것도 모른 채 마법 결계에만 포옥 빠져 계셨다.

그 엄청 열중하는 모습에 나는 한번 피식 웃고는 조용히 그곳에서 멀어졌다. 별로 마음에 안 드는 아저씨이기는 했지만, 그래도 방해는 하고 싶지 않았던 것이다. 방해한다면 절대로 가만둘 아저씨도 아닌 것 같고, 나도 방해할 정도로 할 일이 없었던 게 아니었으니까.

'사냥이나 다녀와야겠군.'

아저씨가 혼자 남아 있는 게 좀 마음에 걸렸지만, 폼을 보아하니 몇 시간 정도는 봉인 결계라는 마법 결계에 포옥 빠져 계실 것 같으니 혼자 심심하지는 않으실 거다. 그리고 이 근처에 사는 괴물들이야 내가 사는 거처 가까이에는 얼씬도 안 하니까 그다지 위험하지는 않을 거 같았다.

그래도 너무 늦는 건 손님을 데려다 놓은 주인 입장에서 안 좋을 것 같아 계획했던 양을 다 채우진 못했어도 해가 저물려고 하자 서둘러서 돌아왔더니, 아저씨는 여전히 공터에 쭈그리고 앉아 있었다.

달라진 점이라면, 앉아 있던 위치가 아까와는 다른 데다 무슨 괴상한 기호인지 문자 같은 것들이 공터 한구석이 아니라 공터 전체에 빼곡하게 그려져 있다는 거였다. 거기다 바닥에 그런 것들을 얼마나 썼다 지우고 다시 쓰기를 반복했는지 흙이 다 뒤엎어져 있었고, 공터 한쪽 귀퉁이에는 그 과정에서 나온 듯한 돌멩이가 수북하게 쌓여 있기까지 했다.

'나 원, 누가 보면 밭이라도 간 줄 알겠다.'

그러한 모습에 그곳에다가 야채나 채소라도 심어야 할 것 같은 기분을 느끼며 여전히 자신의 일에 열중해 있는 아저씨에게 말을 걸었다.

"이게 다 뭡니까?"

그러자 이 아저씨가 고개를 번쩍 들고는 번뜩이는 시선으로 날 바라보더니 매섭게 경고했다.

"오지 마. 밟지 마. 저리 가!"

다정한 대답은 기대하지 않았지만, 이건 완전 털 세운 야생 고양이 같은 반응이다. 아무래도 더 늦게 와도 될 걸 너무 일찍 온 모양이다.

"언제 끝날 거 같아요? 조금 더 늦게 오면 돼요?"

"나도 몰라. 너 이 녀석, 말 좀 시키지 마라. 나 지금 바쁜 거 안 보여?"

마지막에 날 보는 시선에는 아예 살기까지 어려 있는 것이, 한 번만 더 밀시켰다긴 사생결단 내겠다고 쫓아올 거 같았다. 그래서 나는 순순히 뒤로 물러났다.

"예이, 예이, 그럼 저는 좀 더 있다 올 테니까 하던 일 마저 하세요."

이번에는 대꾸조차 없었지만, 얼른 사라지라는 분위기가 폴폴 풍겨온다.

그에 나는 얌전히 거처에서 좀 떨어진 계곡으로 사냥해 온 고기들을 손질하러 갔다. 분량을 못 채웠다 하더라도 덩치 큰 놈이 두 마리, 작은 놈이 네 마리였기에 깨끗하게 손질하는 데 제법 시간이 걸렸다. 그나마 내 손톱이 날카로워서 시간이 짧게 걸린 거다. 내 손톱은 얼마나 날카로운지 한 번 쓰윽 긋기만 해도 배가 쭈욱 갈라지고 가죽이 벗겨진다. 너무 예리함이 지나쳐 힘 한번 잘못 주면 가죽이 갈라지는 게 아니라 고기가 뼈째로 두 동강 나버리는 게 문제랄까?

그래도 고기를 깨끗이 다 손질하고 나니 해가 완전히 져 날이 깜깜해져 있었다.

나야 시력이 좋기 때문에 달빛 정도만 있어도 사물을 보는 데 거의 지장이 없지만, 보통 인간인 아저씨라면 이쯤이면 바닥의 글자도 안 보일 테니 이제 중단하셨겠지란 생각에 돌아왔는데, 이 아저씨 여전히 공터에 버티고 있었다.

게다가, 놀랍게도 공터는 전혀 어둡지 않았다. 허공에 정체 모를 빛 덩어리 세 개가 둥둥 뜬 채로 사방을 밝혀주고 있었던 것이다.

'저, 저게 도대체 뭐래? 아아, 저것도 마법?'

깜깜한 밤하늘 아래 높은 산, 그 산속에 마법 등불로 환히 밝혀 있는 어느 공터……. 만화나 소설 속에서 묘사될 정말 신비하고 환상적인 장면 아닌가? 그런데 이 신비하고 환상적인 장면에 어울리지 않게 이 공터를 차지하고 앉아 있는 아저씨의 얼굴은 잔뜩 찌푸려져 있었다. 그걸 보자니 꼭 동화 속 이야기에 흔히 나오는, 아름다운 요정 나라의 왕성을 힘으로 빼앗은 사악한 마법사가 앉아 있는 것 같았다.

내가 아까 여길 떠날 즈음에는 잔뜩 열의에 불타오르고 있었는데, 지금은 엄청 찌그러져 있는 표정을 보니 뭔가 잘 안 풀리는 모양이다. 그에 차마 말을 걸지 못하고 가만히 지켜보고만 있는데, 내가 온 걸 눈치 챘는지 아저씨가 말을 건네왔다.

"왔냐?"

잔뜩 가라앉은 목소리가 잘못한 게 하나 없는 내가 미안한 감정이 뭉실뭉실 피어오를 지경이었다.

"예. 그런데 무슨 일이세요? 뭔가 잘 안 돼요?"

남이 기껏 걱정… 까지는 아니고 그래도 주인 된 입장에서 모른 체하자니 약간 양심에 찔려서 예의상 물어봐 줬더니만, 역시 아저씨다운 대답이 돌아왔다.

"넌 알 거 없다. 젠장할, 머리나 식힐 겸 식사나 해야겠어. 뭐 잡아왔냐? 네가 끓여주는 그 이름 모를 수프도 좋지만 오랜만에 고기 바비큐 좀 해 먹자."

아저씨 폼을 보아하니 이 아저씨도 은근히 스트레스를 먹는 걸로 푸는 타입인가 보다.

그래도 뭐, 나도 슬슬 출출해서 아저씨가 안 먹으면 혼자라도 먹으려 했기에 별다른 말 없이 고개를 끄덕이며 물었다.

"돼지로 할까요, 사슴으로 할까요?"

물론 내가 잡은 녀석들은 정말 돼지나 사슴이 아니다. 단지 이 녀석들의 진짜 이름은 모르는데다 그냥 돼지와 사슴이랑 비스름하게 생겨서 나 혼자 그렇게 부르고 있었던 것이다.

"사슴이 좋겠다. 아, 그리고… 이쪽에 쓰여진 건 밟지 마라. 내일 다시 들여다볼 생각이니까. 저쪽으로 와, 저쪽으로."

그러고 보니 공터에는 절반을 가로지르는 깊고 굵은 줄이 그어져 있었다. 아무래도 한쪽은 보고서용, 한쪽은 연습장용인 모양이다.

"밟으면 안 되는 곳은 표시 좀 해주세요. 깜빡 잊을 수 있잖아요."

"어차피 혹시나 싶어서 알람 마법을 걸어놓으려고 했으니까 걱정 마."

내 예상이 그렇게 크게 틀리지 않았는지 아저씨는 그전까지 먹었던 식사량의 거의 세 배에 가까운 식사를, 그것도 식사를 하는 게 아니라 거의 음식과 전투를 하는 양 고기를 거칠게 뜯어 잘근잘근 씹은 뒤에 삼키는 것이었다. 그러면서 홀로 중얼거리는 말이란,

"그게 왜 그렇게 되는 거야? 말도 안 되잖아? 어떻게 그럴 수 있지? 반대로 해볼까? 그럼 제대로 안 될 텐데… 젠장, 왜 안 되는 거지?"

등등등…….

너무 심각한 표정으로 중얼거려 나는 차마 '도대체 무슨 말씀이세요?' 라고 물어볼 엄두도 안 나 그냥 조용히 고기나 구워 아저씨 앞에 내려놔 줬다.

그리고 두 시간 후.

꾸르르르륵~

"끄으윽, 제기라아알~!"

아저씨의 뱃속에서 우렁찬 소리가 들려왔고, 그와 함께 아저씨가 급한 얼굴로 자리에서 벌떡 일어나더니 배를 부여잡고는 엉거주춤한 포즈로 거처 밖으로 향하는 거였다.

"또예요?"

그 모습에 웃음기를 참으며 묻자 아저씨가 매서운 얼굴을 휙 나에게 돌리더니 날카로운 어조로 외쳤다.

"시끄럽다!!"

그런 아저씨에게 나는 진심으로, 그리고 속으로 조용히 중얼거렸다.

'핼쑥한 얼굴로 그렇게 말해봤자 먹히지 않걸랑요?

잠시 후, 아저씨는 진이 다 빠진 얼굴로 비척비척대면서 거처 안으로 들어왔다. 그리고 그와 함께 아저씨의 몸에서 은은하게 풍기는 꾸릿꾸릿한 냄새.

'크허… 오감이 예민해졌다고 다 좋은 건 아니라니까.'

코를 막고 싶은 심정을 애써 다스리며 나는 아저씨를 향해 짐짓 걱정스러운 목소리로 물었다.

"괜찮으세요?"

"넌… 내가 괜찮아 보이니?"

완전 좀비처럼 퀭~한 어조로 날 바라보며 말하는 폼이 90년대 유행했던 무서운 이야기를 떠오르게 만든다. 완전 그 유명한 '넌 내가 아직도 엄마(혹은 친구)로 보이니?' 하는 귀신의 대사와 비슷하지 않는가 말이다.

"과일 좀 드릴까요? 아니면 물이라도……."

"물이나 좀 다오."

아저씨의 말에 나는 얼른 준비해 뒀던 물이 가득 담긴 컵을 건네줬다.

"그러게 좀 적당히 드시지 그러셨어요?"

내 말에 아저씨의 살기 어린 눈초리가 쫓아온다.

"나에게 그 많은 고깃덩어리를 준 게 누군데?"

아저씨의 말에 나는 속이 살짝 뜨끔했다. 그냥 넙죽넙죽 잘 받아 드시기에 아무 생각 없이 계속 드렸던 것이다.

"잘 드시기에 그랬지요. 다 큰 어른이 식사량을 조절 못할 줄 누가 알았나요? 배가 안 차서 계속 드시나 했지."

내 말에 아저씨는 할 말이 없는지 휙하니 고개를 돌리셨다. 그리고 그 순간,

꾸르르륵~

"이런 젠장!"

다시금 뱃속에서 굉음이 울려왔고, 아저씨는 오만상을 찌푸리며 자리에서 일어나 밖으로 향하셨다.

"조심해서 다녀오세요~!"

나는 기껏 생각해서 인사한 건데, 돌아오는 건 퉁명스러운 한 소리였다.

"시끄러!"

물론 기운이 다 빠진 어조로 말이다.

"저런, 성질 하고는……."

아무래도 오늘 밤 잠은 다 잔 거 같다. 그나저나 아저씨는 스트레스받으면 폭식으로 푸는 게 아니라, 하나에 포옥 빠지면 다른 거엔 전혀 신경을 못 쓰는 타입이었나 보다.

다음날, 밤새 내내 계속된 과민성 대장 증후군 증상에 의하여 고생하신 아저씨는 잠도 제대로 못 주무시고 탈수 증상까지 일어나서 아침이 되었을 때에는 완전 좀비가 '형님~!' 하

고 올 몰골이 되어 계셨다. 게다가 이제 드디어 고기를 씹어 충분히 소화시킬 수 있었던 내장들도 놀라서 그런지 고기를 거부하는 바람에 식단을 다시 사골 국물로 바꿔야만 했다.

그렇게 몸 상태가 안 좋음에도 불구하고 한번 풀기 시작한 문제는 답이 나올 때까지 끝까지 붙들고 있으려는 성격 때문인지, 아침을 드시자마자 다시금 거처 앞 공터에 쭈그리고 앉아 내 등에서 베낀 봉인 결계에 매달리시는 거다.

"도대체 뭐가 문제입니까? 결계를 그냥 부수면 안 되는 건가요?"

마법에 대해서는 개미 발톱만큼도 모르는 나였으니 땅에 그려진 도형과 글씨들을 들여다보고 계시기만 하는 아저씨가 이해가 안 되어 슬그머니 말을 건네봤다.

뭐, 아저씨의 성격을 대충이나마 파악하고 있는 이상 다정한 설명은커녕 대꾸도 안 해줄지도 모른다 생각했는데, 의외로 대답이 들려오는 거다. 물론 다정함은 눈 씻고 찾아봐도 없었지만 말이다.

"바보냐? 그냥 힘으로 결계를 깨려고 하면 네 몸이 통째로 날아갈 거다."

몇 달 전에 들었다면 '그렇게 기쁜 소식이~!!' 하며 달려들었을 텐데, 지금은 온몸이 오싹한 것이 '큰일 날 소리!' 란 생각이 제일 먼저 든다. 사람의 적응력이란 바퀴벌레의 생명력 못지않고 사람의 마음이란 간사하기 그지없다고 하더니만, 바로 나를 두고 하는 말 같다.

“예? 아니, 왜 그렇게 되나요? 그냥 제 등에 새겨진 걸 지우면 되는 거 아닌가요?”

“그렇게 단순한 결계라면 내가 이리 끙끙대지도 않았을 거야. 어디 한 군데 잘못 건드리기만 하면 그대로 폭발해서 너나 그걸 건드리는 나나 한순간에 날려 버릴 게 분명해.”

“그, 그렇습니까?”

“너는 잘 모르는 모양인데, 이 결계에는 엄청난 힘이 축약되어 있거든. 하기야, 네 등에 꽂힌 물건도 범상치 않으니 그걸 지키기 위한 결계도 범상치 않겠지만… 하여간 이제부터 난 이걸 연구할 테니 괜히 귀찮게 방해하지 마라.”

“아, 예. 그런데… 점심은……?”

진짜 내 양심에 맹세코 나는 순수하게 걱정되어서 물어본 건데, 내 말이 끝나자마자 아저씨는 살기 어린 눈으로 날 째려보는 것이었다.

“넌 지금 내가 음식을 먹으려고 할 거 같냐?”

“아, 아니… 뭐… 그럼 국은 계속 끓여놓고 있을 테니 배고프면 드세요. 그럼 전 볼일을 보러…….”

“됐으니까, 할 일 있으면 어여 가기나 해.”

내 말이 거슬렸던지 아저씨는 내 말을 중간에서 끊으며 휘이 휘이 손짓을 한다. 그에 나는 쓴웃음을 지으며 숲 속으로 뛰어 들어갔다. 뭐, 아저씨를 거처로 데리고 온 것이 싫은 건 아니었지만 예정에 없던 일이다 보니 이것저것 부족한 게 많았다. 그걸 채우려면 아마 사나흘은 바쁘게 뛰어다녀야 할 거 같다.

기실 어제 반나절 정도 잠깐 사냥을 하긴 했지만, 그 정도 가지고는 나의 이틀치 식량도 안 된다. 이 몸은 덩치가 커서 그런지 배부르게 먹으려면 상당한 분량의 음식이 필요했던 것이다. 거기다 아저씨도 한 덩치 하시니 제법 많이 드실 거 같다. 지금까지야 몸이 안 좋으셔서 별로 안 드신 데다 내가 전부터 저장해 놓은 식량이 있어 그럭저럭 버텼지만, 그것도 거의 다 떨어진 상태고 앞일을 생각하면 오늘부터 사냥을 많이 해놔야 할 거 같다.

'으음… 그리고 아저씨 잠자리도 하나 만들어야지. 언제까지 내 잠자리를 양보하고 나만 구석탱이에 쭈그린 채 잘 수는 없으니까. 이불도 더 필요하겠고… 아차, 그 잠자리를 손본다는 걸 깜빡했네. 아저씨도 참, 그게 별로 편하지 않았을 텐데 불평 한마디 안 하시다니… 성격이 생각만큼 까칠하신 건 아닌가 봐? 그나저나 여기도 겨울이 있나 모르겠네. 아저씨에게 물어봐서 겨울이 있으면 날 잡아서 구들장을 한번 만들어볼까?'

그렇게 앞일에 대해 생각하면서 빠르게 산속을 달려가는 내 눈에 저 멀리 나보다 훨~씬 큰 키에 시퍼러둥둥한 피부를 가진 괴물 녀석이 눈에 들어온다. 산속을 다니다 보면 가끔 만나는 녀석인데, 나만 보면 꽁무니를 빼는 놈들 중 한 녀석이었다. 덩치가 커서 한번 잡으면 고기가 제법 많이 나올 것 같은데, 시퍼런 피부를 볼 때 먹을 수 있을지 심히 의심이 가서 한 번도 잡지 않았다. 기실 전에는 한 번 잡아보려고 덤볐다가 놈의 피를 봤는데, 세상에! 피가 초록색인 거다. 그걸 보고 식겁해서 그냥 보내줬는데 볼 때마다 덩치가 아깝다는 생각을 버릴 수가 없다. 피부만 좀 받쳐 줬으면 내가 노리는 사냥감 1위로 등극할 텐데 말이다.

'으음… 식량이 많이 필요한데 오늘 그냥 한번 잡아볼까? 잡아서 좀만 먹어보고 못 먹겠으면 버리면 되지 않으려나?'

왠지 괜찮은 생각 같아 녀석에게 덤비려다가 나는 거처에 있는 아저씨가 떠오르자 고개를 휘휘 저었다.

'에이… 나는 몰라도 아저씨가 잘못 먹고 탈나면 큰일이니까. 산속이라 약도 없는데… 그냥 평소처럼 안전한 것들로 잡자.'

그래도 못내 아쉬운 감정이 들어 녀석의 옆을 스쳐 지나갈 때 놈을 바라보며 입맛을 쩝쩝 다셨더니만, 이놈이 내 시선의 뜻을 알아챈 것인지 파란 피부가 하얗게 될 정도로 놀라더니 후닥닥 도망을 가버린다.

그런 녀석의 뒷모습을 보자니 토실토실해 보이는 것이 한번 잡아봐도 괜찮을 거 같다.

'아저씨는 주지 말고 나 혼자 한번 먹어보면 안 될까나? 쩝… 나중에 기회 있으면 한번 해봐야겠어.'

정오 무렵, 성인이긴 하지만 그래도 몸 상태가 안 좋은 아저씨가 조금은 걱정이 되어 잠깐 들여다볼 겸, 사냥한 동물들을 가져다 놓을 겸 거처에 갔었다.

딱히 큰 소리를 내며 다닌 건 아니었지만, 그래도 조용조용 움직인 건 아니었는데 아저씨는 내가 온 걸 알아차리지 못할 정도로 골몰해 계셨다. 공터 바닥은 어째 어제보다 복잡해(?)져 있었다.

바닥은 다시 한 번 갈아엎었는지 흙의 색이 더 진하고 촉촉하다. 그 모습을 보자니 농담이 아니라 어디 주변에서 먹을 만한 식물이라도 캐와 심고 싶었다. 그냥 버려두기에는 너무나 훌륭한 밭이 아니던가. 뭐, 그거야 나중의 일이고 일단은 아저씨의 노트(?)에 발을 들이밀지 않게, 그리고 소리가 나지 않게 조심조심 구석에다 사냥해 온 짐승들을 쌓아놓고 물러 나왔다.

피 냄새가 좀 나긴 했지만 크게 문제될 건 없을 거다. 여기에는 며칠 동안 사냥감들을 내버려 둬도 피 냄새의 유혹을 받고 올 정도로 담이 큰 녀석들이 없으니 말이다. 게다가 보아하니 아저씨도 공식 풀이에 포옥 빠져서 신경 쓸 여유도 없을 테니 내가 들고 다니는 것보다 여기 두는 게 훨씬 낫겠지.

점심은 드셨냐고 말이라도 걸어보고 싶었지만, 그랬다간 버럭 화를 내실 것 같아 나는 아무 말 없이 다시 산속으로 들어가 사냥을 재개했다. 폼을 보아하니 당분간 계속 공식 풀이에 골몰하실 것 같으니 내 잠자리를 만드는 건 한 며칠 뒤로 미뤄야 할 거 같다. 잠자리를 만들려면 아무래도 공터를 사용해야 하니 말이다.

오늘은 사냥에 집중해서 그런지 내가 다시 거처로 돌아왔을 때는 해가 완전히 진 후였다. 그때까지도 아저씨는 공식 풀이에 여념이 없었다. 폼을 보아하니 점심과 저녁을 다 굶으신 거같은데 괜찮은지 모르겠다.

'아, 하긴… 속이 안 좋으실 테니 차라리 굶는 게 좋으려나? 국은 계속 끓게 두지 뭐. 어차피 사골을 푸욱 고아내려면 하루 정도는 끓여야 하니.'

물론 나도 오늘 하루 계속 쫄쫄 굶는 상태이긴 했지만, 어제 배부르게 먹었던 덕분인지 배가 고파서 돌아가실 정도는 아니었다.

'아저씨는 어제보다는 낫나 보네? 어제는 문제가 안 풀려서 포기하시더만 그래도 오늘은 아직까지 붙들고 계시잖아?'

아저씨의 모습을 한번 힐끗 본 난 이번에도 조용히 쌓여 있는 사냥감들을 들고 계곡으로 갔다. 오늘은 다행히 달도 밝아 밤이라 해도 고기를 손질하는 데 별 지장이 없을 것 같다. 식사야 그 후에 하면 될 테니까.

'물론 그때까지 아저씨가 문제를 다 푸시든지, 포기를 하시든지 해야겠지만.'

원래 깜깜한 밤이 되어서 계곡에 간 것도 있고, 어제보다 손질할 양이 훨씬 많았기에 내가 다시 거처로 돌아왔을 때는 한밤중이 지나 새벽이 되었을 무렵이다. 그런데 거처 앞 공터는 여전히 환하기에 나는 아저씨가 아직도 문제를 붙들고 있는 건가 싶었다. 그래 여전히 그 상태 그대로면 나 혼자라도 식사를 해야겠다고 마음먹었는데, 그럴 수가 없었다.

여전히 지저분하게 온통 글씨와 도형들이 그려진 공터 가운데 정좌를 한 채로 눈을 지그시 감고 있는 아저씨에게서 범상치 않은 분위기가 풍겨 나오고 있는 것이다.

'호오, 뭐가 뭔지 잘 모르겠지만 어쨌든 잘된 거 같은데?

그러한 분위기 때문에 나 혼자 공터 구석에서 고기를 구워 먹을 수가 없어 공터 구석에 쭈그리고 앉아 아저씨의 모습을 살피고 있는데, 어느 순간 공터를 밝게 비추던 빛의 구들이 팍~! 하고 꺼지더니 아저씨의 몸에서 은은한 빛이 뿜어져 나오기 시작하는 것이었다.

그와 함께 아저씨를 중심으로 어떠한 기운이 휘몰아치는 것이 느껴졌다. 마치 바람처럼 보이지 않는데 존재한다는 건 분명히 느껴지는 그 기운은, 처음에는 희미했지만 점점 존재감이 진해지더니 나중에는 엄청난 위압감으로 다가왔다. 주변의 모든 존재, 하다못해 공기마저도 그 위압감에 숨을 죽이고 있는 것만 같았다. 그것은 나도 마찬가지였기에 뒤로 두어 걸음 물러나 숨도 무지 조심스럽게 쉬면서 지켜보고만 있었다.

그런 신기한 광경이 끝난 건 대략 두어 시간 정도 지난 후였다.

아저씨로부터 나오던 희미한 빛이 한순간 강렬한 빛으로 바뀌어 번쩍하더니, 그 후 빛과 함께 공터를 강하게 압박했던 뭔지 모를 존재감도 씻은 듯이 사라졌다. 마치 태풍이 한번 강렬하게 몰아치고 한순간에 사라진 것처럼 말이다.

그리고 잠시 후 아저씨가 눈을 떴다.

"후우!"

"괜찮으세요?"

어찌 된 영문인지 몰라 다가가지는 못하고 멀찍이서 소리쳐 불렀건만, 이 아저씬 내 말을 못 들었는지 무시하는 건지 대꾸도 없다.

대신,

"크, 크크크! 크하하하~!"

하늘을 향해 두 손을 치켜든 채로 앙천대소를 터뜨리는 것이었다.

"으하하하하하~! 아하하하하하~!"

한순간 웃고 끝나면 몰라도 웃음이 한참 동안이나 그치질 않고 계속되자 나는 슬그머니 이 아저씨가 맞이 간 건 아닌가 하는 의심이 들기 시작했다.

그도 그럴 것이, 나중에는 웃다 웃다 지쳐서 몸을 가누지 못해 옆으로 쓰러지고, 제대로 웃음이 안 나오는데도 키득키득거리며 웃어대는 거였다. 그것도 땅 위를 뒹굴어가며 말이다. 덕분에 옷이 지저분해지는 것도, 그리 귀하게 여기던 바닥에 써진 것들이 지워지는 데도 전혀 개의치 않는 모습이다.

"갔군. 정말 갔어. 얼마나 머리를 싸매고 애를 쓰셨으면……."

이것 외에 다른 결론이 어디 있겠는가?

그래 나는 고개를 절레절레 저으며 아저씨에게 다가가 부축해 일으켰다. 바닥의 글씨와 도형들이 지워져도 별로 개의치 않으시니 나도 편히 다가갈 수 있었던 것이다.

"괜찮으세요? 그렇게 계속 웃다간 숨넘어간다구요. 이제 그만 진정하시죠?"

내 말에 뭔가 자극을 받은 걸까? 지친 상태에서도 꺽꺽거리며 웃던 아저씨가 갑자기 웃음을 뚝 그치더니 날 빤히 쳐다보는 거였다.

'진짜 갔구먼. 안됐어라.'

그 모습에 나는 속으로만 혀를 끌끌 차며 아저씨를 일으켜 세운 다음 몸에 엄청나게 묻은 흙먼지를 툭툭 털어주는데, 아저씨가 입을 열었다.

"나, 안 미쳤다."

아까 그렇게 미친 듯 웃어댄 것이 믿어지지 않을 정도로 침착한 음성이었지만, 이제 와서 그리 말해봤자 '미친 사람이 자기 미쳤다고 그러는 거 봤남?' 하는 생각만 들 뿐이었다. 그렇다고 대놓고 '맛이 가셨다니까요' 라고 해줄 수는 없는 일이라 순순히 고개를 끄덕였다.

"예, 예, 누가 뭐래요? 어쨌든 날이 어두워졌으니 이만 들어가자구요. 아직 저녁 안 드셔서 배고프시죠? 지금쯤이면 국도 맛있게 우러났을 테니 한 그릇 드시면 기분이 더 좋아지실 겁니다."

슬그머니 먹을 걸 언급해 달래면서 대충 흙먼지를 떨어내자 아저씨를 거처 쪽으로 이끌었더니만, 이 아저씨가 인상을 팍 찡그리는 거다.

"너어… 아니, 아니다. 어쨌든 너, 나중에 두고 보자."

나보고 한소리 하려던 아저씨는 뭔 생각이 든 건지 손을 저어 보이고는 공터를 새삼스레 찬찬히 둘러보는 것이었다.

"뭐 하세요? 안 들어가세요? 어여 어여 들어가세요. 저도 아직 안 먹었으니 같이 먹죠. 아, 혹시 고기 드실 수 있으면 아저씨 것도 구워드릴게요."

그 모습에 '이 아저씨가 뭔 짓을 하려고' 하는 생각이 들어 그의 팔을 툭 치며 재촉하자 아저씨의 쌍심지가 치켜 올라갔다가 그냥 내려왔다.

"그래, 일단 먹고 보자. 네놈, 그거 아냐?"

"예?"

"네놈은 기껏 선심 쓰고 욕먹을 놈이야."

"에에?"

아니, 지금 그거 자신을 설명한 게 아닐까? 내가 어디가 어때서? 나보다도 성격이 까칠하신 분이 바로 아저씨면서 말이다. 아무래도 맛이 가니까 억지성까지 생기신 모양이라고 이해하려고 하면서도 부아가 난다. 이런 말까지 '예, 예' 라고 해줘야 하는 걸까?

이런 내 심정이 겉으로 고스란히 드러났나 보다. 내 얼굴을 한번 힐끗 본 아저씨가 피식 웃었으니 말이다.

"삐쳤냐? 어린애 같긴. 얼른 들어가자. 배가 엄청 고파서 지금 심정으로는 돌이라도 씹을 거 같다. 신나게 먹은 다음에 난 잘 거니까, 내가 알아서 일어날 때까진 나 깨우지 마라. 하루 종일 푸욱 자야겠다."

아주 신이 난 얼굴로 다다다 내뱉는 아저씨를 보니 '맛이 간 사람은 항상 기분이 좋은 법이지' 란 생각이 떠올랐지만, 또렷한 눈매와 어긋남이 없는 어법을 보니 어째 맛이 간 분 같지는 않다.

'아니, 그럼 아까 미친 것처럼 웃어댄 건 뭐래?

왠지 무지하게 기분이 나빴다.

'내일 아침 일찍 그냥 깨워 버릴까 보다.'

아저씨는 스스로 말한 것처럼 엄청 배가 고프셨던지 허겁지겁 국을 마시고 갈비를 뜯었다. 내가 혹시나 싶어 미리미리 사골국을 끓이고 그 안에 갈비를 삶아놨길 망정이지, 안 그랬다가는 익지도 않은 고기를 가져가서 드실 것 같았다.

하기야, 나중에는 내 몫으로 구운 고기도 탐을 내 그것도 드셨으니 말이다. 어제처럼 혹시 탈이 날까 걱정되기는 했는데, 어째 오늘은 스스로 조절하시는 것 같으니 괜찮을 것 같기도 하다.

그렇게 배부르게 드신 아저씨는 뒷정리도 안 하고 냉큼 잠자리에 쏘옥 들어가시는 거였다.

으아~ 얼마나 얄밉던지…….

그래 눈을 감은 아저씨를 슬쩍 노려봐 줬는데, 그걸 또 어떻게 알아채신 건지 금세 눈을 뜨고는 날 쳐다보는 것이었다. 물론 잠이 가득 담긴 눈길로 말이다.

"너도 나이 들어봐라. 좀 무리했다고 삭신이 쑤시는 걸 어쩌냐? 그래도 나중에 다 보답할 테니까 너무 삐치진 마라. 나중에는 나에게 고맙다고 할걸?"

아저씨 말대로 피곤하시긴 피곤하셨는지 마지막 말은 거의 입 안에서 웅얼거리는 수준이었고, 그 말만 내뱉으시곤 아저씨는 다시금 스르르 눈을 감고 잠에 빠지셨다.

'하이고, 어디 정말 고맙다고 할지 두고 봅시다.'

뭐, 몸이 안 좋은 분이라는 걸 알고 있으니 처음부터 내가 다 치우려고 하긴 했지만, 그래도 은근히 부아가 나는 건 어쩔 수가 없어 나는 속으로만 투덜거렸다.

'에잉, 내 잠자리는 온돌로 만들어야지. 그 잠자리를 양보하나 봐라.'

다음날, 아저씨는 장담하신 대로 하루 종일 잠만 자다 저녁이 다 되어서야 부스스 일어나셨다.

"이봐, 배고픈데 뭐 먹을 거 좀 있나?"

그날은 나도 늦잠을 잔 터라 사냥은 포기하고 내 잠자리를 만들기 위하여 작업하고 있는 중이었다.

"일어나셨네요. 어제 먹다 남은 사골국 있어요. 저기에 돌솥 있죠? 그거 데우시면 돼요. 아니면, 고기는 아저씨 주무시는 곳 너머에 칸막이로 막아둔 곳 있죠? 그 안에 저장해 두고 있으니까 먹을 만큼 꺼내서 구우시면 돼요."

굴의 좋은 점은 사시사철 기온 변화가 별로 없고 바깥보다는 서늘하다는 것이었다. 왜, 유명한 음식점들 중에서 천연 동굴에다가 음식을 저장하는 곳이 있지 않은가? 물론 거기에서 저장하는 것들은 대부분 김치라든가 젓갈류 같은 숙성 음식이지만, 여기서는 마땅히 따로 저장할 곳이 없으니 굴 맨 안쪽에다가 식품 저장고를 만들어놓았다. 그곳이 그래도 가장 서늘했다. 아무래도 안쪽으로 작은 구멍이 더 있는지 거기서부터 찬바람이 솔솔 불어 나오기도 하니 냉장고 대용으로는 딱 좋았다. 단지 습기가 많아서 오래 저장하지 못한다는 단점이 있긴 하지만.

내 말에 아저씨는 고개를 끄덕끄덕하시다가 뭔가 마음에 걸렸는지 멈칫하신다.

"아… 저씨? 지금 그거 날 부르는 말이냐?"

"엥? 뭐가 그리 이상하시대요? 여기서 아저씨라고 불릴 만한 분이 아저씨밖에 더 있습니까?"

당혹해하시는 아저씨가 오히려 이해가 안 간 내가 황당하다는 시선으로 바라보며 묻자 뭐가 마음에 안 드시는지 인상을 찌푸리신다.

그에 나는 다시 한 번 입을 열었다.

"왜요? 성함은 모르는 데다 저보다 나이도 많아 보이니 아저씨라고 부를밖에요. 아니면… 오라버니라고 불러 드려요?"

내 말에 이번에는 아저씨의 눈이 휘둥그레졌다.

"오, 오라버니? 너… 여성체였냐?"

"아니, 뭐… 그걸 바라신다면 그럴까 해서 말이죠."

나는 아차 싶어서 삐질거리며 황급히 농담인 척 변명했다. 아무 생각 없이 내뱉다 보니 이십여 년간 입에 배어 있던 말이 툭 튀어나와 버렸던 것이다. 여성체였으면 그나마 좀 나았을 텐데, 목욕할 때 확인해 본 결과 난 확실히 남성체였다. 그런 내가 오라버니라고 부른다고 했으니 아저씨가 기겁하시는 것도 이해가 갔다.

"됐다. 어쨌든 호칭은 나중에 정하자. 그런데 너는 식사 안 할 거냐? 안 했으면 지금 나랑 같이하지?"

'어이없는 놈'이란 시선으로 날 한번 힐끔 본 아저씨는 손을 휘휘 저어 보인 뒤 본론으로 돌아가셨다. 그에 나는 난처한 시선으로 잔뜩 어질러진 주변을 둘러보았다. 아직 내 잠자리가 완성되지 않았던 것이다.

"으음… 이거 다 끝내고 먹으려고 했는데… 뭐, 먹고 할까요?"

나보고 먹을 거냐고 물어보는 게 스스로 준비하기 싫어서 그런 것 같아 앞에 널어놨던 걸 대충대충 정리하며 말하자 의외로 아저씨가 손을 흔든다.

"일어날 거 없다. 오늘은 내가 차릴 테니. 어차피 국만 데우고 고기만 구우면 되는 거 아니냐? 양념하는 것도 없으니까 어려울 건 없네. 내가 할 테니 너는 하던 거 마저 해라. 준비 다 하면 부르마."

'오오, 웬 커다란 선심? 어제 안 치우고 잤던 게 미안했남?

그 선심을 사양할 마음이 요만큼도 없었기에 나는 얼른 고개를 끄덕였다.

"그래주심 고맙죠. 그럼 부탁 좀 드릴게요."

그렇게 겉으로는 예의 바르게 인사하면서 속으로는 '에헤~ 오랜만에 다른 사람이 해준 식사를 하게 되었네? 종종 부탁해야지' 라고 마음먹었더랬다.

하지만 두 시간 후,

"어험, 어험, 고기 굽는 것도 쉬운 일이 아니더군."

눈앞의 새카맣게 탄 고기를 묵묵히 쳐다보고 있자 찔리는 구석이 많은 아저씨가 괜히 시선을 딴 데로 돌리며 헛기침을 하신다.

차라리 덜 익힌 거라면 지금이라도 내가 다시 익히겠는데, 이건 완전히 익히겠다고 들입다 불 위에서 돌려대었는지 완전히 숯 덩어리다. 그나마 안쪽, 아주 깊은 안쪽은 안 타서 다행이랄까?

국은 그냥 약한 불에 올려놓거나 아니면 보글보글 끓을 때 불 위에서 내려놨으면 될 걸 강한 불에 올려놓은 채 고기 굽는 데 온 정신이 팔리셨던 탓에 물이 엄청 증발해 버려 사골국이 아니라 사골 잼이 되어버렸다.

"어험험, 그게 말이지… 언제까지 데워야 하는지 몰라서……."

"끓이기만 하면 되는데요."

"아, 그런 거였나? 내가 이런 건 처음 해봐서……."

어쩐지, 나는 길어도 30여 분 정도면 다 준비가 될 줄 알고 잠깐 작업할 걸 빼고 주변을 정리했었다. 그런데 주변 정리가 끝나 내가 남겨둔 작업도 끝내고, 오히려 작업 하나를 더 빼내서 할 때까지 아저씨가 부르질 않는 거다. 그게 대략 두 시간 가까이 지났을 즈음일 거다.

은근히 걱정되어서 들어가 봐야 할까 하고 엉덩이를 들었다가 별 어려울 것도 없는데 괜히 들어가서 참견하게 되는 건 아닌가 걱정이 되어서 다시 엉덩이를 붙이길 수차례. 드디어 아저씨가 부르시기에 나도 모르게 안도의 한숨을 내쉬며 가 본 결과가 바로 숯 덩어리 고기와 사골 잼이었던 것이다.

요리할 줄 아는 거라고는 라면하고 김치찌개, 계란 프라이밖에 없던 나도 고기 굽는 건 별로 어려워하지 않고 해냈건만.

'아, 하긴 고기 굽는 건 그래도 삼겹살하고 갈비를 구워본 전력이 있었으니⋯ 아아, 갑자기 삼겹살 먹고 싶다. 크허, 상추하고 깻잎쌈에 쌈장, 구운 마늘⋯⋯. 오늘부터 주변의 식물 좀 살펴봐야겠어. 상추나 깻잎 비스름한 거 있음 좀 뜯어와 봐야지.'

내가 잠시 옛 추억에(?) 빠져 있는 걸 아저씨가 또 어떻게 생각했는지—생각하긴 뭘, 그냥 괜히 찔린 거겠지—투덜거리는 어조로 말하는 것이다.

"아, 그래, 그래. 미안하다, 미안해. 다음에는 좀 더 잘할게."

그에 나는 아무 생각 없이—아니, 딴생각하다 갑자기 들린 말에—화들짝 놀라 물었다.

"엥? 또 요리를 하신다구요?"

아저씨는 그 말에 엄청 상처를 받은 표정이었다.

"너, 너무하는 거 아니냐? 사람이 말이야, 실수할 수도 있지. 그거 한번 실수했다고 그렇게 비꼬냐?"

아저씨의 말에 나는 아차 싶어 어설픈 웃음을 지으며 말했다.

"아하하~ 별 뜻은 없었는데… 마음대로 하세요. 요리해 주신다면 저야 좋지요 뭐."

'아아… 이럴 때 전기 오븐이 있었으면 얼마나 좋아? 설마 오븐 가지고 요리를 망치는 사람은 없겠지?'

앞으로 또 아저씨께 요리를 맡기려면 미리미리 사냥을 많이 해놔야겠다 싶어 지금 저장되어 있는 고기가 얼마던가 계산을 하다 보니 나도 모르게 식품 저장고에 눈길을 줬나 보다. 아저씨의 눈이 치켜 올라간다.

"너 말이야, 그까짓 고기가 그리 아깝냐? 그럼 내가 사냥도 해오면 될 거 아냐? 그깟 고기, 내가 채워 넣는다."

아저씨의 말에 나는 웃음이 터져 나올 것만 같았다. 나는 별 것 아닌 실수라 여기고 있건만, 아저씨 입장에서는 그거 하나 때문에 이것저것 걸리는 게 많은가 보다. 뭐, 덕분에 아저씨가 괜히 당황하는 모습도 보고, 재미있었다. 게다가 요리면 몰라도 사냥을 직접 해주신다는 데 사양할 필요가 있겠는가?

"오옷, 사냥까지요? 그럼 더더욱 고맙지요."

"그래도… 당분간은 사냥이고 음식이고 못해줄 거 같으니 알아서 해라."

"예?"

'아니, 당장이라도 해주실 것처럼 말씀하시더니만, 이건 또 무슨 소리래?'

황당해하는 내 표정을 힐끔 바라 본 아저씨가 인상을 찌푸렸다.

"이놈아, 내가 하기 싫어서 수 쓰는 줄 아냐? 이건 다 네놈을 위해서라고."

"하아?"

"뭘 '아무것도 몰라요~!' 란 표정이냐? 내가 지금까지 뭘 했는지 모르냐? 네 등에 있는 거 뽑아야지."

"아, 그거요?"

아저씨가 내 등에 새겨져 있다는 마법 결계인지 마법 봉인인지를 풀려고 계속 애를 쓰시고 있다는 건 알긴 했는데 그와 함께 여러 일이 있다 보니 깜빡했다.

"내가 일단 봉인은 해석했거든? 그러니까 조금만 기다려. 며칠 안에 봉인을 해제할 수 있을 거다."

"오오… 그렇다면야 저야 환영이지요. 잘 부탁드리겠습니다."

"흥, 그깟 요리보다 훨씬 더 보탬이 되지?"

'아하하하~'

국은 포기하고 고기는 너무 타서 먹을 수 없는 부분을 잘라내다 보니 나 혼자 먹기에도 부족한 양만 남았다. 그래 고기를 더 꺼내와 굽고, 먹고 치우고 하다 보니 날이 완전히 깜깜해져 있었다. 그런데 아저씨는 그때부터 작업을 하시겠다고 공터로 나가시는 거다.

"아, 그럼 저도 같이해도 될까요? 저 아직 작업을 다 못 끝냈걸랑요? 하지만 저는 이제 거처 안에서 작업을 할 거고, 큰 소리도 나지 않게 조심할 테니까 크게 방해가 되지는 않을 거예요."

"그래? 뭐, 공터만 안 쓰고 니에게 말을 안 건다면야 상관없다. 그런데 무슨 작업을 하는데?"

"제 잠자리를 만들려구요."

"아아……!"

아저씨가 이해했다는 듯 고개를 끄덕이셨다. 아무래도 아저씨 또한 내가 요 근래 어떻게 자고 있는지 아주 잘 알고 계실 테니 말이다.

그리하여 아저씨는 공터 중앙으로 나아갔고, 나는 아까 작업하던 것들을 모조리 거처 안으로 옮겼다.

이번에 내가 생각하고 있는 건 온돌 침대. 한국에서 살 때 TV에서 거실에 벽난로를 만들고, 그 벽난로를 이용하여 옆방 온돌을 데우는 시스템을 소개하는 것을 본 적이 있었다. 그때는 황토 벽난로와 온돌방이었지만, 하여간 추운 건 엄청 싫어하고 뜨끈한 아랫목에 등허리 지지는 걸 엄청 좋아하는 나는 나중에 기회만 된다면 그 시스템을 마련할 생각에 유심히 보아두었다. 다행히 그 프로에서 만드는 과정도 차근차근 보여줘서 얼추 비스름하게 따라 할 수 있을 것 같았다. 제대로 작동이 될지는 모르겠지만 말이다.

'벽난로 하니 군고구마가 생각나네. 이거 성공적으로 만들어지면 땅을 다 파헤치는 한이 있어도 구근을 찾아봐야겠어. 고구마 잎을 예전에 봤었는데 어찌 생겼는지 도통 기억이 안 나네. 그때 잘 기억해 둘걸. 하다못해 감자라도.'

아쉬움에 입맛을 쩝쩝 다시면서 나는 머릿속에 입력해 놨던 설계도대로 아까 직사각형 모양으로 반듯반듯하게 잘라놨던 돌들을 하나하나 쌓아 올렸다. 우선 잠자리의 크기를 정하고, 굴 가운데와 가장 가까운 부근을 벽난로 자리로 잡았다. 그리하여 벽난로를 우선 만들고, 그다음에 잠자리 부근에 따뜻한 공기가 오래오래 다니도록 꼬불꼬불한 미로 형식의 길을 만든 뒤 그 위에 구들을 깔았다. 마지막으로 벽난로에서 나무를 태운 뒤 생긴 연기가 바깥으로 나가도록 굴뚝을 만들고…….

대충 기본 틀만 만드는 것도 생각보다 어려워 굴뚝을 제외한 상태로도 두어 시간이 넘게 걸렸다. 그러다 보니 돌을 쌓아 모습을 갖추고 연기가 새어 나가지 않도록 꼼꼼히 황토—인지 아닌지는 모르지만 어쨌든 색도 성질도 비스름한 흙—를 개어 두텁게 바르고 나자 웬만한 육체노동에는 끄떡없던 내 몸도 약간 힘에 부치는지 어깨와 허리가 뻐근해질 정도였다.

"에구구… 이거 생각보다 무지 힘드네."

굴 안에서만 작업했기에 시간 가는 줄 몰랐던 나지만, 내가 좀 지친 걸 보니 시간이 꽤나 지났을 거 같다.

휴식도 취하고 몸도 풀 겸 나는 가벼운 스트레칭을 하며 굴 밖으로 나왔다. 약간 출출해지는 배도 채울 생각이라 혹시 아저씨도 생각이 있는지 물어볼 참이었다. 뭐, 우선은 물어볼 여건이 되는지 안 되는지부터 알아봐야겠지만 말이다.

완전히 깜깜해진 밤하늘과는 달리 공터는 아저씨의 마법 등불로 인하여 환히 밝혀진 상태였다. 그래 봤자 휘황찬란한 전깃불에 익숙해진 나로서는 별로 놀라운 광경도 아니었지만.

힐끗 밤하늘의 달을 보아하니 거의 서산으로 지려고 하는 것이 대충 새벽 3시 아니면 4시쯤 되었을 때다. 이제 두세 시간만 있으면 날이 밝을 거다.

공터를 바라보자 아저씨가 진지한 얼굴로 선 채 땅에 그려진 뭔가 커다란 도형의 가운데 서서 결과물(?)을 지그시 바라보고 계신다. 꽤나 집중하고 계시는 모습을 보니 말을 걸기가 꺼려진다.

'으음… 역시 나 혼자 먹을까? 그래도 옆에 누가 있는데 혼자 먹기는 좀 그렇구.'

게다가 나중에 혼자 먹었다고 눈초리라도 받게 되면 어쩌단 말인가? 그렇다고 둘 다 공평하게 나도 밤참을 포기하기는 싫고 해서 혼자 고민 고민하다가 결국 생각해 낸 방법이란…….

"에, 에, 에, 에취이~! 콜록콜록… 아니, 갑자기 웬 재채기가……."

험, 험, 험, 스스로를 돌아봐도 엄청 쪽팔리다. 그래 한동안 아저씨가 있는 쪽으로는 고개도 못 돌리고 있는데 어째 아무런 반응이 없는 거다. 그래도 난 하느라고 가장 큰 소리로 요란하게 했는데, 역시 이 정도도 못 들을 만큼 골몰해 계신 건가 싶어 슬그머니 시선을 들었더니만…….

"뭐 하냐?"

어이없다는 시선으로 날 바라보고 있는 아저씨와 정면으로 눈이 마주치고 말았다.

"아하하. 아니, 뭐… 잠시 쉴 겸 나왔다가… 아.하.하.하!"

'우쒸, 쪽팔려.'

과정이야 어쨌든 그래도 소기의 목적은 달성했기에 나는 얼른 본론을 말했다. 이러다 또 '방해하지 말고 들어가라' 라는 소리를 들을까 봐 겁나서였다.

"저기… 제가 슬슬 출출해서 고기를 좀 구울까… 하는데, 같이 드실래요?"

"아니, 그건 됐고. 이리 와봐라."

"예?"

"이리 와보라고."

"아, 아니… 왜요?"

나도 이리 미적대는 반응을 보이고 싶지 않았지만 집중하고 있는데 방해한 건 아닌가 싶어 은근히 쫄아 있는 상태라 어쩔 수 없었다. 하지만 이런 내 반응이 오히려 아저씨의 성격을 건드렸는지 내 말에 아저씨의 쌍심지가 치켜 올라갔다.

"오라면 올 것이지 잔말이 많아. 내가 너 안 좋은 일 시킬까봐 이래? 얼른 와."

아저씨의 재촉에 내키지는 않았지만 엉거주춤 일어나 다가가는데 갑자기 날카로운 제지가 들어왔다.

"금 밟지 마!!"

'헉스!' 하는 기분으로 아래를 내려다보니 막 아저씨가 그려 놓은 듯한 '작업 견과물' 영역 안에 들어서려 하고 있었디.

그걸 확인한 내가 당혹해서 아저씨를 바라본 채 엉거주춤 서 있자, 그가 다시금 강경한 어조로 주의를 줬다.

"금 밟지 마. 글자두 밟지 마. 아무것도 건드리면 안 돼. 뒤꿈치 들고 걸어. 날개 끌리지 않게 조심해."

"예이, 예이."

'나 원, 그럴 거면 진즉에 이야기하든가. 사람 놀라게……'

속으로 투덜대기는 했지만, 나는 아저씨가 시키는 대로 순순히 치맛단 치켜들 듯 큰 날개들을 양손으로 치켜 잡고 발끝으로 조심조심 걸어 들어갔다. 내 날개는 하등 쓸모도 없는 주제에 크기는 무지하게 커서 걸어다닐 때 끝 부분이 땅에 질질질 끌렸던 것이다. 그러니 땅에 그려진 글자나 도형을 지우지 않으려면 이렇게 들고 갈 수밖에 없었다.

아저씨는 커다란 두 겹의 원 가운데 그려진 오각형 한가운데 서서 날 기다리고 있었다. 원들은 안팎으로 빼곡히 글자들이 적혀 있는 것과는 다르게 오각형 안은 테두리 즈음에 몇몇 글자들이 쓰여 있는 것을 제외하고는 아무것도 적혀 있지 않아 내가 드러누워도 될 정도의 넓은 공간이 남아 있었다.

그곳에 무사히 도착하자 혹시나 금 밟을까 두 눈 부릅뜨고 있던 아저씨가 드디어 입을 열었다.

"이쪽으로 앉아. 쭈그리고 앉지 말고 편히 앉아. 그래, 그렇게."

아저씨가 시키는 대로 바닥에 양반다리를 하고 앉다 보니 아무래도 이 폼이 그거 같다.

"혹시… 지금 등에 박힌 거 뽑게요?"

"그래. 드래곤 뿔도 단번에 뽑으랬다고, 마법 결계도 완성됐는데 나중에 뽑을 이유가 없잖냐. 일단 내 계산은 완벽하다고 생각한다만, 사람 일이라는 게 어떻게 될지 모르니까 우선 해 보자고."

계산은 완벽하다고 하시면서도 아저씨의 어조가 어째 별로 자신이 없는 거 같아 은근슬쩍 나도 걱정이 되었다.

"괘, 괜찮은 거죠?"

내 말에 아저씨가 '으음' 하더니 슬그머니 묻는다.

"너, 웬만한 고통은 견딜 수 있고 자체 치유력도 높다고 했지?"

갑자기 그걸 물으니 불안감이 더 커진다.

"저기, 그거야 그렇지만… 많이 아플까요?"

"나야 너처럼 등에 뭔가가 박혔다가 뽑힌 적이 없어서 모르겠다만… 아프겠지?"

그런 말을 무책임한 어조로 하니 오히려 긴장감이 커져 버렸다.

"그, 그렇겠지요? 호, 혹시 피가 막 나오거나 그런 건 아닐까요? 뽑고 나서 하반신을 못 쓰게 된다거나… 왜, 척추가 잘못되면 마비가 오고 그러지 않습니까?"

"흠… 그럴지도 모르지."

나는 무지 걱정이 되어서 꺼낸 말인데, 아저씨는 여전히 시큰둥하니 대꾸한다. 그러자 나는 그냥 이대로 사는 게 더 낫지 않을까 하는 생각에까지 이르렀다. 그 뒤에 이어진 말 때문에라도 더더욱.

"이번에 네 등의 봉인 결계를 연구하면서 새로이 깨닫게 된 걸 써보는 거라 쪼~끔 자신은 없다만, 그래도 뭐, 어떻게든 될 거다."

'하지 말자. 그냥 이게 운명이려니 하고 그대로 살자.'

그러한 생각으로 나는 막 거절의 말을 내뱉으려고 했다. 이때, 아저씨가 이런 내 마음을 눈치 챘는지 다시 입을 열었다.

"너무 걱정 마라. 목숨만 붙어 있다면 내가 완치시켜 줄 테니. 이번 깨달음 덕분에 내가 8서클의 마법사가 되었거든. 8서클이면 리커버리를 쓸 수 있어."

호언장담하시지만 귀에 제대로 들려오질 않는다. 설사 들려왔다 해도 8서클이니 리커버리니 하는 말이 뭔 소리인지 이해 불가였지만 말이다.

"저기… 제가 요즘 곰곰이 생각해 보니까 말이죠, 이렇게 된 것도 뭔가 깊은 뜻이 있는 것 같으니까 그냥 이대로……"

다급히 입을 열었지만, 아저씨는 내 말을 다 듣기도 전에 코웃음을 친다.

"흥, 운명을 받아들이겠다는 소리냐? 생긴 것답지 않게 나약한 소리! 그런 사제 나부랭이들이 떠드는 말을 네 입에서 듣게 될 줄이야. 정말 한심하구나. 운명은 무슨 얼어 죽을 운명? 넌 그럼 등에 그걸 꽂은 채 평생 살 거냐? 좀 더 나은 삶을 살 수 있다면 약간의 어려움 따위야 정면으로 맞설 용기가 있어야지!"

'약간의 어려움＝최악 하반신 불구' 라는 공식이 성립되어 있다면 차라리 그따위 용기는 없어도 되지 않을까?

"좀 더 나은 삶이 될지 안 될지는 모르는 일이잖아요."

이제 나는 뽑기만 하면 하반신 불구가 된다는 생각에 사로잡혀 양손을 휘저으며 사양하고 있었다. 하지만 상대는 아저씨였다.

"시끄럽다. 이리 연약한 놈이었다니. 내가 그거 하나 뽑으려고 얼마나 애를 썼는데 이제 와서 그 모든 걸 물거품으로 만들라는 소리냐? 잔소리할 거 없이 뽑아. 어허, 똑바로 못 앉아?"

내가 미쳤남? 이대로 얌전히 앉으면 아저씨가 뽑으려 들 텐데…….

그리하여 나는 아저씨의 말이고 뭐고 무시해 버리고 벌떡 일어나려 했다. 그러나 정말 어처구니없게도 아저씨가 한발 빨랐다.

"홀드!!"

"우와악~!!"

아저씨의 말이 뭔 소리인지는 모르지만, 마법인 것만은 확실했다. 왜냐하면 아저씨의 말이 끝나자마자 그 자리에서 도망치려던 내 몸을 무엇인가가 움직이지 못하게 꽁꽁 묶어버린 것이다. 덕분에 나는 한 발자국도 움직이지 못하고 그 자리에서 엎어져야 했다.

"자식이 말이야, 한 번 말하면 말을 들을 것이지 손을 쓰게 만드냐? 네놈이 이 천재 마법사님의 손아귀에서 빠져나갈 수 있을 것 같아?"

나는 지금 이 순간 아저씨가 동화 속에 자주 등장하는 마왕 씨가 아닌지 의심해 봐야 할 것만 같았다.

'호, 혹시 내가 잘못 구해준 거 아닐까?

불길한 느낌에 과거의 일을 후회하고 있는 내 심정을 아는지 모르는지 나에게 저벅저벅 다가온 아저씨는 내 등에 가볍게 손을 대고는 다시 입을 열었다.

"디스펠 매직!"

'흐에엑~!

드디어 뽑는구나 싶어서 나는 잔뜩 겁을 먹고 움츠러들었다. 이제 어떤 고통이 닥쳐올 것이며, 하반신이 마비가 되면 사냥은 어떻게 할 것이며, 생활은 어떻게 할 것이며 등등, 걱정거리가 파노라마처럼 머릿속을 스쳐 지나가는데 어째 한참이 지나도 고통이 느껴지지 않는 거다. 아니, 그렇다고 아무 느낌이 없는 것은 아니고, 무언가 알 수 없는 기운이 내 등을 덮는다는 건 알 수 있었다. 마치 얇은 여름용 이불이라도 등에 씌워진 것처럼 말이다. 그런데 단지 그것뿐으로, 전에 아저씨가 등에 박힌 그 무언가에 손을 댈 때의 파지직~ 하는 스파크 소리는 나지 않는 것이었다.

그제야 나는 이 아저씨가 직접 그걸 뽑기 위한 보조 마법을 부렸다는 걸 알아챘지만 결과는 별로 신통치 않았다. 내 등에 달라붙어 비비적거리던 그 기운이 내 몸에서 일어난, 뭔지 모를 반발력에 의하여 튕겨져 나갔기 때문이다. 이 육체는 그 느낌이 심히 기분 나빴던 모양이다.

나는 그것이 아저씨가 준비한 마법 결계인 줄 알고 실패했으니 다음 기회를 노릴 거라 생각했는데 그게 아니었다.

"호오, 역시 이 정도는 먹히지 않는군. 그럼 어디 슬슬 본격적으로 해보실까?"

'젠장, 실패했으면 오늘은 일단 여기에서 접으시지……'

불안했다. 정말 엄청 불안했다.

'이번에도 실패해라, 이번에도 실패해라……'

그러나 이러한 내 간절한 기원을 비웃듯 이번 건 시작부터가 조금 전과 차원이 달랐다.

아저씨의 알아들을 수 없는 중얼거림(?)이 시작된 지 잠시 후, 중얼거림이 끝나지 않았음에도 불구하고 신기한 현상이 시작되었다. 땅에 그려진 도형과 기호 같은 문자들이 처음에는 야광처럼 희미한 빛을 내기 시작하더니 그 빛이 점점 강해

짐과 동시에 아저씨의 중얼거림에 웅웅거리면서 반응을 하는 것이었다.

그걸 기다렸다는 듯 아저씨의 중얼거림이 끝났는데, 그와 함께 나는 내 몸이 훨씬 가벼워졌다는 걸 깨달았다. 아니, 가벼워졌다기보다는 편해졌다는 표현이 맞을까나? 압박 붕대로 꽁꽁 싸맨 채로 있다가 풀렸을 때의 해방감 같은, 바로 그런 기분이 느껴졌으니 말이다.

"어? 어라?"

아까 아저씨가 내 몸을 꽁꽁 묶은 마법은 풀어놨는지 자연스레 몸이 움직인다. 하지만, 그렇다고 도망갈 엄두는 나지 않았다. 내가 있는 곳은 그 빛이 나는 도형과 문자들 정 가운데였던 것이다.

아저씨는 이런 날 주시하고 있었던지 만족스럽게 중얼거린다.

"좋아, 좋아. 내 생각대로군. 역시 난 천재였어. 으흐흐흐."

'엑… 그냥 튀어버릴까?'

아저씨의 반응에 의아함도 잠시, 다시금 불안감에 휩싸이는 나였다. 그러나 이런 내 심정을 눈치 챘는지 갑자기 어떠한 기운이 내 사지를 죄어오더니 거기에서 끝나지 않고 사방으로 쭈욱 잡아당기는 것이었다.

"우왁!"

본능적으로 그 힘을 뿌리치려 몸부림을 치자 아저씨의 말이 들려왔다.

"가만히 있어. 너 해롭게 하지 않는다니까."

그 말이 더더욱 불안해 더욱 힘을 내어 몸부림을 치려는 찰나, 내 사지를 죄던 힘이 더욱 강력해짐과 동시에 이 아저씨가 내 등에 발 하나를 떠억 올려놓는 것이었다.

그 상태로 아저씨는 나에게 입을 열었다.

"너 말이야, 너를 위해 이렇게 애쓰는 남의 성의를 무시하고 자꾸 그렇게 반항할래? 목숨만 붙어 있으면 내가 회복시켜 준다고 그랬잖아!"

'그 말을 어디 믿을 수가 있어야지~!!'

그 말이 정말 목구멍까지 치솟아올랐지만, 나는 지금 상황이 나에게 너무나 불리하다는 걸 알고 있었기에 차마 밖으로 내뱉을 수가 없었다.

그렇다고 내가 다른 말을 하기도 전에 아저씨가 먼저 툭 내뱉었다.

"그러니까 능력껏 참아."

"예? 아니, 그게 무슨… 으아아아아악~!!"

아팠다.

장난이 아니게 아팠다.

저번에 날개를 나도 모르게 움직이려다 느꼈던 통증이나 땅에 굴렀을 때 느꼈던 통증은 이에 비하면 아무것도 아니었다. 나중에는 너무 아파 입은 벌어지는데 비명 소리는 내지도 못할 정도였다.

척추가 생짜로 뽑히는 것 같은 이 느낌, 정말 끝내줬다.

차라리 기절이라도 했으면 그나마 이 통증에서 해방될 것 같은데, 이 육체의 신경 줄은 얼마나 질기고 단단한지 기절하지 않고 끝까지 버텨 생생히 통증을 전해주는 거다.

그렇게 소리 없는 비명만 지르고 있던 어느 순간, 내 등에 박혀 있던 그 물체가 쑤욱 빠지는 감각이 생생히 느껴졌다.

그 순간, '드디어 끝났다!' 란 생각에 몸의 긴장이 탁 풀렸고, 질기디질긴 신경도 그때만큼은 지쳤는지 느슨하게 풀려나 난 그대로 정신을 잃었다.

내가 다시 정신을 차리고 눈을 떴을 때는 정오기 막 지났을 즈음이었다.

정신을 차린 후 주변을 둘러보니, 좀 어이없게도 나는 여전히 거처 앞 공터 가운데에 대자로 뻗은 채 엎드려 있는 거다.

'에구구, 너무해라. 그냥 날 공터에다 내버려 둔 거야?'

만약 반대 상황이었다면 난 분명 아저씨를 거처 안의 잠자리에 눕혀줬을 텐데 말이다. 내 덩치가 커서 옮기지 못할 것 같으면 하다못해 이불이라도 덮어주면 좋았을 텐데 그것도 없다니, 너무 심하지 않은가 말이다. 아저씨의 무심함에 섭섭함을 느끼며 몸을 일으키려는데, 그 순간 나는 나도 모르게 입으로 앓는 소리를 내뱉었다.

"아구, 아구구구!"

마치 심한 몸살이라도 앓고 있는 것처럼 온몸이 쑤시고 결리는 것이, 조금이라도 움직이면 '아구구!' 하는 소리가 절로 나오는 것이다.

그때, 속으로 원망했던 아저씨의 음성이 들려왔다.

"이제 일어났냐?"

아저씨에 대한 서운한 마음에 한마디 하려 했건만, 아저씨의 모습을 보자니 차마 말이 나오지 않았다. 무지하게 초췌해 보이는 아저씨의 얼굴. 그런 얼굴로 나와 얼마 떨어지지 않은 곳에서 땅바닥에 털퍼덕 주저앉은 채 날 보고 있는 모습을 보자니 오히려 내가 '괜찮아요?' 라고 묻고 싶을 정도였다.

하지만 그보다도 먼저 아저씨가 물어왔다.

"몸은 좀 어떠냐?"

"그게… 안 쑤시는 데가 없네요. 이 몸으로 몸살을 앓게 될 줄이야……."

내 말에 그가 고개를 갸웃한다.

"그래? 그거 외에는 달라진 게 없냐?"

"그, 글쎄요."

아저씨의 말에 나는 떨떠름하게 얼버무렸다.

그도 그럴 것이, 방금 눈을 떠서 아직도 어리벙벙한데 뭐가 바뀌었는지 알게 뭔가?

"그래? 달라진 게 느껴지지 않나?"

내 대답에 의아하다는 듯 중얼거리는 아저씨의 말을 흘려들으며 나는 자리에서 일어났다.

그리고는,

"우왁!!"

몸무게 중심이 갑자기 앞으로 쏠리는 바람에 하마터면 고꾸라질 뻔했다. 다행히 넘어가기 전에 두 팔을 허우적대며 한 발 앞으로 내디뎌 간신히 균형을 잡을 수 있었지만, 완전히 찾은 게 아니었기에 한 발 앞으로 내민 상태로 계속 허우적대야 했다. 평균대 위에 올라간 것처럼 말이다.

"그거 참, 보고 있으면 재미있긴 하다만 한심하기도 하구나. 도대체 왜 그러냐? 걸음마 처음 하는 애들처럼."

그랬다.

지금 내 심정이 딱 그 짝이었다.

그리고 깨달은 건데, 희안하기도 이깨가 무척 가벼운 것이었다.

내 등에는 커다란 날개 두 장과 작은 날개 두 장이 달려 있는데, 이 녀석들은 별로 쓸모도 없는 주제에 꽤나 무게가 나간다. 덕분에 서 있을 때는 항상 몸의 중심을 앞쪽으로 두고 다녀야 했고, 장시간 돌아다니다 보면 어깨가 좀 뻐근하곤 했다.

그런데 그런 무게감이 갑자기 사라져 평소 버릇대로 몸의 중심을 잡으면 자꾸만 앞으로 넘어지려고 하는 것이었다.

의아해서 고개를 돌려보니, 평소 축 처져서 땅에 질질 끌렸던 날개가 생기있게 위로 치켜 올라가 있는 거였다. 고개를 숙여 다리 밑을 보니 날개가 땅에 닿기는커녕 무릎 높이에 떠 있다.

게다가 어째 날개가 무지 깨끗하다.

'어라? 내가 자는 사이에 누가 깨끗이 닦아줬나?'

평소에는 땅에 질질 끌고 다녔던 터라 무지하게 지저분했던
것이다.

이게 어찌 된 일인가 싶어서 날개를 조심스레 잡아당겨 보
는데, 놀랍게도 등이 아프지 않았다. 거기에다 날개에 내 손이
닿는 감촉이 생생하게 느껴지는 거였다.

그동안은 날개가 달려 있어도 아무런 감각이 느껴지지 않아
서 단지 짐 하나 등에 메고 있는 기분이었는데, 갑자기 날개에
감각이 느껴지니 없던 팔이라도 하나 새로 생긴 것만 같아서
느낌이 되게 묘했다.

그런데 놀라운 일은 그것뿐이 아니었다.

"어? 어어어?"

내가 의아해서 잡아당긴 날개는 데친 시금치처럼 온전한 모
습을 가지지 못한 채 위에 있는 큰 날개 밑에 가려져 있던 아래
쪽 날개였던 것이다.

겨드랑이 밑으로 보니 평소 형편없는 모습을 하고 있던 녀
석이 지금은 위에 있는 것 못지않은 크기로, 거기다 완전 깨끗
한 모습으로 훌쩍 커져 있는 것이었다. 그리고 그 위에 짐 덩
어리라 여겨진 위쪽의 날개가 하늘을 향해 활짝 펼쳐져 있었
다.

"이, 이게… 어떻게 된 걸까요?"

너무 놀라 아저씨를 보고 묻자, 아저씨가 턱짓으로 자신의
발치에 있는 걸 가리키며 말했다.

"이것 때문이겠지."

거기에는 어떤 희멀건 물체가 얌전히 놓여 있었다.

대략 내 팔뚝만 한 굵기와 길이 정도의 무슨 금속 막대 같았는데, 진주 빛을 띠고 있다.

그걸 보자마자 나는 그게 내 등에 박혀 있었던 '그거'라는 걸 깨달을 수 있었다.

"우와, 뽑았군요?"

이걸 드디어 뽑았다는 기쁨에, 거기다 불구가 되거나 피가 펑펑 쏟아져서 빈혈을 일으킨다거나 하는 등의 피해 없이 내가 무사하다는 사실에 나는 이 아저씨가 나에게 저질렀던 만행(?)—사전에 양해 없이 사지를 결박하고 내 등에 함부로 발을 올려놓은 것 등등—들을 모두 용서해 줄 수 있을 것 같은 기분이었다.

아니, 용서가 뭔가? 당장에라도 아저씨를 얼싸안고 뺨에 뽀뽀라도 해주고 싶은 심정이다. 하지만 그랬다가는 아저씨가 정말 날 죽이려 할지도 몰랐기에 나는 그냥 감사와 기쁨을 가득 담은 시선을 아저씨에게 담뿍 날려준 후—어째 아저씨는 그 시선을 받고 이해할 수 없게 얼굴이 굳어버렸지만 말이다—내 등에 꽂혀 있었던 '그것'으로 시선을 돌렸다.

전체적인 형태가 비록 아래로 갈수록 가늘어지기는 했지만, 끝이 뭉툭한데 어떻게 내 등에 박힐 수 있었던 건지 신기했다.

"대단한 물건 아니냐? 아아, 정말 엄청난 봉인이었어. 이중 결계를 깔고 시도했는데도 힘들었으니까. 넌 운 좋은 줄 알아. 나 같은 천재가 아니었다면 성공 못했을 거다. 우후후. 하긴,

난 역시 진정한 천재였어. 처음 시도해 본 것이 그렇게 잘 먹힐 줄이야."

아저씨는 처음엔 내 등에 꽂혀 있던 걸 뽑던 과정을 설명하는 듯하더니만 결국에는 자기 자랑으로 이어졌다. 뭐, 그건 아무래도 좋았다. 고마운 마음은 여전히 있었으니 그 정도쯤이야 얼마든지 들어줄 수 있었고, 한 귀로 듣고 한 귀로 흘리는 일도 나에게는 어려운 일이 아니었으니 말이다.

내 등에 꽂혀 있던 물체를 조심스레 건드려 보니 금속 특유의 차갑고 딱딱한 느낌이 아니라, 뭔가 잘 가공된 가죽을 만지는 느낌이다. 잡아보니 손에 착 감기는 맛이 정말 좋은 데다 별로 무겁지도 않았고, 내 손톱과 부딪쳐 보니 강도도 꽤 높은 거 같다.

'아, 이거 좋은데? 그런데… 이렇게 들고 다니다가는 잃어버리기 쉽겠어.'

너무 마음에 드는 물체라 잃어버린다면 속이 상당히 쓰릴 것 같았다. 그렇다고 거처에다 잘 보관해 두기만 하는 것도 싫고… 왜, 너무 마음에 드는 액세서리를 구입하면 나갈 때마다 착용하고 싶지 않은가 말이다. 그와 비슷한 심리였다.

'줄이라도 하나 구해서 허리에 묶고 다닐까? 그런데 그건 너무 폼이 안 나니… 아, 이거 금속처럼 전성도 있는 것 같은데 구부려서 팔찌처럼 만들어 차고 다닐까? 필요하면 펴서 사용하고. 그래, 그게 좋겠다.'

스스로 생각해 낸 것이 멋지다 여기며 그 물체의 양 끝을 잡고 힘을 주는 찰나였다.

갑자기 손안의 물체가 액체처럼 흐물흐물해지더니 이게 살아 있는 뱀처럼 스르륵 내 왼손을 타고 올라가 팔목에 한번 샤악~ 하고 감기더니, 그대로 굳어 본래의 금속 형태로 돌아오는 것이었다. 마치 처음부터 그랬던 것처럼 말이다.

"오, 오옷~ 오오오옷~! 아저씨, 아저씨, 이거 봤어요?"

너무 놀라운 모습에 나도 모르게 옆에 있던 아저씨를 부르며 돌아보니, 과연 그 아저씨 또한 뚫어져라 이제는 팔찌가 된 그 물체를 바라보고 있었다. 그러다 나와 시선이 마주치자 손을 척하니 내미는 거다.

그에 나는 반사적으로 그 팔을 뒤로 돌리며 말했다.

"왜, 왜요?"

그러자 인상을 팍 찡그리는 아저씨.

"줘봐."

"이거요?"

싫다는 기색을 역력하게 드러내며 묻자 아저씨의 인상이 찡그려졌다.

"안 뺏을 테니 걱정 마. 살펴보고 돌려줄게."

"진짜요?"

"돌려준다니까!! 날 못 믿냐?"

'뭘 보고' 라고 말하고 싶었지만, 아저씨가 뚫어져라 바라보고 있는데 안 주고 버티는 것도 우습고 해서 머뭇머뭇 손을 내밀자 거의 강탈하다시피 팔찌를 가져갔다.

하지만 무지 고소하게도 그건 아저씨의 손안에서는 액체로 변형을 하지 않는 거였다.

여러 방면으로 애를 써도 안 되자 아저씨는 결국 다시 나에게 건네 변형을 시켰다. 그런데 이 아저씨, 한두 번 변형시키면 됐지, 내가 지긋지긋해질 때까지 수십 번이나 변형하게 만드는 거다. 그것도 주문이 너무 다양한 데다 실패하면 될 때까지 시키는 바람에 나는 무슨 훈련소에 온 것만 같은 기분이었다. 덕분에 나중에는 이 아저씨가 나는 되고 자기는 안 되는 바람에 심사가 꼬여 날 괴롭히는 건 아닌가 하는 의심이 들기까지 했다. 뭐, 나중에 생각하면 이때의 아저씨 심술(?) 때문에 나는 능숙하게 그걸 다룰 수 있게 되었지만 말이다.

하여간 그렇게 아저씨에게 시달리며 그 물체를 변형시키고 있던 어느 순간, 이 아저씨가 그 진주 빛 물체를 유심히 바라보다 고개를 끄덕이더니 뜬금없이 입을 열었다.

"그거… 아무래도 천신기 같은데?"

"머시기요?"

"천신기라고. 천.신.기."

한자 한자 또박또박 말해줘 봤자 내가 알 리가 있나.

"그게 뭔데요?"

"아니, 네 등에 꽂혀 있던 건데 왜 네가 몰라? 하여간, 난 직접 본 것이 이번이 처음이니 추측이긴 하다만, 그래도 맞을 거다."

"그 천신기가 뭐냐니까요?"

이 아저씨가 제대로 된 설명은 안 해주고 자꾸만 엉뚱한 소리를 해 나는 골이 난 표정으로 아저씨를 바라봤다. 날 신나게 부려먹고서(?) 설명을 제대로 안 해준다면 장유유서고 뭐고 한마디라도 해줄 생각이었다.

이런 내 생각을 눈치 챘는지 아저씨가 이번에는 순순히 설명을 해준다. 뭐, 그래 봤자 여전히 날 납득시킬 정도의 자세한 설명은 아니었지만 말이다.

"천족의 날개를 달고 있는 놈이 왜 그걸 몰라? 어쨌든 나도 자세히는 몰라. 천족의 기운으로 만들어진 신기라는 말도 있고, 천족들이 사용하는 무기라는 말도 있는데… 뭐, 천신을 모시는 사제들이나 잘 알겠지."

"결국은 잘 모르신다는 거네요. 그러면서 천신기라는 건 어떻게 확신하시는 겁니까?"

내가 실망한 표정으로 투덜거리듯 묻자 아저씨가 좀 미안했는지 턱을 쓰다듬으며 말을 이었다.

"보아하니 아무래도 그 물건이 변하려면 천기―천족의 기운―가 필요한 거 같다. 너는 알지 모르겠지만, 네 손안에서 그 물건이 변화할 때 천족의 날개가 반응하거든."

몰랐다.

"그런가요? 뭔가… 느껴지는 건 없는데……."

그 천신기라는 거와 천족의 날개라는 걸 번갈아 보며 고개를 갸웃거리자 아저씨가 다시 물어왔다.

"평소 날개에 감각이 있었냐?"

"아뇨. 거의… 가 아니라 아예 없다시피 했지요. 그래서 꼭 짐 하나 등에 지고 있는 기분이었거든요. 아, 그런데 이번에 갑자기 감각이 생긴 거 있죠?"

내 말에 아저씨는 생각에 잠긴 얼굴로 고개를 끄덕였다.

"흐으음… 아무래도 갑자기 날개에 감각이 돌아와서 모르는 게 아닌가 싶다만… 뭐, 시간이 흐르면 차차 적응해서 알게 될지도 모르겠다."

"그런데요, 아저씨. 제 오른쪽에 있는 날개가 천족의 날개라면 왼쪽에 있는 건……."

"마족의 날개지. 내가 전에 널 마족으로 착각한 원인이기도 하고 말이야. 총 네 장이라는 거 보면 고위족이라는 건데……."

"천족은 뭐고 마족은 뭐죠?"

천족은 기독교에서 말하는 천사이고 마족은 악마인 건가 싶어서 물어보는데 아저씨가 고개를 갸웃갸웃하더니 어깨를 으쓱해 버렸다.

"그냥 천족은 인간 편이고, 마족은 인간의 적이라는 것밖에 설명을 못하겠다. 자세한 걸 알고 싶으면 사제에게 물어봐. 그래 봤자 내 설명에서 크게 벗어난 설명은 듣지 못하겠지만 말이다. 아니, 그런데 넌 어떻게 그 두 종족의 날개를 가졌으면서 그 두 종족을 모르냐? 그런 건 코흘리개 꼬맹이도 아는 건데."

"저도 모르고 싶어서 모르는 게 아니걸랑요. 그런데 고위족은……."

"그러니까 한마디로 그 종족에서 위쪽의 계층에 있는 거라고. 천족이나 마족은 왕, 고, 중, 하급으로 나뉘거든. 인간 식으로 말하면… 귀족 계층이려나? 그런데 그렇게 나누는 것도 인간들이 구별하려고 자신들의 기준으로 나누었다는 설도 있지. 난 그쪽 전공이 아니라서 맞는지 틀리는지는 모르겠다만."

"그렇습니까? 그런데… 저는 양 종족의 날개를 다 가지고 있으면… 혹 천마족일까요? 천족과 마족의 혼혈인……."

내 말에 이번에도 아저씨는 어깨를 으쓱해 보였다.

"어쩌면 그럴지도 모르지. 하지만 그게 사실이라면 넌 고위 천족과 고위 마족이 서로 쎄쎄쎄를 해서 태어났다는 건데… 내가 아는 지식으로는 그건 어려울 거 같거든? 솔직히 잘 모르겠다. 방금 말했다시피 난 천족이나 마족 전공이 아니라니까."

'뭔 소리야. 왜 두 종족이 쎄쎄쎄하는 게 어려워? 두 종족이 서로 전쟁이라도 했다는 건가? 그래 봤자 로미오와 줄리엣도 있는데 천족, 마족판 로미오와 줄리엣이라고 없겠어?'

기껏 아저씨가 설명을 많이 해줬음에도 불구하고 그의 말을 반도 이해하지 못한 나는 그렇게 단순하게 생각하고 넘어가 버렸다.

그때 아저씨가 다시 날 보며 물었다.

"그런데 그 천신기가 왜 네 등짝에 박혀 있던 거냐? 너 혹시 천족에게 쫓기다가 어떤 천족이 던진 거에 맞은 거 아냐? 아니지. 그럼 친절하게 봉인까지 되어 있기 힘들 테고… 그럼 너, 죄인이냐?"

그래 봤자 난 모른다니까.

"그, 글쎄요. 기억나는 건 없는데……."

그러나 이 아저씨, 내 말은 안 듣고 자기 추측에 폭 빠져 소설 하나를 만들고 있었다.

"음, 역시 그쪽이 정답이겠지? 넌 탈출한 죄수였던 거야. 그러다 어떠한 사고를 당해 기억을 모두 잃은 거지."

"나 원, 그렇게도 절 죄인으로 만들고 싶으세요?"

말은 그렇게 했지만, 어째 그 추측을 반박할 만한 다른 상황이 떠오르지 않는다.

'이 씹어 먹고 삶아 먹어도 시원찮을 사기꾼 같으니라고. 괴물로는 부족해서 죄까지 진 녀석의 몸과 날 바꾼 거야?'

내가 그렇게 오랜만에 사기꾼 녀석에게 욕을 퍼붓고 있는데, 아저씨가 자리에서 일어나 비틀거리며 굴로 향했다.

"그럼 난 이만 자러 가마. 이틀을 밤샜더니 정말 죽을 맛이군. 옛날에는 일주일을 샜어도 멀쩡했는데."

그 말에 나는 놀라서 그를 바라봤다.

"이틀이요? 제가 오늘 새벽에 잠든 거 아니었어요?"

"내가 해 뜨는 걸 본 게 두 번이다. 이틀이야."

놀라서 외친 내 말에 힐끔 돌아보며 대답해 준 아저씨는 '더 이상 말 걸면 죽어!'라는 시선으로 날 쏘아본 후 굴 안으로 사라졌다.

'우와! 나, 엄청나게 잤구나. 어휴, 하마터면 괴물 모드로 바뀔 뻔했네.'

만약 괴물 모드로 바뀌었다면 아저씨가 저리 멀쩡하지는 못
했을 거다.
　'아니지. 마법사라고 했으니 뭔가 마법을 부려 도망갔을지
도.'

　아저씨가 자러 들어간 후 나는 그동안 못해 밀린 집안일(?)
을 해치우기 시작했다. 원래 집안일이란 게 해도 해도 한 티는
안 나면서 안 하면 엄청나게 쌓이는 법이라, 단 이틀 안 했다고
이것저것 할 것이 꽤나 많이 있었다. 그래 그걸 다 해치우고
나니 아무리 체력 만빵인 나라 해도 제법 피곤해지는 것이었
다. 역시 집안일이란 힘든 거다.
　일이 끝마칠 즈음에는 날이 저물기도 했고 몸도 피곤하기에
나는 홀로 저녁을 간단히 해치운 채—아저씨는 너무 곤히 주무
시고 계셔서 차마 깨우지 못했던 것이다—빵빵한 배와 적당히 기
분 좋은 피곤함을 느끼며 거처 안 내 잠자리, 그래, 드디어 그
온돌 잠자리에 처음으로 몸을 누이게 되었다. 날이 춥지 않아
서 불을 때지는 않았지만, 그래도 그렇게 기분 좋을 수가 없었
다.
　'우후후… 내일은 벽난로에 한번 불을 때봐야겠어. 흙은 잘
마른 거 같은데 연기가 안 새려나 몰라. 온돌이라니… 생각만
해도 기분이 좋네. 그나저나 고무장갑이나 핸드크림도 없는
곳에서 살림을 하려니 피부가 너무 거칠어지는 거 같아. 아까
보니 손이 좀 건조해졌던데… 이러다 주부 습진이라도 생기는

거 아냐? 그나저나 비누가 필요한데… 예전에 천연 비누 만드는 법을 알아놨는데 그 재료가 뭐였더라? 음음, 그러고 보니 그릇도 좀 필요해. 내일 괜찮은 돌을 가져다가…….'

왠지 주부가 다 된 듯한 자신을 느끼면서도 이것저것 생각하던 나는 어느새 스르르 잠이 들었다.

무지 잘 자고 있던 나는 문득 정신을 차려보니 어딘지 모를 어두컴컴한 공간에 서 있다는 걸 깨달았다. 익숙한 내 거처가 아닌 너무나 낯선 곳.

'어라? 내가 왜 여기 있는 거야? 분명히 내 거처에서 자고 있었는데? 그런데 도대체 여기가 어디야?

주변을 두리번거리던 나는 그 공간의 가운데에 어떤 존재가 앉아 있는 걸 발견했다.

'저기요~'

그 존재가 놀라지 않게 조심스레 다가가 부르며 그 존재의 어깨를 가볍게 두드리려고 했는데, 이게 웬일? 내 손이 그 존재의 어깨를 그대로 통과해 버리는 것이었다.

'뜨억? 이게 어찌 된 일인감?

놀라서 내 몸을 확인하니 내 몸은 아주 멀쩡히 잘 있었다. 그래 다시 한 번 그 존재를 가볍게 두드리려고 했지만, 이번에도 역시 그대로 통과해 버리는 거였다.

'뭐, 뭐야? 내가 설마 갑자기 죽어서 유령이 된 건 아니겠지?

하지만 그렇다고 보기에는 좀 문제가 있는 것이, 현재 내 모습은 원래 여성의 모습이 아니라 여전히 괴물의 모습을 하고 있었던 것이다.

'서, 설마… 내 영혼도 괴물의 모습으로 바뀐 건 아니겠지?

혼자 그렇게 당혹해하다가 문득 내 앞에 앉아 있는 존재가 어딘가 익숙하다는 걸 깨달았다. 아니, 어딘가가 아니라 아주 낯익었다.

반인반수의 모습에 어깨를 약간 넘는 은하늘색 머리, 한쪽은 흰 깃털 날개, 한쪽은 검은 피막 날개를 가진, 바로 이 육체의 모습과 똑같았다.

'어라? 어라라? 설마… 내 몸이 두 개로 분리된 건 아니겠지?

이 세계는 하도 내 상식에서 벗어난 일이 많아서 그리 생각되는 것도 무리는 아니었다. 하지만 다행이라고 해야 할지, 이 몸이 두 개로 분리되었다고 보기에는 눈앞의 존재는 아주 조그마했다. 몸집도 현재 내 몸집의 절반 조금 넘고 날개들은 손바닥 두 개를 합친 정도로 아주 작았다.

'이 육체 같은 종족? 어쩌면 혈육일지도. 아, 동생인가? 혹시… 자식… 은 아니겠지?

왠지 나중에 나와 같은 종족의 여성이 저 아이를 데리고 '복돌이 아부지~!' 하며 날 찾는 건 아닌지 걱정된다.

뭐, 그거야 어쨌든 처음 보는 같은 종족일지도 모르는 그 아이의 모습에 흥미가 생겨 찬찬히 살펴봤더니만 놀랍게도 그런

작은 이 육체의 가느다란 발목에 굵은 쇠사슬이 채워져 있는 것이었다. 물론 인간의 다리는 아니고 동물의 다리였지만, 어린애의 발목에 쇠사슬은 과히 보기 좋지 않았다.

'세상에… 애가 뭔 죄를 지었다고 다리에 쇠사슬을 채웠대? 여기는 아동보호법도 없나? 혹시… 이 애를 노예 같은 걸로 팔아먹으려는 건 아니겠지?

할 수만 있다면 지금 당장 아이의 발목에 채워진 쇠사슬을 끊어주고, 아이의 발목에 쇠사슬을 채운 녀석을 찾아가서 따지고 싶었다. 그러나 내가 다시금 시도를 해봐도 나는 여전히 이곳에 있는 모든 것을 만질 수가 없었고, 아이도 나란 존재가 바로 옆에 있다는 걸 알지 못했기에 할 수 있는 것이라고는 옆에서 발만 동동 구르는 것밖에 없었다.

그런데 그때였다. 갑자기 어디선가 흰 손이 나타나 자그마한 하얀 날개 하나를 우악스레 틀어쥐는 것이었다. 그에 놀라 시선을 돌리자 그곳에는 내가 미처 보지 못했던 어떤 놈이, 즉 그 하얀 손의 주인이 서 있었다. 아무래도 이 아이에게 함부로 대하는 폼이 아이의 발목에 채워진 쇠사슬과 연관이 있는 놈이 분명한 것 같았다.

그놈은 정말정말 아쉽게도 이렇게 어린아이를 괴롭히는 악당답지 않게 멀끔하다는 정도를 넘어선 굉장한 미남이었다. 왜, 악당은 악당답게 생겨야지 정의를 부르짖을 맛이 팍팍 나지 않겠는가 말이다. 그런데 그놈은… 그놈을 비방하는 사람이 악당이라 불릴 만큼의, 일명 성스럽게 여겨질 정도의 끝내주는 외모를 가지고 있는 것이었다.

황금을 녹여 만든 것 같은 끝내주는 숱 많은 금발이 부드럽게 출렁거리며 허리까지 내려온 데다 180 정도의 키, 쭈욱 빠진 몸매, 길쭉길쭉한 팔다리, 티 하나 없이 매끄러운 하얀 피부, 뚜렷한 이목구비를 가지고 있어 미소 한번 지어주면 웬만한 여성은 다 넘어갈 것 같았다.

그런데 그런 멋진 외모를 가진 그놈의 호수같이 파란 눈동자는 경멸과 증오 등등의 어두운 감정으로 출렁거리고 있는 거다. 그러면서도 얼굴은 무표정하니 끝내주는 외모와 그의 등에 있는 커다랗고 아름다운 두 쌍의 하얀 깃털 날개가 무색하게도 섬뜩해 보였다.

날개를 틀어쥐지 않은 그의 다른 손에는 낯익은 하얀 물체가 들려 있었는데, 바로 내 등에 꽂혀 있다가 아저씨가 뽑아준 바로 그 천신기였다.

'허억! 저, 저게 왜 저놈의 손에……?

왠지 모를 불안한 느낌에 안절부절못하며 그놈만 바라보고 있었는데, 과연 그 금발의 섬뜩한 놈은 손에 쥔 천신기를 치켜올리더니 주저없이 어린아이의 작은 등을 향해 내리꽂는 것이었다.

"으아아악~!!"

"시끄러!"

퍼억~!

"꽥!"

이게 어찌 된 일인고 하니, 꿈에서는 난 분명 제3자의 입장에서 상황을 지켜보고 있었는데, 그 금발의 허여멀겋게 생긴 놈이 천신기인지 뭔지를 찌르자 마치 내가 찔린 것처럼 엄청난 고통이 내 몸을 강타한 것이었다.

온몸을 강타하는 공포와 충격에 놀라서 나는 나도 모르게 벌떡 일어나며 비명을 질렀고, 그러다 이 치사한 이저씨가 던진 베개 대용으로 사용하는 가죽 뭉치에 뒤통수를 맞았던 거다.

뭔 가죽이 나무 덩어리같이 딱딱한지 까딱 잘못했으면 혀를 깨물 뻔했다. 덕분에 정신을 차릴 수 있었지만 말이다.

"우쒸, 이게 무슨 짓이에요?"

내가 아저씨를 째려보며 외치자 아저씨가 나 못지않게 매섭게 노려보며 마주 소리쳤다.

"그럼 한밤중에 사람 잠 못 자게 시끄럽게 하는 건 무슨 짓이냐? 네가 깜빡한 모양인데, 나 이틀이나 밤 꼬박 샌 사람이야. 지금 그게 누구 때문인지는 기억하냐? 앙?"

그 말에 나는 찔끔해서 입을 다물었고, 아저씨는 다시 한 번 경고의 시선과 말을 날려주고는 다시 잠자리에 누웠다.

"조용히 자라. 응? 안 그러면 확 기절시켜 뻰다!"

그런 그를 바라보며 나는 소심하게 속으로만 꿍얼댔다.

'우쒸, 나는 생명의 은인인데…….'

하지만 기절하고 싶지 않았기에 나는 조용히 입을 다물고 내 잠자리에 다시 누웠다. 그렇다고 잠이 든 것은 아니었다.

방금 전 내가 봤던 일들에 대해 상황 정리를 하고 있었다.

'아까 그건… 역시 꿈이었구나. 그렇다는 건… 아까 꿈에서 본 아이는… 이 육체의 어렸을 때 모습?'

그게 정답인 거 같다. 아무래도 천신기를 뽑은 것이 몸에 영향을 미쳐 이 몸에 각인되어 있던 과거의 모습, 그것도 천신기가 등에 꽂혔을 때의 광경을 꿈으로나마 다시 떠올리게 된 모양이다. 덕분에 나도 이 육체의 과거 한 조각을 알 수 있게 되었고 말이다.

'이 몸은… 노예였나? 그래서 도망 못 가게 어려서부터 발에 쇠사슬을 걸고 등에도 천신기를 꽂은 걸까?'

아무래도 그게 가장 논리적인 것 같다.

'빌어먹을 놈 같으니라고. 뭐가 대단한 부모님을 가진 삶이라는 거냐?'

문득 날 이런 몸으로 바꿔놨던 놈이 했던 말이 떠올라 헛웃음을 흘렸다.

'그놈은 분명 대단한 지위를 가진 부모님에 뛰어난 능력을 가진 인생이라고 했었지, 아마? 그런데 도대체 어디가 그런 인생이라는 거냐?'

뭐, 이제 그런 건 아무래도 상관없었다. 단지 처음에는 끔찍하게만 여겨졌던 몸에 서서히 적응을 해서 그런지, 꿈에서 봤던 그 가여운 아이의 모습을 떠올리니 입맛이 씁쓸했다.

아니, 물론 내 사정을 아는 누구라면 이 몸을 끔찍하게 여긴 날 이해해 줄 거라 생각은 하지만, 그래도 왠지 그동안 끔찍하게만 여겼던 내 자신이 너무 못된 것 같고, 이 몸이 불쌍하고……. 하여간 기분이 안 좋았다.

덕분에 나는 새 잠자리에서 잠자는 첫날이었음에도 불구하고 늦게까지 잠들지 못하고 엎치락뒤치락거려야만 했다.

한밤중에 잠을 한번 방해받은 아저씨나, 심란한 마음에 늦게야 겨우 잠이 든 나나 거의 정오가 다 되어서야 일어나 늦은 아침 겸 점심을 먹었다. 나야 원래 원하면 많이 먹는 편이었지만, 아저씨는 며칠 굶은 사람처럼 정말 게 눈 감추듯 먹어치우시는 거다. 그 모습을 보아하니 아무래도 내가 기절해 있는 동안 제대로 못 드신 모양이다.

'고기 굽는 걸 또 실패하셨나 보지? 쯧쯧, 그게 뭐 그리 어려운 일이라고.'

덕분에 어마어마한 식량이 한꺼번에 사라졌다. 요 근래 다시 사냥을 시작해 꽤 많이 저장해 뒀던 식량이 이제 절반 정도밖에 안 남은 모습에 나는 당장 나가서 사냥을 해야겠다고 생각하고 있었건만, 먹은 자리를 치우신 아저씨가 뜬금없이 나에게 말하는 거다.

"가자."

"어딜요?"

"따라와 보면 알아."

아저씨의 말에 나는 어리둥절한 표정으로 자리에서 일어났다.

이곳에 온 뒤 아저씨는 거처 주위를 벗어난 일이 없었는데, 지금 나에게 길을 안내할 태세이니 어리둥절해하는 건 당연한 일이었다.

그러나 이 아저씨, 그걸 아는지 모르는지 낯선 산속을 척척 앞장서서 걸어가기 시작했다.

"어어… 잠시만요. 같이 가요오~!"

아저씨가 오랜 시간 걸어 도착한 곳은 거처에서 좀 많이 떨어진 절벽이었다.

이 절벽이 나와는 좀 인연이 있는 곳이었다. 우선, 내가 자결하려고 한 번 떨어졌던 곳이고, 다음으로 이 아저씨가 나는 모르는 어떤 사건으로 인해 칼에 찔린 채 떨어졌던 곳이다. 이런 인연으로 엮인 곳도 참 드물 거다.

그런데 갑자기 이곳을 찾은 이유를 몰라 조심스레 아저씨의 눈치를 살피고 있는데 아저씨가 날 불렀다.

"이리 좀 와봐."

시키는 대로 주춤주춤 아저씨 앞으로 가서 섰더니만, 아저씨는 반대로 서너 발자국 뒤로 물러나더니 팔 하나를 내 쪽으로 뻗은 채 낮은 목소리로 툭 내뱉었다.

"에어 볼."

"캑!!"

갑작스레 배를 강타하는 충격에 나는 나도 모르게 입을 떠억 벌렸다. 얼마나 강도가 셌는지 한동안 숨을 쉬지 못할 정도였다.

하지만 내가 겪어야 하는 일은 그게 끝이 아니었다. 날 숨도 못 쉬게 할 정도로 강한 충격은 나 같은 덩치도 뒤로 날려 버릴 수 있었던 것이다.

덕분에 나는 난생처음 누군가에게 무언가로 얻어맞고 날아가서 낭떠러지로 떨어지는 아주 희귀한 경험을 해볼 수 있었다.

"도대체 이게 무슨 짓입니까? 위험하잖아요! 보통 사람이라면 죽었을 겁니다!"

"그러니까 너에게 한 거잖아. 안 위험하고 안 죽으니까 했지."

나를 지나쳐 빠르게 위로 올라가는 공기와 절벽 절경을 보고 있자니 도저히 화가 나서 참을 수가 없었다. 아저씨에게 뭐라 한마디라도 따지고 들지 않는 한 울화통이 터져 이대로는 내가 화병으로 돌아가실 것 같아 그 얄미운 아저씨의 얼굴을 보자마자 따지고 들었지만, 아저씨는 눈 하나 꿈쩍 안 하고 다 받아치는 것이었다.

덕분에 오히려 내 핏대만 솟구쳤다.

"너무하는 거 아니에요? 나에게 무슨 억하심정이라도 있어요?"

"어허, 억하심정이라니? 이건 다 순전히 너를 위해 이러는 거라구."

"저를 위한 거라고요? 아니, 제가 절벽에서 떨어져 얻는 이익이 뭔데요?"

"허공을 날게 되었잖냐? 나도 한 번에 성공할 줄은 몰랐다만……."

"예? 그게 무슨… 헉? 우아아아악~!!"

아저씨의 말이 무지 황당했지만, 아저씨의 손가락이 가리키는 대로 발밑을 보니 이게 웬일? 내 발이 허공에 떠 있는 거였다.

그제아 내가 아까 절벽에서 떨어지고 있었다는 것이 떠올랐고, 그러자마자 허공에 잘만 떠 있던 내 몸이 갑자기 추락하기 시작했다.

하지만 다행히도 내 몸은 허공에서 멈추더니 다시금 떠올랐다. 그러나 그건 내 힘이 아니었다.

"이런 바보 같은 놈!"

아저씨와 얼굴을 마주하자마자 호통이 날아왔다.

"뭐 하는 거냐? 잘 날고 있다가 왜 날갯짓을 멈춰?"

"아니… 그게… 일부러 그런 게 아니라 아까는 내가 날고 있는지도 몰랐거든요?"

"그럼 이제부터라도 날아봐. 왜 가만히 있어? 날갯짓을 해. 그 커다란 날개는 뒀다가 양식 삼을 거냐?"

슬그머니 등 뒤를 바라보니 천신기를 뽑은 후 빳빳(?)하게 서 있던 커다란 두 쌍의 날개가 지금은 축 처져 있었다.

하지만 내가 언제 날개를 움직여 봤어야지.

그래, 내가 그 비스름한 변명을 하려는 찰나였다.

"잘 좀 해봐. 의식적으로 움직이려고 애써보란 말이다."

아저씨가 나보다 한발 먼저 질타를 날리더니만, 그 말이 끝나자마자 나는 다시금 추락하기 시작하는 거다.

"우아아악~!!"

"날개를 움직이라고오~!!"

저 위에서 아저씨의 목소리가 들려왔다.

하지만 지금 누가 하기 싫어서 안 하는 줄 아는가? 기껏 떨어져 죽으려고 할 때는 천신기가 꽂혀 있음에도 불구하고 잘만 움직이더니 이제 그 장애물도 사라졌겠다, 나도 좀 살아보겠다고 하는데도 이놈들이 꿈쩍도 안 하는 거다.

그리하여 난 정말 말 그대로 절벽에서 추락하고 말았다.

솔직히 난 진짜로 추락할 줄은 몰랐다. 설사 내 날개가 안 움직인다 해도 자칭 천재 마법사라고 하는 아저씨가 손을 써줄 줄 알았던 것이다.

그러나 천재 마법사인 아저씨가 미처 손을 써주지 못한 건지, 아니면 그냥 방치한 건지, 하여간 그대로 떨어진 나는 과장 좀 보태서 땅속으로 1m는 파고들어 가는 능력을 발휘했다.

그 충격은 정말 장난이 아니었기에 나는 내 평생 처음으로 내 뼈를 눈으로 직접 보는 희귀한 경험을 할 수 있었다(하여간 오늘 정말 새로운 경험 많이 한다). 그러니까 갈비뼈가 부러져서 살을 찢고 밖으로 튀어나왔던 것이다.

그것뿐이 아니었다. 놀라서 뛰어 내려온(?) 아저씨가 살펴본 바에 의하면, 얼굴은 코뼈가 부러지고 광대뼈는 함몰, 턱뼈는 금이 가서 삐그덕삐그덕, 왼쪽 다리는 단순한 골절이었지만 오른쪽 다리는 완전히 바스라지고 인대, 근육까지 찢어져 버렸단다. 갈비뼈도 망가진 것이 온전한 것의 3배수였고, 그중 하나는 폐를 찔러 입에서 피가 꾸역꾸역 흘러나오게 만들고 있었다. 오른쪽 팔도 손목부터 어깨뼈까지 뼈가 다섯 조각이 되어버렸다나?

"이야, 이거 지금 당장 죽어도 손색이 없을 정도인데?"

웃긴 건 그렇게 다쳐서 고통이 장난이 아닌데도 정신은 말짱해서 말까지 할 수 있다는 거였다. 문제는 피가 자꾸 나오는 데다 턱뼈도 말을 안 들어서 말하는 게 힘들다는 거였지만, 그래도 이찌이찌할 수는 있었디.

"지금… 그걸… 말이라고……."

그런데 예전에는 그렇게 죽으려고 했던 주제에 지금 죽을 거 같다는 소리를 듣자 괜히 억울하고 열받는 거다. 그래, 아저씨에게 항의성 말을 내뱉는데, 이 아저씨, 내 말은 듣지도 않는 건지 갑자기 나에게 말을 걸었다.

"어라? 야, 이것 좀 봐라."

'이 아저씨가 정말…….'

남은 무지 아프구만 자기 입으로 중태라고 해놓고 치료할 생각도 안 하는 저 여유만만한 태도라니…….

내가 어떤 심정이건 아저씨는 자기 할 말만 늘어놓았다.

"다른 데는 다 망가졌는데 어째 여기만 이렇게 멀쩡할 수가 있는 거지?"

그러면서 내 왼팔을 들어 보이는데, 아저씨 말대로 진짜 멀쩡했다. 뼈가 부러지기는커녕 하다못해 긁힌 상처도 없는 거였다. 내가 일부러 왼팔만 따로 보호하려고 한 것도 아닌데 말이다.

하지만 나는 그걸 가지고 의아해할 여유 따위는 없었다. 의아한 건 의아한 거지만, 그보다도 아파 죽을 지경이었던 것이다.

"저기요오… 저 지금… 진짜… 죽을 것… 같거덩요?"

간신히 쥐어짜듯 말하자 이 아저씨, 그제야 생각났다는 듯한 모션을 취하는 거다.

"아… 깜빡했군. 그래도 뭐, 말하는 거 보니 아직까진 괜찮네."

그렇게 듣는 사람 복장 터지는 느긋한 어조로 내뱉었지만, 그래도 도와줄 생각은 있었는지 내 몸에 손을 올리고는 한참을 입속에서 뭔가를 읊조리더니 마지막에 힘주어 한마디를 했다.

"리커버리!"

그러자 놀랍게도 뚜둑, 뚜두둑 하면서 부러지고 어긋나 엉뚱한 데 가 있던 뼈들이 제자리를 찾아가기 시작하더니 피가 멎고 눈에 보일 정도의 빠른 속도로 상처들이 아물어가기 시작했다. 뼈들이 제자리를 찾아갈 때는 눈물이 쏘옥 나올 만큼 무지무지 아팠지만, 그 후에는 통증도 서서히 옅어졌다.

"우와아!"

마법의 신기함에 대한 감탄과 과정이야 어쨌든, 치료해 준

아저씨에게 고마움이 일어 나는 뭐라 감사의 한마디를 하려고
했다.

하지만 아저씨가 먼저였다.

"우후후후, 역시 난 천재였어. 단지 마법 수식만 익혀놨을
뿐인데 단번에 성공하다니… 훗, 난 너무 대단해. 한번 해본 건
데 완벽한 성공이야. 훗훗훗~"

아저씨가 자화자찬하는 거야 한두 번 듣는 것도 아니니 그
러려니… 하고 넘어가겠지만, 그 말의 내용은 절대 묵과할 수
없었다.

"저기요… 그럼 성공 못했으면 어떻게 되는 거였나요?"

내 질문에 아저씨가 '음?' 하더니 가볍게 웃어넘기려 했다.

"훗, 모르지. 그래도 뭐, 죽기야 했겠냐?"

'이 아저씨가 정말……'

그 말에 속에서 울화가 치밀어 올라 벌떡 일어나며 아저씨
에게 한마디 하려고 했다. 그러나 이 눈치 빠른 아저씨, 나보다
한발 앞서 입을 여는 것이었다.

"오오, 역시 리커버리의 효력은 놀랍군. 절명했어도 놀랍지
않은 상처를 이 정도까지 회복시켜 놓다니……. 자자, 회복되
었으면 이렇게 놀고 있을 시간 없다. 레비테이션!"

"누, 누가 놀았다는… 어, 어, 어?"

아저씨의 말에 더욱더 기가 막힌 난 아까 미처 꺼내지도 못
한 울분을 터뜨리려 했다. 하지만 제대로 말을 꺼내기도 전에
내 의지와는 상관없이 몸이 허공에 둥둥 뜨더니, 약 1m 정도

올라왔을 때 갑자기 슝~ 하는 소리와 함께 내 몸이 고속 엘리베이터라도 탄 것처럼 빠르게 올라가는 거였다.

그리고 그 후에는,

"으아아아악~!!"

코앞에서 아까 부딪쳤던 땅을 바라본다는 건, 그것도 고공 낙하하다 땅과 조우하기 직전에 멈춘다는 것은 음~ 기분이… 기분이 아주 죽입니다.

심장이 벌렁벌렁거리고 등 뒤에서 식은땀이 주르르 흐르는 것이 차라리 그냥 떨어지는 게 맘 편할 듯싶다.

"헉헉헉!"

그러나 이 아저씨, 아까부터 계속 마음에 안 드는 말만 한다.

"어떠냐? 이번에는 타이밍 죽였지?"

내가 '정말 감사합니다아~! 라고 외치리라 믿어 의심치 않는 표정으로 물어오는데, 어른에 대한 예의가 바른 난 차마 거기에 대고 '아니요' 라고 말할 수… 말할 수… 있었다. 당하고 꾹 참는 것도 한두 번이지, 오늘 당한 게 좀 많아서 감정이 쌓였던 것이다.

"그냥 두시죠? 이러다 오히려 심장마비로 갈 것 같습니다."

원래는 있는 대로 폭발하려고 했다. 그러나 원래 이런 감정 싸움에서는 먼저 흥분하는 쪽이 지는 거라는 걸 알고 있었기에 그걸 가까스로 억누르고 대신 틱틱댔더니만, 이 아저씨, 곧바로 정색을 해온다.

"이, 이놈이… 기껏 자기를 위해서 해줬더니만……."

왠지 상처받은 듯한 얼굴이었지만, 그거 가지고 마음이 약해지기엔 쌓인 게 좀 많아서 나는 한 번 더 틱틱댔다.

"갑자기 낭떠러지에서 밀어버리질 않나, 다 죽어가는 사람—아, 물론 내가 사람은 아니지만 하여튼—가지고 마법 실험을 하질 않나, 사전 예고 한마디 없이 갑자기 허공으로 올려놨다가 떨어뜨리질 않나……."

이러니 안 쌓이고 배기나.

한번 쏟아내기 시작하니 그동안 쌓였던 것이 줄줄줄 흘러나왔다.

아직 내 말은 끝나지도 않았건만, 아저씨는 심히 억울한지 얼굴이 붉으락푸르락해지더니 갑자기 한소리 외친다.

"블링크!!"

"그게 모두 방금 전에… 엥?"

아저씨가 뭐라 말하는 건 알았지만, 그에 개의치 않고 계속 다다다 쏟아대던 나는 문득 내 말을 듣고 있어야 할 아저씨가 없다는 걸 깨닫고는 어리둥절해졌다. 하지만 이게 어떻게 된 건지 상황을 파악하기도 전에 내 몸이 갑자기 아래로 추락하기 시작하는 거다.

"으아아악~! 이게 어떻게 된 거야아아아~!"

정말 기가 막히게도 눈 한 번 깜빡하는 사이, 어느새 나는 절벽 위의 허공에 홀로 떠 있었던 것이다.

"치사한 아저씨이~! 난 할 말 다 못했는데에에에에~!"

누구더라? 추락하는 자에게는 날개가 없다고 한 사람. 그 사람을 당장 끌고 와서 이런 내 모습을 보여줘야 하는데 말이다.

꽈당~!!

이 아저씨, 내가 좀 다다다 쏟아냈다고 엄청 토라졌다.

내가 절벽에서 떨어져 땅에 파묻히는 꼴을 그냥 보고 있는 건 둘째 치고, 피 절절 흘리고 있는데도 치료도 안 해준 채 곧바로 올려 보내는 거다.

덕분에 난 이번에 떨어져서 다시 아저씨에게 쏟아내려는 말을 한 단어도 내뱉지 못한 채 그대로 절벽 위 허공으로 올려졌다가 다시 떨어져야 했다.

"으아아악~! 누가 더 화를 내야 하는데에에에~!"

꽈당탕~!!

이번에는 분명 치료해 주겠지 하는 생각으로 기필코 한마디 하려고 벼르고 있었는데, 이게 웬걸? 이번에도 치료 없이 곧바로 다시 절벽으로 올려 보내는 것이다.

이 얼마나 속 좁은 아저씨란 말인가?

완전 어린애다, 어린애.

하여간 그렇게 뼈 부러지고 피 줄줄 흐른 채 절벽에서 두어 번 떨어지고 나니 끈질긴 내 정신도 도저히 버티지 못하겠는지 세 번째 떨어지던 도중 그만 출장을 가고 말았다.

그 후 정신을 차리고 보니 나는 얌전히 땅에 누워 있었고, 몸은 깨끗하게 나아 있었다. 그리고 내 옆에는 아저씨가 여전히 '나 삐졌다' 란 얼굴로 털퍼덕 앉아 있었다. 뭐, 꽁한 게 아직 덜 풀린 것 같아도 날 깨끗하게 치료해 준 걸 보니 내가 정신까지 잃어버리자 '이크!' 싶었던 모양이다.

한번 아저씨를 완전 어린애 성격이라고 인식해서 그런가? 왠지 여전히 삐쳐 있는 아저씨의 얼굴을 보자 이 모든 상황이 우습게 느껴졌다. 그러자 그와 함께 속에 쌓였던 것이 사르르 풀어지는 것이었다. 물론 두 번 삐쳤다가는 살인 날 거 같았지만, 그렇다고 계속 아저씨에게 악악댈 수는 없는 거 아닌가? 진짜 죽고 싶지 않다면 말이다. 게다가 비록 내가 아저씨의 생명을 구했다 해도 아저씨 또한 내 등에서 천신기를 뽑아준 은인이기도 했다.

그리하여 나는 화해의 장을 마련하고자 일부러 엄살을 떨었다. 저 아저씨는 속이 좁아서 대화의 물꼬를 틀 노력을 요만큼도 안 할 분이니 내가 나설 수밖에 없었다.

"아이고, 저 죽이려고 작정하셨죠?"

그러자 아저씨의 얼굴이 팩하고 내 쪽으로 돌아오더니 눈꼬리가 치켜 올라갔다.

"누가 누굴? 기껏 치료해 줬더니만… 치료는 완벽한데 아프기는 뭐가 아파? 이 대마법사님께서 직접 치료해 주셨건만……."

"엥? 아니, 아저씨가 다치게 만들었으니 치료해 주는 건 당연한 거죠."

"일부러 다치게 한 줄 알아? 기껏 네놈 날게 해주려고 신경 좀 써줬더니만… 그거 하나 제대로 못하고… 에잉."

한심하다는 듯한 어조였지만, 어째 내 귀에는 억울함을 토로하는 것처럼 들린다.

'진짜… 애네.'

그에 삐질 웃음이 날 것 같았지만, 지금 웃었다가는 뒷수습이 힘들어질 거 같아 혀를 깨물어 참고는 짐짓 몰랐다는 표정으로 아저씨를 바라봤다.

"에엥? 그게 무슨 소리세요? 절 날게 해주려고 하셨다고요? 저 괴롭히려고 한 게 아니라요?"

아아, 나에게 이런 연기력이 있었다니……. 이거 한국에 있을 때 진로를 잘못 잡은 거 아닌가 모르겠다.

하여간 내 말에 아저씨가 흥분해서 팔까지 휘두른다. 만약 서 있었다면 펄쩍펄쩍 뛸 기세였다.

"이놈이? 내가 밥 먹고 할 짓이 없어 널 괴롭혀? 맨 처음에 너 떨어뜨릴 때 내가 날개를 움직이라고 했어, 안 했어?"

하긴 했지.

"아니… 그 말을 듣긴 했지만, 갑자기 떨어져서 정신이 하나도 없는데 무슨 의도인지 제가 어떻게 압니까? 게다가 아까는 다쳐도 치료 안 하고 무조건 위로 던져 올리셨잖아요? 그러니 괴롭힌다고 생각할 수밖에."

여기서는 어조가 무지 중요하다. 따진다는 듯이 강하게 딱딱거리지 말고 싸울 의사가 전혀 없다는 걸 명백히 드러내며 '내가 잘못 추측했나?' 라고 생각하는 듯한 뉘앙스를 살짝 풍겨주어야 하는 것이다. 그러기 위해서는 자신 없다는 듯 슬쩍 어물거리는 것이 최고.

내 말에 아저씨가 무지 찔리는지 움찔거렸지만, 그래도 자신의 잘못을 인정할 수 없었는지 따지고 들었다.

"무슨 소리! 내가 기껏 다치지 않게 잡아줬더니 네 녀석이 그러지 말라며? 그래서 나는 네놈이 충분히 견딜 수 있는 줄 알고 그랬지."

'아무리 그래도 그렇지, 다쳐서 피 줄줄 흘리고 있는데도 무조건 올린 건 뭐유?' 라고 따지고 싶었지만, 나는 어조에서 힘을 빼고 어물거리는 투로 입을 열었다.

"아니, 뭐… 아지씨가 치음에 안 잡아주시기에 그 뒤에도 그럴 줄 알고 각오했었던 거죠. 게다가 떨어지기 직전에 멈춰서 땅을 보는 심정이 어떤 줄 아세요? 정말 놀라서 심장마비로 돌아가시는 줄 알았다구요."

"흠흠, 하여간… 그렇게 머리가 안 돌아가? 처음에 그리 다친 걸 봤으니 그다음에는 어떻게 해서든 붙잡아주는 게 당연하지. 이런 것도 일일이 다 설명을 해줘야 하다니… 에잉! 그나저나 그놈의 아저씨란 칭호, 정말 마음에 안 드는군."

아저씨의 어조가 한풀 꺾였다. 게다가 갑자기 화제를 바꾸는 모습이라니……. 찔리는데 계속 화를 낼 수는 없었겠지. 그렇다고 성격상 미안하다고 하기도 어려우실 테고 말이다. 얼굴이 살짝 붉어지며 헛기침을 하는 게 민망하긴 한가 보다.

"어쨌든 너, 내가 이렇게 힘써주는데 확실히 날아. 안 그랬다간 가만 안 두겠어."

"예?"

아저씨의 말에 난 화들짝 놀라서 그를 바라봤다.

'아니, 이 짓을 또 한다는 소리야?'

"아, 아니… 뭘 일부러 애쓰세요? 때 되면 날게 되겠지요. 거기다 지금까지 안 날아도 잘 먹고 잘살았는데……."

기껏 그렇게 이야기했지만 아저씨는 물러날 기색이 아니다.

"뭔 소리야? 이왕 시작한 것, 빠른 게 좋잖아. 오늘 안에 마스터하자구."

아저씨의 당찬(?) 선언에 난 허걱했다.

'아앗, 내가 너무 양심을 찔러댔나? 혹시… 화풀이하시는 건 아니겠지?'

그렇다고 이제는 떨어지기 전에 잡아줄지 그냥 놔둘지 물어볼 수도 없어 속으로 당황하고 있는데, 이런 내 생각을 아는지 모르는지 아저씨는 무지 한심하다는 표정으로 다시 물었다.

"그런데 처음에는 날더니만 그 후에는 올리는 족족 왜 그냥 다 떨어지냐?"

"아니… 그게… 그것참… 처음에는 아무 생각 없었는데… 그 후엔 날개를 움직이려고 애썼는데도 안 움직이대요. 이상하죠?"

"그래? 그럼… 아무 생각 하지 말고 그냥 떨어져 봐. 이제는 내가 밑에서 받아줄 테니까 마음 놓고 떨어져. 알았지?"

'살았다! 이제는 받아줄 건가 보다.'

"받아주시게요?"

　다행이란 생각에 눈을 빛내며 바라보자 아저씨가 괜히 시선을 돌린다.

"그럼 내가 괜히 같이 온 줄 알아?"

"오옷, 그럼 조금만 더 일찍 받아주세요. 아까는 정말 심장 멈추는 줄 알았거든요?"

"알았어, 알았어. 넌 빨리 올라가기만 해. 그럼 시작한다. 블링그!!"

"우왁!!"

'아차, 식량이 얼마 안 남았는데에에~!!'

　그러나 난 아저씨에게 식량에 대한 건 입 한 번 빙긋 못하고 해 질 때까지 극악한 환경 속에서 하루 종일 고공낙하를 정말 원없이 해보게 되었다.

Chapter 4
그래도 도와준 덕은 본다고나 할까?

"우와아악~! 제기라아아알~!!"

날아오는 불덩어리를 급속 낙하로 피하자 그 뒤에는 날카로운 이빨이 기다리고 있었다.

"으갸갸갹!!"

간신히 옆으로 피했다 싶었더니 이제는 굵은 꼬리가 나를 향해 휘둘러졌다.

"이히익~!!"

옆으로 피하고 싶었지만 거기에는 여전히 날카로운 이빨이 기다리고 있었고, 위로 피하자니 딴 녀석이 날카로운 발톱을 드러내며 기다리고 있다.

"젠장, 어쩔 수 없나?"

그에 나는 하는 수 없이 날개를 접고 밑으로 떨어졌다.

후두두두둑~!

바로 밑에 울창하게 우거져 있던 나뭇가지들이 난데없는 불청객의 등장으로 나뭇잎들을 우수수 떨어뜨리며 비명을 질러 댔지만, 내가 무사하려면 어쩔 수 없었다.

"매직 미사일!!"

내가 내려가자 곧바로 두어 녀석이 따라붙었지만, 아저씨의 낭랑한 목소리와 함께 녀석들을 덮치듯 수십 개의 빛 화살이 쏟아졌다. 그러자 녀석들은 어쩔 수 없이 급상승하여 허공으로 날아올랐다.

까우우우~!

가장 높은 곳에서 유유히 선회하며 바라보고 있던 가장 큰 녀석이 한 번 크게 울자 날 노려보던 녀석들이 선선히 물러났다.

놈들이 멀어지고 나서야 마법으로 몸을 허공에 띄워 나에게 다가오는 아저씨의 모습에 나는 원망을 담아 투덜거렸다.

"아우~ 정말 너무합니다. 진즉 도와주면 어디가 덧납니까?"

하지만 돌아오는 건 아저씨의 질책뿐이었다.

"도와주고 싶게 만들어야 도와주지! 도대체 거기서 왜 밑으로 떨어져? 차라리 위에 있는 녀석에게 달라붙어 배라도 쑤셔 봐! 언제까지 도망만 칠거냐? 그래서 언제 한 녀석을 잡겠어?"

그렇게 잔소리를 늘어놓으며 아저씨는 나뭇가지와 뒤엉켜

꼼짝도 못하고 있는 날개들을 풀어주기 시작했다.

"어우… 녀석들이 떼로 덤비는데 정신이 하나도 없단 말이에요."

"그놈의 정신은 언제나 제대로 돌아온다냐?"

"에이… 그래도 뭐, 피하는 실력만큼은 꽤 늘지 않았어요?"

"자랑이다, 이놈아."

말은 그렇게 하면서도 어디 다친 곳은 없는지 세세히 살피는 아저씨를 바라보며 나는 아저씨 몰래 웃었다.

어느새 아저씨와 제법 정이 깊게 든 모양이다.

하지만,

"내일은 제발 한 번이라도 공격 좀 해봐라."

"어우, 그게 어디 제 맘대로 되나요?"

아저씨의 요구에 나는 한숨을 푸욱 내쉬며 대답했다.

말이 났으니 말인데, 일생 대부분을 폭력과는 전혀 상관없이 살아온 순수한 처녀에게 저 비룡같이 생긴 와이번이란 놈을 잡으라는 건 너무 과한 요구가 아닌가? 뭐, 요 몇 달 동안 사냥에 익숙해진 몸이긴 하지만, 이 와이번이란 놈들은 내가 지금까지 사냥해 왔던 동물들과는 정말 질과 양에서 차원이 다른 놈들이었다.

작은 놈도 몸통만으로 내 덩치보다 훨씬 크고, 큰 놈은 꼬리까지 합하면 내 키의 서너 배는 훌쩍 뛰어넘는데, 그런 괴물들이 한 놈도 아니고 떼로 덤비는 상황에서 정면으로 맞서서 한 녀석을 잡으라니……

얼마 전에야 겨우 날게 된 나보다 비행에 능숙하고, 나보다도 더 큰 발톱과 이빨들을 가지고 있으며, 입에서 불덩어리도 쏘아내는 놈들을 상대하라는 건 나에게는 너무 무리였다.

게다가 이놈들은 어찌 된 영문인지, 내 거처 주위에 사는 괴물들과는 달리 나만 보면 적의를 드러내며 떼로 달려드는데 그 모습이 장난이 아니었다.

하기야, 녀석들의 심정을 이해 못하는 것도 아니다.

처음에 녀석들이 평화롭게 잘살고 있던 아주아주 높다란 절벽 둥지에 쳐들어가 거기에 있던 새끼들하고 한바탕 난리를 쳐 놨으니, 와이번들 입장에서 보면 난 주택 무단 침입범에 아동 폭력범인 아주 극악무도한 놈이 아니던가.

물론 이건 순전히 아저씨 탓이었다. 아저씨는 나를 위한 일이라고 빡빡 우기고 있지만 말이다.

절벽에서 무작정 떨어지는 방법으로 겨우겨우 날개를 사용할 수 있게 되기는 했지만, 갑자기 네 장의 날개가 생긴 나로선 그걸 제대로 사용할 수 있을 리가 만무했다. 날개를 사용해 보려다 괜히 어깨만 움직거려 어깨 경련만 일어나길 수차례. 그렇게 애를 썼는데도 기껏 해봐야 허공에 떠 있는 정도였고, 땅에서 뛰어올라 하늘로 날아오르거나 멋진 비행 같은 건 꿈도 못 꿨다.

그러자 그걸 무지 답답하게 여긴 아저씨가 어느 날 내 팔을 잡고는 마법을 써서 하늘로 떠오르더니만, 그 산꼭대기에 있는 멋진 절벽 절경이 있는 곳으로 데려가 한마디 말도 없이 다

짜고짜 어느 한 지점으로 던져 버린 것이었다.

그곳은 와이번들이 둥지를 튼 곳이었고, 내가 떨어진 곳에는 조그만 새끼 와이번 세 마리가 있었다. 당연한 일이겠지만 그 새끼 와이번들은 갑자기 침입한 불청객을 향해 귀청 떨어질 정도로 쨱쨱 울어댔다.

물론 얌전히 울어대기만 했다면 나는 아동 폭력범이 되지 않았을 거다. 하필 그 와이번 새끼들이 이제 퍼덕거리며 조금씩은 폴짝폴짝거리며 날아오르는 정도의 녀석들이었는데, 이 놈들이 겁도 없이 나에게 덤벼든 것이었다. 그러니 얌전히 맞아줄 생각이 없었던 나는 손톱을 꺼내 녀석들로부터 나를 방어할 수밖에 없었다.

그랬다.

이건 순전히 정당방위였던 것이다.

하지만 나의 손톱으로 인하여 그 새끼들이 모두 피를 흘리는 부상을 입었고, 그즈음 그 둥지에서 일어난 소란으로 인하여 주변 둥지에 있던 새끼들도 덩달아 쨱쨱대고, 하여간 난리도 아니었다.

게다가 일은 거기서 끝이 아니었다. 이 소동을 들은 어미 와이번들이 무슨 일인가 하고 날아왔다가 그 자리에 있는 날 보게 되었다. 덕분에 그 자리에서 현행범으로 딱 걸린 나는 변명 한마디 못해보고 수십 마리의 와이번 떼에게 공격을 받게 되었던 것이었다아~!

내가 이 세계에 와서 별의별 경험을 해봤지만, 이번처럼 혼비백산해서 도망치기 바빴던 경험은 정말 처음이었다. 그만큼 와이번들의 기세는 살벌했던 것이다.

와이번 입장에서는 당연한 일이었겠지만, 내 입장에서 보면 정말 무지무지하게 억울한 일이 아닌가.

그다음부터 어미 와이번들이 이를 득득 갈고 있을 그곳을 절대로 가고 싶지 않았지만, 내 맘대로 되는 일은 없었다. 안 갈려고 버텨도 아저씨가 마법으로 몸을 움직이지 못하게 막은 다음, 그곳에다가 던져 버리거나 순식간에 이동시켜 버리니 내가 감히 반항을 할 수 없었던 것이다.

하지만 이대로 계속 와이번의 둥지에 떨어질 수는 없는 일이었다. 해서 어느 날 굳은 결심을 한 내가 아저씨의 다리를 붙들고 못 가겠다고 버텨서 끝내는 아저씨의 양보를 얻어낼 수 있었다. 그런데 그 양보라는 것이 '내 마음에 들 정도로 실한(?) 놈 하나만 잡으면 그만둬도 좋다' 라는 거였다. 얼마나 황당하던지…….

하여간, 절대 양보라고 생각할 수 없는 걸 양보랍시고 내놓으신 아저씨는 그 다음날부터는 언제나 와이번을 잡겠냐고 날 달달달 볶는 거다. 그래서 내가 도대체 무슨 수로 저 와이번을 잡을 수 있겠냐고 항의를 하자 손톱, 발톱은 물론이거니와 천신기를 이용해 보라고 하시는 거다.

이제는 완전히 내 왼쪽 손목에 자리 잡은 천신기는, 사실 단순히 천기에 의하여 여러 가지 모양으로 변하는 신비한 장난감 정도의 물건이 아니었다. 전에 아저씨에 의해 절벽에서 떨어졌을 때 온몸에는 크고 작은 부상을 입었는데도 왼팔만은 멀쩡했던 것이 바로 천신기의 능력이었던 것이다. 그것 말고도 강도와 날카로움이 내 손톱 못지않았기에 무기로도 유용했지만, 나는 조금도 활용하지 못하고 있었다.

그도 그럴 것이 도망가느라 정신없고, 급하면 손발톱을 꺼내 방어하기 급급한데 언제 천신기에 천기와 내 의지를 부여해 무기로 변형을 시키고 있겠는가?

난 여전히 와이번들의 기세에 눌려서 그들에게 공격할 생각은 꿈에서조차 하지 못하고 있었던 것이다.

'어휴, 치리리 활이리도 있으면 멀리서 쏘아보기라도 하겠는데 말이야. 으음… 그래도 녀석들이 얌전히 맞아줄 거 같지도 않고, 맞는다 해도 놈들의 비늘과 가죽을 뚫고 들어가기나 할지…….'

이렇게 나름대로 와이번 공략 방법을 고민하던 와중 나는 갑자기 느껴지는 귀의 통증과 큰 소리에 퍼뜩 정신을 차렸다.

"이놈! 내 이야기, 듣고 있는 거냐?"

신나게 잔소리를 늘어놓고 있던 아저씨가 내가 딴생각에 빠져 안 듣고 있다는 걸 알아채고는 귀를 잡아당기며 소리를 친 것이다.

"아야야~! 들어요! 듣는다구요!"

"그럼 내가 뭐라고 그랬는데?"

"이제 공격 좀 해보라는 거 아니에요?"

"그리고?"

"그, 그리고요?"

그동안 계속 공격만 하라는 잔소리만 들었기에 또 다른 이야기는 모르겠다. 그에 내가 버벅 거리자 아저씨가 날 째려보더니만 한숨을 포옥 쉰다.

"어이구, 잘나가던 내가 왜 이런 놈에게 얽혀서 이 꼴이 되었누. 이 천재 마법사가 말이야."

'아니, 누군 얽히고 싶어서 얽혔냐구.'

이런 내 심정이 표정에 드러났는지 아저씨의 눈썹이 살포시 위로 치켜 올라갔다.

"어째… 내 말이 못마땅하다는 표정이다?"

그에 나는 잽싸게 표정을 바꿨다.

"아니, 그게… 나뭇가지가 등에 배겨서 말이죠. 계속 나뭇가지 속에 구겨져 있으니 힘들기도 하고."

내 말이 그럴듯했는지 아저씨의 표정이 누그러진다.

"그러냐? 조금만 기다려라. 거의 다 됐다."

"예에."

스스로가 너무 비굴하게 느껴졌지만, 무사히 넘어갔다는 생각에 나는 몰래 안도의 한숨을 내쉬었다. 어쩔 수 없다. 힘이 없으니까.

뭐, 그래도 아저씨가 정말 악의가 있어 날 괴롭히는 건 아니었으니 말이다.

게다가 이 아저씨는 빈틈없는 깐깐한 엘리트 인상을 가지고 있는데 은근히 속이 무른 건지, 아니면 순진한 건지 슬쩍 화제를 돌리면 거기에 곧잘 넘어가곤 했다.

하기야 인상과 다른 건 그뿐이 아니었다.

무게 잡으면 근엄하고 카리스마까지 풀풀 풍기는 분이 말이 얼마나 많은지… 문제는 그 말의 대부분이 나에 대한 잔소리라는 거였지만 말이다.

처음 만났을 때 아저씨는 나에 대해 관심이 있긴 했지만, 그건 단지 신기한 대상을 관찰하는 호기심 어린 시선이었을 뿐이다. 솔직히 그것에 기분 좋을 수 없었지만, 스스로 보기에도 내 몸은 괴상했고, 아저씨는 몸이 괜찮아지면 곧 여기서 떠날 사람이라고 생각했기 때문에 무시했었디.

그런데 그런 덤덤했던 아저씨와 나의 관계는 내 등에 꽂힌 천신기를 뽑은 후 변하기 시작했다. 전에는 자신을 중심으로 집중되어 있던 아저씨의 관점이 조금씩 조금씩 나에게로 옮겨오는 것 같다고나 할까? 덕분에 나에게 쏟아지는 잔소리의 양이 점점 늘어나고 있었지만 말이다.

'그러고 보니… 아저씨는 몸도 완쾌된 지 꽤 됐는데 돌아갈 생각을 안 하시네? 이대로 눌러앉으시려나?

어쩌면 이곳에 오게 된 어떤 불상사로 인하여 돌아가길 꺼려하시는 건지도 몰랐다.

뭐, 나야 아저씨가 무지 괴롭히기는 했지만, 그것도 어느 정도 면역이 된 탓인지 여기에 눌러앉는다 해도 싫지 않았다.

"다 됐다."

아저씨의 말에 나는 다시 현실로 돌아왔다.

"아, 예."

그제야 내가 걸쳐 있던 나무에서 내려와 온몸에 붙은 나뭇 잎들과 나무껍질 등등을 털어내고 있는데, 같이 땅에 내려온 아저씨가 말을 이었다.

"어쨌든 내가 한 말, 허투로 듣지 마라. 전에 내가 왕실에 있 었을 때는 나의 금과옥조 같은 말을 하나라도 놓치지 않으려 고 사람들이 난리였는데, 이놈은……."

거기서 말을 끊은 아저씨는 못마땅하다는 시선으로 날 보고 는 혀를 끌끌 찼다.

하지만 그 시선보다 내 귀를 솔깃하게 하는 말이 있었으 니…….

"왕실? 그… 국왕이 사는 성 말하는 거죠? 헤에, 왕실 소속 이세요?"

내 질문에 아저씨의 얼굴에 의기양양한 기색이 어렸다.

"홋홋홋, 나같이 뛰어난 천재 마법사를 세상이 가만두려고 하겠느냐? 서로 모셔가지 못해 안달이었지."

"그, 그렇습니까?"

'참내.'

왕자병이라 해도 자기 자랑이 저렇게 숨 쉬기만큼 자연스러 울까나? 하여간 대단한 분이시다. 그래도 뭐, 실력이 있다는 건 사실인 거 같다. 내가 이 세상의 다른 마법사들은 본 적이 없으니 천재인지 그들 중 상위 실력인지는 모르겠지만, 반쯤 죽었던 몸을 아무 일 없었다는 듯 낫게 하고, 하늘을 마음대로 날아다니며 와이번들에게 불덩어리나 마법으로 만든 화살을 쏘아낼 수 있는 사람이 실력이 없는 거면, 실력있는 건 '신' 같은 존재뿐일 거다.

"이런 이런, 이야기가 딴 데로 샜군. 그거야 어쨌든 너 말이다."

또다시 아저씨의 잔소리가 시작되려나 보다. 어차피 전에 다 이야기한 걸 텐데 말이다.

"아직도 천기와 마기가 감이 안 잡히냐? 지금 그 두 기운이 무척 뚜렷해졌는데……."

아저씨의 말에 나는 '역시나' 란 생각이 들었지만, 예의상 성실히 대답했다.

"그, 글쎄요. 그렇게 말하서 봤자……."

그러자 아저씨의 미간에 얼핏 주름이 지며 입술이 꿈틀거린다. 예의 그 레퍼토리가 시작될 징조다.

'알아요, 알아. 천기와 마기는 서로 반발하는 기운이라서 조금 더 있으면 두 기운의 충돌 여파로 인하여 내 몸이 위험해진다면서요. 몇 번만 더 들으면 100번일 거다.'

등에 꽂혀 있던 천신기는 그동안 날 날지 못하게 한 것뿐만이 아니라, 내 몸이 가지게 되는 기운을 커지지 못하게 막아왔던 모양이다. 그런데 그게 뽑힘으로 인하여 억눌려 있었던 천기와 마기가 본래의 크기로 돌아오려는지, 처음에는 아저씨가 겨우 알아챌 수 있을 정도로 미약했던 두 기운이 하루가 다르게 강해지고 있다고 한다.

　기운이 커지면 내 힘이 강해진다는 의미도 있지만, 문제는 두 기운이 서로 반발한다는 것.

　작을 때야 두 기운이 반발하는 충격 또한 작기 때문에 별 문제가 되지 않지만, 점점 강해질수록 반발하는 충격도 커지기에 아무리 내 육체가 튼튼해도 연이은 충격을 감당하지 못하고 문제가 생길 거라는 게 아저씨의 잔소리 레퍼토리였다. 그리고 그것이 천족과 마족의 혼혈이 존재하기 어려운 근본적인 이유라는 거다. 천족과 마족 사이에 사랑이 존재할 수 있느냐 없느냐를 떠나서 말이다. 거기에 덧붙여 아저씨는 내 등에 천신기가 꽂힌 이유야 어쨌든, 그 덕분에 내가 지금까지 살 수 있었던 건지도 모른다고 하셨다.

　뭐, 사실 천기와 마기는 솔직히 지금까지 직접적으로 느껴지는 것이 없기 때문에 난 별로 실감이 나질 않았다. 그래서 아저씨의 말에 단지 '그런가' 라고 여길 뿐 심각하게 생각하지 않자, 오히려 아저씨가 이리 안달이 나서 틈만 나면 잔소리를 하는 것이다.

　하지만 그 기운이라는 게 지금은 겨우 산들바람이 내 몸을 살랑살랑 스치고 지나가는 느낌 정도로밖에 느껴지지 않았다. 그래 처음에 그 감각을 느꼈을 때는 진짜 바람이 스치고 지나간 줄 알았다. 나중에야 '뭔가 바람과 다른 거 같은데? 라는 생각이 들고서야 그게 내 몸에서 커지고 있다는 기운이라는 걸 깨달을 수 있었다.

　그런데 겨우겨우 기운이나 어렴풋이 느끼는 수준의 나보고

천기와 마기를 구분하라느니, 의지로 다스리라느니 하는 요구
는 너무 무리 아닌가 말이다.

그런데 오늘따라 어째 아저씨가 그냥 잔소리로 끝내지 않는
거다.

"이놈이 또 딴청이네. 그래, 언제까지 그렇게 여유를 부릴
수 있는지 두고 보자. 내 추측으로는 길어야 일주일이다. 그때
땅을 치고 후회해도 소용없어, 이놈아."

단순한 잔소리는 계속 흘려듣자 아무래도 아저씨가 잔소리
의 작전을 바꾼 모양이다. 그런데 그 방법이 효과가 있는지,
'일주일'이라는 기긴이 들먹기려지니까 아무리 실감을 못하
는 나라도 왠지 은근히 불안함이 느껴지는 거다.

'이거… 아무래도 가만있다간 진짜 큰일 나는 거 아냐?'라
고 말이다.

혹시 홈 쇼핑에서도 이런 사람의 심리를 알고 '몇 분밖에 안
남았습니다!'라고 시간을 계속 들먹거리는 걸까나?

그리하여 나는 아저씨가 그 잔소리를 시작한 후 처음으로
진지하게 물었다.

"그, 그럼 어떻게 하면 그 천기인지 마기인지 하는 것들을
다스릴 수 있는 건데요?"

"헹, 이제야 슬슬 걱정되냐?"

아저씨는 그렇게 놀리듯 말했지만, 얼굴에는 반기는 기색이
어렸다. 그리고는 기다렸다는 듯 처음 마법 세계에 입문하는
사람들이 필수적으로 배운다는 '마나 심상수련'이라는 것을

가르쳐 주셨다.

그런데 재미있게도 '마나 심상수련'을 하기 위해 취하는 폼이 한국에서 흔히 봐왔던, 명상할 때 정좌하는 모습과 비슷한 거다. 사람 사는 곳은 어디나 생각이 비슷하다고 하더니만, 이런 것까지 비슷할 줄은 몰랐다.

"마음을 가라앉히고 네 몸 안에서 흐르는 기운에 정신을 집중해. 일단 천기와 마기를 명확히 구분하는 데 중점을 둬. 기운을 움직이는 건 그다음이야."

눈을 감지 않고도 약간 주의만 기울이면 산들바람같이 살랑살랑 흐르는 기가 느껴졌기 때문에 기운에 정신을 집중하는 건 어렵지 않았다. 하지만 정말 바람같이 느껴지는 기운을 가지고 두 가지로 구분하라는 건 눈 뜨고 불어오는 바람의 색을 구별하라는 것만 같아서 그냥 무조건 흘러가는 기운에 정신을 집중하고 그 흐름을 죽을 둥 살 둥 쫓기만 할 뿐이었다.

그렇게 해서 나는 오전에는 심상수련이라는 것을 하고, 오후에는 여전히 와이번 떼에 쫓겨 다녔다.

그렇게 험난하다면 험난한 날들이 계속되던 어느 날, 그러니까 그 '마나 심상수련'이라는 걸 시작한 지 대충 2주 정도 되었을 거다. 전날 비가 내린 후라 그런지 구름 한 점 없이 너무나 새파란 하늘에 공기도 쾌청한 것이 비행하기에는 더없이 좋은 날이었다.

이럴 때 와이번들과 한바탕하고 있어야 하는 내 신세가 참

처량하기도 하고, 그래도 이제는 경험이 쌓였다고 제법 능숙
하게 피해 다니게 된 내가 기특하기도 하고, 하여간 복잡 미묘
한 심정을 간직한 채 그날도 난 여전히 와이번의 공격에 쫓기
고 있었다.
"위에!!"
저 멀찍이 떨어진 안전한 장소에서 구경하고 계시는 아저씨
의 외침에 나는 빈사적으로 네 날개를 활짝 펴 바람의 저항을
온몸으로 받으며 속도를 팍 줄였다. 그러자 내 머리 위를 아슬
아슬하게 지나치며 밑으로 내려갔다가 다시 솟구치는 와이번
한 마리.
그놈의 몸통 공격을 무사히 피했다고 안심할 틈도 없이 나
는 온몸을 긴장시키며 주변을 주의해 살폈다. 저렇게 온몸으
로 부딪쳐 오는 놈들은 2차로 꼭 꼬리 공격을 해왔던 것이다.
과연, 다시 몸을 솟구친 놈이 아직 나보다 아래쪽에 있던 꼬리
를 있는 힘껏 올려치는 것이다. 전 같으면 그런 공격을 피하기
급급했겠지만, 요즘은 경험이 좀 생겼다고 피하는 대신 날개
를 접은 채 발로 그 꼬리를 박차고 허공으로 더 높이 솟구쳐 올
랐다.
"타앗~!"
허공으로 솟구쳐 오르면서도 내 행동에 스스로 감격해하고
있었다.
'아~ 이 얼마나 놀라운 운동신경과 조건반사란 말인가! 허
공에서 빠르게 솟구치는 그 굵은 원통 같은 꼬리를 정확히 박

차고 몸을 띄우다니! 내가 이런 일을 해냈어!'

이때 발의 각도가 조금이라도 잘못되었을 경우 운이 좋으면 와이번 녀석의 꼬리가 내 몸을 살짝 옆으로 스치고 지나갔겠지만, 운이 나빠 꼬리가 두 다리 사이로 들어온다면… 으으음, 생각하기 싫다.

하지만 나의 뛰어난 능력으로 그런 불상사를 일으키는 대신 멋들어지게 허공으로 훌쩍 날아오르는 것도 모자라 공중제비까지 한 바퀴 휘리릭 도는 멋진 폼을 추가로 선보였다.

'10점~! 이건 분명 10점짜리야~!'

스스로가 한 공중제비가 너무 마음에 들어 혼자 점수까지 매기면서 무지 만족스러워하는데, 이런 나의 기분에 찬물을 끼얹는 소리가 들려왔다.

"위험! 밑!"

퍼뜩 정신을 차리고 보니 아래에서 어떤 녀석이 그 커다란 입을 떠억 벌린 채 위로 솟구쳐 오르는 거다. 황급히 날개를 활짝 펴 바람을 타고 옆으로 비키려고 했는데, 아래에서 솟구치는 놈이 조금 더 빨라 나는 녀석의 입을 완전히 피하지 못하고 검은 피막 날개 중 아래에 있는 날개를 녀석의 윗입술―인지 부리인지―과 부딪치고 말았다.

"우왁!"

강한 충격을 받은 건 아니었지만, 한순간 균형을 잃고 휘청거리기에는 충분했다. 그리하여 나는 곧바로 위로 올라오던 와이번 녀석의 얼굴에 철퍼덕하고 부딪친 후 녀석의 머리와 목을 타고 주르륵 미끄러졌다.

이대로 있다가는 녀석의 꼬리 부근에 다다라 거기에 한 대 얻어맞을지도 모른다는 다급함에 반사적으로 손발톱을 있는 대로 꺼내 눈앞에 보이는 부근에 있는 힘껏 박아 넣었다.

꾸어어어~!

그러자 바로 몸을 통하여 와이번 녀석의 괴성이 들려온다.

고개를 들어 주변을 둘러보니, 나는 날 물기 위하여 위로 솟구쳐 오르던 와이번 녀석의 목덜미 바로 아랫부분에 붙어 있었다.

그걸 깨닫자마자 나는 다시금 녀석의 가죽에다 머리를 처박아야 했다.

"우와아악~!!"

날 등에 붙이고 있던 와이번 놈이 내가 자기에게 들러붙은 걸 알고는 날 떨어뜨리려 거칠게 몸부림을 치기 시작했던 것이다.

그러나 내 손발톱도 보통의 물건들이 아닌지라 녀석들(?)은 와이번의 피를 짜내면 짜냈지 절대로 빠져나오지 않는 거였다. 하기야 이 육체의 손발톱은 마치 짐승의 것 마냥 끝으로 갈수록 점점 안쪽으로 구부러진 형태인 데다 있는 대로 빼면 길이가 10센티는 훨씬 넘는 정도였으니, 내가 힘을 주고 있으면 웬만해서는 절대 안 빠진다.

안 빠지는 건 좋은데, 본의 아니게 살아 있는 제트코스터를 타게 된 나는 정말 정신이 없었다. 그렇다고 그냥 떨어지자니 어떻게 될지 장담할 수 없어서 녀석이 지쳐서 몸부림을 멈출 때까지 죽어라 붙어 있을 생각이었다.

하지만 내가 달라붙은 녀석이 체력 하나는 자신있었던 모양이다. 뭐, 덩치가 엄청 큰 놈이니 당연한 건지도 모르겠지만, 덕분에 꽤 오랜 시간 동안 몸부림을 쳤는데도 전혀 지친 기색을 보이지 않았다.

'징한 놈.'

아마 날 붙이고 있는 와이번도 나와 같은 생각을 하고 있을 거다.

그렇게 녀석에게 떨어지지 않고 끈질기게 붙어 있자 한동안 별별 쇼를 다 보이던 녀석이 뭔 생각을 한 건지 갑자기 몸부림을 멈췄다.

그제야 나는 녀석이 드디어 지쳤나 하고 살며시 고개를 들고 놈을 살피는데, 의아하게도 녀석이 아주아주 힘차게 수직상승을 하고 있는 거다.

'이놈이 갑자기 왜 올라가지?'

그러나 이런 의문도 잠시, 나는 녀석이 아주 노오오오오~~옵이 올라가서 허공에 잠시 정지할 때 즈음 놈의 의도를 깨달을 수 있었다.

'이놈이 최후의 수단을 쓰려는 거구나.'

그 최후의 수단이라는 것인즉, 등을 아래로 향한 채 떨어져 내리는 것이다. 그것도 바위투성이의 계곡을 향해서.

'젠장, 이대로 죽기 싫으면 떨어져 나가라는 거냐?'

아마도 내가 죽고 싶지 않아 녀석에게 떨어져 나간다면 놈은 그 즉시 날개를 펴 추락을 피할 거다.

나야 이대로 죽기는 싫으니 딴 놈들의 공격이 기다리고 있다 하여도 놈의 몸에서 떨어져야 하긴 하겠는데, 그러자니 어째 좀 열받는다. 괜한 데서 자존심을 세우는 걸지도 모르지만, 육체적인 능력은 몰라도 머리 쓰는 건 녀석들보다 내가 한 수 위라고 생각했는데, 지금은 이 괴물 녀석이 머리 써서 의도한 대로 내가 얌전히 따라야만 한다는 것에 은근히 속이 꼬이는 거다.

그렇게 속이 한번 꼬이기 시작하지 풀리는 대신 점점 더 꼬이고 꼬이고 또 꼬여, 처음에는 단순히 '이거 열 좀 받네'로 시작된 분노가 순식간에 '의도대로 해주기 싫다!'로 변하더니 거기에서 한발 더 나아가 '죽어도 얌전히 따라주지 않는다!'로 발전해 버렸다.

그러자 이 분노에 몸이 호응을 했는지, 아니면 갑자기 아드레날린이라도 마구마구 분비되는지 내가 뭔가 할 수 있을 것만 같은 기분이 팍팍 드는 것이, '그럴 가능성이 얼마나 되지?'라는 계산은 아예 떠오르지도 않는 거였다.

나중에 생각하면, 아무래도 이때 서서히 본능 모드로 바뀐 것 같다. 제정신을 가지고 있을 때는 한 번도 본능 모드로 바뀐 적이 없으니 확실히 모르겠지만, 그것 말고는 이 근거없이 자신감이 충만한 상황을 설명할 길이 없었다.

하여간 그렇게 자신감 만빵이었던 나는 떨어지지 않기 위하여 힘주고 있던 두 손을 놓았다. 나중에 생각해도 심장이 벌렁벌렁 뛰는 서스펜스한 행동이었지만, 그 당시에는 내 행동이 그렇다는 것도 느끼지 못했다. 게다가 어차피 등을 아래로 향한 채 떨어지고 있던 중이라 몸이 뒤로 젖혀지는 불상사는 없었다.

그 상태로 네 장의 날개를 모두 펴 균형을 잡으며 나는 천신기를 빼 들었다. 그동안은 기껏해야 방패로 사용하는 것이 고작이었던 천신기를 이때 빼 들다니, 내 본능은 아무래도 전투에 천부적인 재능을 가지고 있었던 모양이다.

그렇게 빼 든 천신기를 양손으로 잡고 치켜들자 천신기에 희미한 빛이 어리기 시작하는 거다. 그 순간 나는 '아하!' 하는 감탄과 함께 천신기를 어떻게 사용하는지 깨달을 수 있었다. 먼저 몸이 사용하고 머리로 이해하는 순서가 좀 웃기긴 하지만, 결국 사용 요령을 알아냈으면 됐지 순서가 무슨 상관이겠는가.

내 정신이 그런 새로운 깨달음을 얻는 동안 정신과는 상관없이 벌써 천신기를 사용할 줄 알았던 육체는 점점 더 밝아지는 빛에 둘러싸인 천신기를 주저 없이 와이번의 뒤통수에 똑바로 내리꽂았다.

폭!

홍시에다 과도를 꽂는 것마냥 가벼운 소리와 함께 손쉽게 와이번 가죽을 뚫고 천신기가 박혀 버렸다. 그와 함께 내 손끝에 전달되는 감각이 참 오묘한 것이, 처음에는 기다란 대바늘로 잘 구운 쥐포를 뚫고 들어가 냉동실에 꽁꽁 얼려뒀던 쵸코하임을 관통한 뒤, 마지막으로 말랑말랑한 뿌띠젤까지 찌른 기분이었다. 왜 하필 연상되어도 그런 것들이냐고 묻는다면, 내가 그동안 찔러본 것들 중 가장 비스름한 감각을 준 것들이 그런 것들이니 어쩌겠는가? 뭐, 스스로 생각해도 좀 찜찜하긴 하지만, 이런 정신과는 달리 육체 본능은 아무렇지도 않은지 뿌띠젤까지(?) 찌른 천신기를 한 번 휘저어준 뒤 다시 손쉽게 뽑아 들고는 와이번 가죽에 잘 박아뒀던 발톱을 거둬들임과 동시에 와이번을 박차고 그로부터 떨어져 나왔다.

그러자 기다렸다는 듯 45인치 칼라 TV—절대 벽면 TV가 아님—보다 좀 더 큰 불덩어리가 나를 향해 날아오는 거다.

평소 같으면 '우와아악~!' 하는 비명을 지르며 피하기에 바빴을 텐데, 여전히 육체 본능 모드였던 나는 불덩어리를 보고 피하기는커녕 정면으로 맞섰다.

"뭐 하는 거냐? 위험해!"

아저씨의 놀란 고함 소리에 내 정신은 십분 동감했지만, 본능에 사로잡힌 육체는 코웃음을 친 채 손에 쥐고 있던 천신기를 머리 위로 들어 올리더니 불덩어리를 향해 그대로 내려쳤다. 그러자 천신기를 둘러싸고 있던 밝은 빛이 마치 레이저처럼 튀어나가더니 커다란 불덩어리를 세로로 두 동강 내버리는 거였다.

'오옷!'

그 충격에 두 동강난 불덩어리는 나에게 도착하기도 전에 작은 폭발과 함께 허공에서 소멸해 버렸다.

그러나 소멸하는 불덩어리들을 제대로 구경하기도 전에 내 몸은 날개를 활짝 펴 옆으로 날았다.

내 정신이 육체의 그런 행동을 의아해하기도 전에 날카로운 바람 소리를 내며 그 옆을 그대로 휩쓸고 가듯 지나가는 와이번 한 마리. 내 정신은 뒤에서 달려드는 놈을 미처 눈치 채지 못했건만, 이 육체는 벌써 눈치 챘나 보다. 완전 동물 같은 본능이었다.

그런데 이 육체 본능, 단순히 피하기만 한 것이 아니라 크게 활공하여 유턴해 돌아오는 것이었다. 그러자 어떻게 된 영문인지 눈앞에는 와이번의 쫘악 빠진 뒷모습이 '날 잡아잡수~!' 하는 포즈로 떡 버티고 있는 거다. 아마 그걸 노리고 크게 활공한 모양이다.

육체 본능은 와이번의 모습을 보자마자 즉시 환한 빛에 감싸여진 천신기를 들어 올렸다.

샤악~

뒤태에서 보이는 날개를 향해 천신기가 휘둘러지자 예의 그 빛줄기가 또 튀어나오더니 그대로 와이번의 한쪽 날개를 삭둑 잘라 버렸다. 천신기의 능력이 뛰어난 건지 육체 본능의 능력이 뛰어난 건지, 서스펜서에 스팩터클한 SF 영화 한 편을 보는 것만 같은 기분이었다. 아무래도 육체 본능이 오늘 작정하고 나온 모양이다.

당연하겠지만 한쪽 날개를 잘린 와이번은 더 이상 허공에 떠 있지 못하고 그대로 퍼덕거리며 추락하기 시작했다.

육체 본능은 그 모습에 그 와이번에 대한 신경을 끄고는 또 다른 목표를 찾으려는지 사방을 휘익 둘러보기 시작했다. 하지만 주변에 포진해 있던 와이번 녀석들이 내가 평소와는 완전 딴판이라는 걸 깨닫고는 섣불리 덤비는 대신 오히려 거리를 두고는 주변에서 빙빙 돌기만 하는 거다.

그러나 그런 대치 상태는 얼마 가지 못했다. 잠시 후 대장 와이번의 기다란 울음소리에 와이번 녀석들이 썰물 빠지듯 물러가 버렸던 것이다.

너석들의 모습이 검은 점이 되어 가물가물해지자 그제야 온몸이 긴장 풀리는 것처럼 완화되더니, 본능이 슬며시 사라졌는지 몸이 내 의지 아래로 돌아왔다. 하지만 그와 함께 핑 하는 현기증이 이는 거다. 하늘이 핑그르르 돌기에 정신을 차리려 눈을 감고 고개를 좀 흔들었는데, 아저씨의 다급한 외침이 들려왔다.

"야, 이놈아! 어서 정신 차려!!"

그 외침에 깜짝 놀라 눈을 뜨니 이상하게도 내 몸이 추락하고 있었다.

어리둥절해하면서도 얼른 날개를 펴려고 했는데, 이게 웬일? 몸에 힘이 하나도 안 들어가는 게 날갯짓을 하기는커녕 손끝 하나 움직이지 못하겠는 거였다.

'어라라? 왜 이렇게 힘이 하나도 없지?'

내 몸 상태에 대해 의아해하기는 했지만, 추락하는 상황에 대해서는 조금도 다급한 마음이 들지 않았다. 그도 그럴 것이, 당황한 얼굴로 날아오는 아저씨의 모습이 보였기 때문이다.

"아니, 갑자기 왜 그래? 아까까진 멀쩡하던 놈이."

역시나 땅에 추락하기 전에 잡아준 아저씨가 놀란 얼굴로 날 이곳저곳 살펴보며 물었다.

"그게… 갑자기 긴장이 풀려서 그런지 몸에 힘이……."

몸에 힘이 없어서 그런지 목소리에도 힘이 하나도 없었다. 하긴, 말하는 것도 힘이 들 지경이니.

그러자 아저씨가 곰곰이 생각에 잠기더니 입을 열었다.

"으음… 어쩌면 검기를 처음 사용해서 그런 건지도 모르겠구나. 전에 검사들이 처음 검기를 쏘아 보내면 탈진한 것처럼 온몸이 후들후들해진다는 이야기를 들은 기억이 있어."

'검기? 검기이~? 아까 그 레이저 같은 빛이 검기?

검기가 무엇인가? 그 무협지에서만 본 대단한 검사들이나 사용하다는 게 바로 그 검기가 아닌가 말이다.

"옛? 아까 그 빛이 검기였어요?"

힘이 없긴 했지만, 무척 놀랐다는 기색이 그대로 담긴 말에 아저씨가 어이없다는 시선으로 날 바라보는 것이었다.

"이놈아… 네놈이 아무것도 모른다 하지만, 어떻게 네가 쏘아 보낸 게 뭔지도 모르냐?"

"아하하하……."

'그러니까, 정확히 말하면 내가 아니라 육체 본능이 한 건데…….'

하여간, 내 몸에 힘이 없는 게 아저씨의 말대로 빛 덩어리를 쏘아 보낸 탓이었으면 좋겠는데 말이다. 혹시나 육체 본능 모드 후유증일지도 모른다는 생각에 슬그머니 걱정이 생긴다. 하지만 그것도 잠시, 그런 생각을 하는 것도 귀찮았다.

'뭐, 어떻게든 되겠지. 나중 일은 나중에.'

그건 그렇고, 오늘 경험으로 인하여 깨달은 게 많았다. 그중 최고의 깨달음이라면, 역시 천신기의 사용 요령이라 할 수 있을 것이다. 그것만 제대로 익힌다면 앞으로 와이번 녀석들을 상대할 때 도망만 다니지 않을 수 있을 테니 말이다.

한 가지 걸리는 건, 이성이 있을 때 육체 본능이 나타났다는 거였다. 이번에는 나쁜 쪽으로 폭주한 게 아니라 크게 도움이 되긴 했지만, 그렇다고 해서 좋은 건지 나쁜 건지 알 수 없으니 마냥 좋다고 헤헤거릴 수도 없었다.

"그래도 오늘 잘했다. 이제 드디어 공격을 할 수 있게 되었구나."

땅에 내려온 뒤에도 힘이 하나도 없어 땅에 털퍼덕 주저앉아 있는 나에게 아저씨가 기쁜 듯 어깨를 두드리며 말했다.

"저걸 보거라. 저게 오늘 네가 포획한 사냥감들이야. 으흐흐흐."

내가 오늘 평소 같지 않게 아주 대단한 사냥감을 잡아서 좋아하시는 건 알겠는데, 어째 아저씨의 마지막 웃음이 좀 그렇다. 힐끔 시선을 돌려 바라보니 아저씨가 뭔 생각을 하시는 건지 아주 음흉한(?) 웃음을 흘리며 두 손을 싹싹 비비고 있었다.

"뭐, 뭐예요, 그 표정은?"

당혹스러움이 가득 든 나의 질문에 아저씨가 돌아보았는데, 어째 분위기가 '허튼소리 하면 재미없어!' 라고 말하는 것 같다.

"아니… 뭐… 꼭… 그, 그러니까… 에… 요리사가 뛰어난 식재료를 바라보는 시선이라고나 할까요?"

'아아. 약한 자여, 그건 바로 나를 말하는 것이니…….'

물론 처음에 연상된 것은 완전히 다른 차원의 영상이었지만, 아저씨의 분위기에 쫄아 차마 그대로 이야기를 못하고 다른 표현을 찾아내느라 말을 버벅거리자 아저씨가 미심쩍은 시선으로 바라봤다. 그러나 그것도 잠시, 눈앞에 나란히 쓰러져 있는 와이번을 바라보는 아저씨의 입은 다시금 헤벌쭉 벌어졌다.

"너도 내 심정이 되어봐라. 안 좋아하게 생겼나. 와이번의 내단을 손수 꺼낼 수 있는 찬스가 눈앞에 있단 말이다. 그것도 제법 큰 놈으로 두 마리나. 내 평생 처음으로 맞이한 기회가 제법 괜찮지 않냐? 으흐흐, 저놈들에게 얻은 내단으로 뭘 하지? 아, 일단 망가지지 않게 손부터 봐야지?"

무지하게 좋아하는 아저씨의 모습을 보고 있자니 지금까지 와이번과 싸웠던 것이 어째 나의 교육을 위해서만은 아닌 것 같다는 느낌이…….

'에구에구! 아무럼 어떠냐. 힘이 하나도 없으니 머리 굴리는 것도 귀찮다.'

하늘에 떠 있는 태양의 위치를 확인하니 평소 거처로 돌아가던 때보다 대략 두세 시간 정도 이른 시간이었다.

그때, 아저씨가 날 불렀다.

"야, 이거 망가지기 전에 빨리 가지고 가……."

그즈음에야 내 상태를 떠올렸는지 아저씨가 말끝을 흐린다. 그 틈을 타서 나는 내가 할 수 있는 한 최선을 다해 애처로운 시선으로 아저씨를 바라봤다. 아저씨의 성격대로라면 저 큰 덩치들을 나르는 건 내 몫이 될 게 뻔했다. 하지만 힘이 하나도 없는 지금, 그런 역할은 정말 사양하고 싶었던 것이다.

다행히도 이게 잘 먹혀들었는지 아저씨가 인상을 찡그리다가 곧 어쩔 수 없다는 듯 혀를 쯧쯧 차더니 다시 와이번 쪽으로 시선을 돌렸다.

"하는 수 없지. 아쉬운 대로 여기서 손 좀 봐야겠군. 하기야 내단이라는 놈들은 차라리 여기서 손을 보는 게 나을지도."

그렇게 혼자 중얼중얼거리던 아저씨가 결심을 굳혔는지 팔을 걷어붙이더니 와이번 쪽으로 척척 걸어가는 거다.

그 모습을 바라보던 나는 점점 흐리흐리해지는 정신으로 물었다.

"저기요오~ 그 작업 시간이 얼마나 걸릴까요?"

내 질문에 아저씨는 걸음을 멈추고 와이번의 크기를 가늠하더니 어깨를 으쓱였다.

"모르겠다. 이런 일은 처음 해보는 거라. 대충 넉넉잡고 두 시간 정도 걸리지 않을까 싶은데. 왜, 거들어주게?"

아저씨의 대답에 나는 하품이 나오는 입을 가리며 고개를 저었다.

"아니요. 그 정도면 잠깐 자도 되겠다 싶어서요. 저 좀 잘 테니까 다 끝내면 깨워주세요오오~"

생각 같아서는 하품이라도 크게 하고 싶었지만 그럴 기운도 없었다. 하기야, 지금까지 아저씨에게 말한 것도 있는 힘 없는 힘 다 쥐어짜 내서 말한 거였으니 말이다. 그렇게 힘들게, 그래도 하고 싶은 말을 끝까지 한 나는 아저씨의 대답은 듣지도 않은 채 모로 쓰러졌다. 이젠 앉아 있기도 힘들었다. 그러면서도 분명 찡그려질 아저씨의 인상이 안 봐도 훤히 그려져 속으로 낄낄 웃어댔다.

나는 내가 생각하고 있던 것보다 더 피곤해 있었던지 머리가 땅에 닿자마자 금세 잠이 들었다. 그리고 정말 오랜만에 다시금 꿈을 꾸었다.

꿈속에 나타난 이는 어렸을 때의 이 육체. 저번 꿈에 나타났던 모습보다 대략 두세 살 정도 더 어린 모습이었다. 그래서 그런지 아직 등에 천신기는 꽂혀 있지 않았지만, 가느다란 발목에는 여전히 족쇄가 채워져 있었다.

'아니, 그럼 도대체 쟤는 언제부터 저걸 차게 된 거람?

속으로 혀를 끌끌 차던 나는 문득 애가 혼자서 꼼지락꼼지락거리고 있단 걸 알아챘다. 전에 꿈에서 본 곳과 별반 다를 것이 없는 곳이었지만, 그래도 전에 한 번 와봤던(?) 경험이 있다고 이번에는 좀 더 여유 있게 주변을 꼼꼼히 살펴볼 수 있었다. 그래 봤자 여기는 참 살풍경한 곳이라는 것밖에 알아낸 것이 없지만 말이다.

돌을 사방에 쌓아 만든 공간에는 그 벽에 걸린 횃불과 돌바닥에 좀 깔린 건초 더미 외에는 아무것도 없었다.

'이야, 이거 정말 너무한 거 아니야? 아무리 죄인이라고 해도 이렇게 어린아이인데 인권을 존중해 줘야겠다는 생각도 안 드냐?'

진짜 건초 더미 외에는 아무것도 없었다. 폭신한 침대까지는 바라지 않지만, 하다못해 덮고 잘 담요는 줘야 하는 거 아닌가 말이다. 그러나 아주 작은 천 조각 하나 보이지 않았던 것이다. 그나마 바닥과 건초 더미가 깨끗하다는 것에 위안을 해야 할까나?

그 살풍경한 공간 한쪽 구석에 위로 올라가는 계단이 있는 것으로 보아 아무래도 출입문은 위쪽에 있는 모양이다.

그런 휑댕그렁한 공간에 홀로 앉아 있는 애가 너무 측은해서 눈길을 주자 애가 가끔 홀로 웃기도 하고, 누군가에게 뭔가를 속삭이기도 하는 거다.

'뭐 하는 거지?'라고 생각한 순간, 내 의식은 아이의 정면으로 이동했다. 거리도 두세 발자국 정도 더 가까워져 나는 아이의 양손에 뭔가가 있는 걸 발견할 수 있었다.

꼭 뱀처럼 기다란 것이 꾸물꾸물 거리는데, 일반 뱀의 크기 정도는 아니고 길이가 대략 20㎝ 정도였다. 뭐, 진짜 뱀은 아닌지 파충류 특유의 느낌은 없었지만 형태나 움직이는 폼이 영락없는 뱀이다. 아이의 손에서 똬리를 틀기도 하고 팔을 타고 어깨까지 올라갔다가 내려오기도 하니 말이다.

그런데 한 마리가 아니라 두 마리다. 각각 흰색과 검은색을 가지고 있는데, 아이의 한 팔씩을 각자의 놀이터로 삼아 놓고 있었다.

그러다가 두 녀석이 어떻게 마주치게 되었는데, 그놈들은 사이가 안 좋은지 그럴 때마다 입을 잔뜩 벌려 위협적인 모습을 취하는 게 꼭 금방이라도 싸울 것만 같았다.

하지만 싸움으로 번지기 전에 아이가 나섰다.

―안 돼. 싸우지 마. 너희는 왜 그렇게 사이가 안 좋니? 우리뿐인데 사이좋게 지내야지.

이런 일이 무지 자주 있는 듯 아이가 익숙하게 두 뱀 비스름한 놈들을 살살 달래자 녀석들은 곧 위협적인 모습을 풀었다. 하지만 사이좋게 지내기는 싫은지 고개를 휙 돌리더니 각자 홀로 놀기 시작하는 거다. 그러다 아이가 '이제 그만 돌아가'라고 말하자 팔을 타고 올라가 어깨를 넘어 작은 날개 속으로 스르르 사라지는 거다.

그 모습에 '어라라?' 하며 눈을 휘둥그레 뜨는 순간, 눈앞에 있던 아이와 어두컴컴했던 공간이 사라지고 빛 한 점 없는 시커먼 암흑 속에 나 혼자 서 있는 것이었다.

'뭐, 뭐야? 이것도 꿈인 거야?'

갑자기 바뀐 장면에 당황해서 주변을 둘러보는데, 어깨 부근이 간질간질하다. 의아해서 고개를 돌려본 나는 어디서 나타난 건지 모를 하얗고 기다란 생물체에 나도 모르게 '으악!' 하고 비명을 지르며 뒷걸음쳤다. 그래 봤자 그 생물체가 내 어깨에 올라탄 채였기에 나와는 조금도 떨어지지 않았지만 말이다.

나는 세상에 있는 생물체 중 개구리와 뱀이 제일 싫었다. 차라리 바퀴벌레라면 맨손으로도 때려잡을 수 있겠는데, 뱀이나 개구리는 만지는 것은 물론이거니와 보는 것조차도 진저리가 쳐질 정도로 싫었다.

그런 나였으니, 뱀 모양의 생물체가 어깨에 떡하니 올라 있는 걸 보고 질겁하는 건 당연했다. 비록 그게 진짜 뱀이 아니라는 건 알고 있었지만 말이다.

그러자 어깨에 올라탄 녀석이 머리를 아래로 내리며 날 힐끔힐끔 보는데, 그게 꼭 서운해서 풀이 죽은 것 같은 거다.

그때 그 흰 뱀 모양의 생물체가 있는 어깨 말고 그 반대편에도 뭔가 기척이 느껴져 돌아본 나는 다시 한 번 '히익!' 하고 헛바람을 들이켰다. 거기에는 시커먼 뱀이 올라탄 채 흰 뱀의 모습을 보고 고소하다는 듯이 웃고 있다가 나와 시선이 마주치자 씨익 눈웃음을 치는 거였다.

그 순간 난 정말 뒤로 넘어가고 싶은 심정이었다. 아까 그 애가 데리고 있던 뱀 녀석들은 크기가 작기라도 했지, 이놈들은 그보다 더 커서 진짜 뱀 정도의 크기였던 것이다. 그래서 내가 더 질겁했는지도 모르겠다.

이런 내 심정은 아랑곳하지 않은 채 흰 뱀 녀석은 그제야 검은 뱀 녀석을 발견했는지 열받는다는 듯 달려들었다. 그러자 검은 뱀 녀석도 기다렸다는 듯 흰 뱀에게 맞서는 거였다.

나는 두 녀석에게 조금도 상관하고 싶지 않았기 때문에 말리는 대신 두 놈이 뒤엉켜 엎치락뒤치락하든 말든 신경 끊으려고 했다. 아니, 오히려 가능하다면 두 녀석을 내 몸에서 떼어저 멀리 던져 버리고 싶은 심정이었다. 처박든지 화해를 하든지, 자기들 일은 자기들끼리 알아서 하고 나에게는 피해를 주지 않게끔 말이다.

그런데 잠시 지나자 이상하게도 지끈지끈거리는 통증이 몸에 피어오르기 시작하는 거였다. 처음에는 왜 갑자기 통증이 생기는지 이유를 알 수 없었지만, 얼마 지나지 않아 나는 곧 그 이유를 알 수 있었다. 바로 내 양어깨와 머리 위, 팔뚝 등등을 넘나들며 엎치락뒤치락하며 싸우는 두 뱀 녀석들 때문이었다.

아무리 신경을 끊으려고 해도 내 몸 위에서 싸우는데 시선이 안 갈 수가 없었다. 그러다 보니 녀석들의 행동과 내 통증을 자연스레 비교하게 된 거고.

녀석들이 단순히 힘겨루기 할 때는 그나마 괜찮았는데, 두 놈이 뒤엉켜 서로의 몸을 꼬리로 때리고, 조이고, 물어뜯는 등의 난투극으로 발전하자 내 몸이 거기에 맞춰 욱신욱신거리는 거다. 물론 흰 녀석이나 검은 녀석이 꼬리를 물렸다고 내 꼬리가 아픈 건 아니었고, 녀석들이 그렇게 직접적으로 충돌할 때마다 온몸에서 통증이 피어오르는 거였다.

처음에는 설마하면서 우연이라고만 여겼다. 하지만 녀석들의 싸움이 점점 커져 감에 따라 내 몸의 통증도 커져 가니 설마하고 우연으로 넘길 수가 없게 되었다.

'뭐, 뭐냐? 그럼 저 녀석들이 그 천기하고 마기란 말이야?'

그렇지 않아도 얼마 전부터 몸이 괜히 욱신욱신하는 것이, 심한 몸살이 난 것 같기도 하고 2층 높이의 계단에서 데굴데굴 굴러 떨어진 것 같기도 했다. 그러한 현상을 아저씨에게 말했더니 드디어 천기와 마기의 충돌 여파가 육체에 영향을 끼치기 시작했다며 무지 다급해하셨던 것이다.

아마 그때부터 아저씨가 전보다 두 배는 더 천기와 마기를 다스리라고 닦달을 했던 것 같다. 거기에다 대고 '에이, 크게 아프지는 않네요' 라고 했다가 얼마나 잔소리를 들었는지.

그렇게 육체에 영향을 끼칠 정도로 기운이 커졌지만, 나는 여전히 심상수련 때 천기와 마기를 구분하지 못하고 기운의 움직임을 쫓아가기에만 바빴었다.

'뭐, 어찌 되었든 간에 이렇게 형상을 보게 된 건 고마운 일인데… 왜 하필이면 꼬라지가 뱀인겨? 내가 제일 싫어하는 동물이건만…….'

그렇게 속으로 투덜거리며 나는 속으로 말릴까 말까 고민했다. 그러나 계속 그렇게 고민만 할 수 없는 것이, 나중에는 나도 모르게 신음 소리를 흘릴 정도로 통증이 심해졌던 것이다. 이대로 있다가는 정말 견디기 힘든 통증에 도달하는 것도 시간문제인 것 같아 나는 필사적으로 머리를 굴렸다.

‘그러고 보니 아까 그 애, 이놈들을 손으로 만졌던 거 같은 데… 그럼 나도 할 수 있으려나?’

거기까지 생각이 미치자 나는 별로 그 녀석들을 만지고 싶지는 않았지만, ‘단 한 번 만져서 내 양팔과 어깨를 넘나들며 치고받는 녀석들을 떨어뜨릴 수 있다면’ 이라는 생각에 우선 흰 녀석을 엄지와 검지로만 잡아 올렸다. 두 녀석 중 흰 녀석이 더 싫었던 것은 아니고, 엎치락뒤치락하던 놈들 중 아무나 하는 심정으로 잡은 건데 흰 녀석이 걸린 것이다.

손가락에 잡혀 들어 올려진 녀석은 처음에는 내가 달래려는 줄 알았는지 반짝이는 눈으로 날 바라봤지만, 곧바로 내 기색이 안 좋다는 걸 눈치 채고는 시무룩해졌다. 하지만 그러면서도 뭔가 하고 싶은 말이 있는 듯 필사적인 눈빛으로 입을 벙긋대는 거다. 아무래도 얘가 기운이 형상화된 녀석이라 그런지 소리를 내지 못하는 모양이다.

그러니까 오히려 더 애처로워 보여 아무리 내가 뱀을 싫어한다지만 차마 매정스럽게 휙 던질 수가 없었다. 특히 이 애는 뱀의 모습을 하고 있었지만, 눈이 진짜 뱀처럼 매섭게 생긴 게 아니라 동그란 것이 반짝반짝 빛나 ‘나, 천연 순수요~!’ 라고 호소하는 것 같아 애처로움이 더했다.

그렇다고 뱀이 계속 몸 위에서 꼬물꼬물대는 것도 싫고, 이러지도 못하겠고 저러지도 못해 결국 짜증이 치민 나는 괜히 흰 뱀에게 투덜댔다.

“아니, 왜 하필이면 내가 제일 싫어하는 뱀 모양이냐? 차라리 강아지 모습을 할 것이지. 그럼 내가 무지 예뻐해 줄 텐데……. 아니면 늑대라든지.”

뱀과 개구리를 싫어하는 대신 나는 개나 늑대 종류를 좋아했다. 특히 털이 많은 사냥개인 시베리안 허스키나 늑대 같은 애들이 너무너무 좋았다. 얼마나 멋있는가 말이다.

하지만 그건 내 취향일 뿐 뭘 바라고 꺼낸 말은 아니었는데, 이 말을 듣자마자 손가락에 잡혀 있던 흰 녀석이 갑자기 크게 숨을 들이마시는 거다. 얼마나 세게, 그리고 많이 들이마셨는지 날씬하던 배가 볼록해질 정도였다.

갑자스러운 그 애의 괴상한 행동에 의이해서 바라보고 있자니 이상한 짓은 거기서 끝나지 않았다. 갑자기 큰일이라도 보고 싶어진 건지 얼굴에 힘을 잔뜩 준 표정으로 낑낑거리자 잠시 후 동그란 형태의 얼굴이 갑자기 길쭉해지며 머리 양옆 부근에서 뭔가 볼록 튀어나온다. 거기다 매끄러웠던 몸도 올록볼록해지더니 마치 포유류처럼 털이 뽀송뽀송한 모습이 되는 거였다.

마지막으로 뽈록해진 배 주위에서 네 개의 혹이 솟아나와 점점 길어지더니만 늑대 다리의 모습이 되었다.

그렇게 완전히 새끼 늑대의 모습으로 변해서는 초롱초롱한 눈으로 ‘저 잘했죠? 란 시선으로 날 보자 나는 당혹스러운 것도 잠시, 그 모습이 너무 깜찍하고 예뻐서 나도 모르게 두 손으로 녀석을 잡고 볼에다 비볐다.

“아유~ 예뻐라. 어쩜 이렇게 예쁘게 생겼니? 응?”

그러자 녀석이 무지 기분 좋은 듯 눈을 초승달처럼 휘면서 같이 내 볼에다 대고 자신의 얼굴을 비벼대는 거였다.

한참 그렇게 서로 얼싸안고 비비고 있는데 뭔가가 팔을 툭툭 친다.

반사적으로 시선을 돌려보니 검은 녀석이 다시 한 번 치려고 했던 듯 꼬리를 들어 올리다가 나와 눈이 마주치자 씨익 웃어 보이는 거다. 하지만 뱀의 모습을 하고 있어서 조금도 예뻐 보이지 않았다.

내 눈초리가 별로 좋지 않자 검은 녀석이 다급한 기색으로 깊게 숨을 들이마시기 시작하는데, 얘도 흰 애처럼 배가 뽈록해지고 표면이 변화하기 시작하더니만 잠시 후에는 검은 애도 완전히 늑대의 모습으로 변화한 것이었다.

그 모습을 보자니 왠지 안쓰럽기도 하고 귀엽기도 하고… 그렇게 나에게서 시선받고 예쁨받으려고 갖은 애를 쓰니 말이다.

거기에 좀 더 생각해 보니 예쁘고 기특한 마음보다는 어째 미안한 마음이 조금 더 크다. 얘들이 내가 뱀을 싫어하는지 좋아하는지 어떻게 알겠는가. 그런 걸 뱀 모양이라고 외면해 버렸으니……. 으으음, 하지만 다시 이런 일이 있어도 뱀 모습이라면 또 외면할 것 같다.

하여간 이제는 뱀 모습도 아니고 미안한 마음도 있고 해서 나는 두 녀석을 양쪽 어깨에 각각 올려놓고 머리를 쓰다듬어 줬다.

"미안해. 내가 뱀을 무진장 싫어하거든. 너희들이 진짜 싫어서 싫어했던 건 아니었어. 근데… 너희들은 이름이 없냐? 아, 하긴……."

이름이 있었을지도 모르지만 내가 모르고, 또 애들이 말을 못하니 소용없을 거다. 전 육체의 주인이라면 알지도 모르지만, 그놈은 본인의 이름조차 가르쳐 주지 않고 갔으니…….

"흐음… 그냥 내가 지어줄까?"

무심결에 중얼거리던 나는 아차 싶었다. 그도 그럴 것이, 나는 이름 짓는 것에 젬병이었기 때문이다. 그래서 얼른 다시 취소하려고 했건만, 이미 말은 내뱉어진 후라 그걸 들은 녀석들이 너무나 초롱초롱한 시선으로 바라보고 있어서 차마 취소한다는 이야기를 못하겠는 거다.

'우쒸, 괜히 말해가지고. 도대체 뭐라고 지어야 하는 거야?'

덕분에 혼자 속으로 한참 동안 끙끙대던 중 나는 우연치 않게도 정말 괜찮은 이름을 떠올릴 수 있었다.

"하양이, 까망이."

이 얼마나 예쁘고 귀엽고 깜찍한 이름이란 말인가? 내 딴에는 '오오~ 내가 이런 이름을'이라 생각하며 말해준 건데, 하양이 녀석, 이름이 별로 마음에 안 드는 눈치다.

"왜, 마음에 안 들어? 나는 예쁜 이름이라고 생각하는데……."

솔직히 흰둥이, 검둥이라고 부르는 것보다야 훨씬 낫지 않은가? 처음에는 아무것도 안 떠올라서 그렇게 부를까 고민도

했었는데 말이다.

으음… 뭐, 양심선언을 하자면 그 하양이, 까망이란 이름은 내가 한국에서 직장 다닐 때 애용하던 분식집 이름이다. '하양 까망 분식점' 이란 곳이었는데 떡볶이 맛이 끝내주는 데다 아줌마 인심이 참 후했었다.

'쩝… 분식집 이름은 좀 심했나?

하양이가 탐탁해하지 않아서 괜히 양심이 찔린 내가 다른 걸로 바꿀까 고민하는데, 까망이 녀석이 무지 만족한다는 표정으로 내 볼에 자신의 볼을 비비는 거다.

"오, 너는 마음에 드니? 다행이다."

내가 붙여준 이름이 마음에 든다니 기분이 좋아서 까망이 턱을 간질여 주는데, 그걸 본 하양이가 속이 쓰렸던 모양이다. 갑자기 어깨에서 점프를 하더니 내 머리를 훌쩍 뛰어넘어 까망이 위로 떨어지더니 그대로 까망이의 꼬리를 꽉 무는 것이다.

내가 턱 간질이는 느낌에 취해 있느라 하양이의 공격을 대비하지 못한 까망이는 하양이의 공격에 화들짝 놀라 제자리에서 펄떡 뛰었다가 제대로 착지를 못하고 그대로 내 어깨에서 굴러 떨어져 버렸다. 물론 꼬리를 꽉 물고 놔주지 않던 하양이도 같이 떨어졌고 말이다.

"헉! 애들아!"

놀라서 바닥으로 떨어진 애들을 살피려 했는데, 내가 미처 그 애들에게 손을 대기도 전에 화가 난 까망이가 먼저 발딱 일어나서는 하양이의 뒷다리를 콰악 물어버렸다.

그에 하양이가 통증 때문에 비명을 지르려는 듯 입을 벌렸다가 까망이의 꼬리를 놓쳐 버렸다. 하지만 거기서 그대로 물러설 하양이가 아니었기에, 곧바로 자신의 뒷다리를 물고 있는 까망이의 귀를 깨물었다.

그렇게 해서 두 녀석의 엎치락뒤치락하는 2라운드가 시작되었다.

'어째 뱀의 모습을 하고 있을 때보다 싸움이 더 치열해진 거 같네? 다리가 생겨서 그런가?'

그러나 그런 한가한 생각도 잠시, 나는 방금 전과는 달리 이번에는 급히 아이들을 말리려고 했다.

"그만들 둬. 어이!"

하지만 애들은 싸우는 데 바빠 내 말은 들은 체도 안 하는 거다. 그래서 말로 하는 대신 아예 둘의 몸을 잡아 강제로 떨어뜨리려고 했는데, 두 녀석이 다리가 생겼다고 이곳저곳 빠르게 뛰어다니면서 싸우는 통에 잡기가 어려웠다. 몇 번이나 잡으려 하다가 실패하자 결국 포기하고 발만 동동 구르는데, 예의 그 통증이 또 시작되었다.

'아우, 내가 싸우는 것도 아닌데 왜 내가 통증을 느껴야 하는 거야?'

통증으로 인하여 끙끙대며 투덜거리던 나는 문득 고개를 갸웃거렸다. 어째 통증이 아까보다 더 심했기 때문이다.

게다가 한참 동안 관찰한(?) 결과, 두 녀석이 강하게 부딪칠 때는—예를 든다면, 마치 수컷의 영양들이 싸울 때처럼 거리를 두고 있다가 한꺼번에 달려드는 것 같은—전처럼 온몸에서 은근히 피어나는 통증이 아니라 마치 나에게 샌드백이라도 날아와 부딪치는 것 같은 직접적인 충격이 느껴지는 거다.

'가만, 그러고 보니 애들이 아까보다 더 커진 거 같고……?'

아까는 그 기다란 뱀 모양의 몸을 돌돌 말아놔도 배구공 정도의 크기였던 거 같은데 지금은 농구공보다도 더 크다.

그때, 다시 한 번 나에게 충격이 덮쳐 왔다.

'캑! 이거, 애들이 컸는지 안 컸는지 신경 쓸 때가 아니야.'

애들은 여전히 내 주변을 뛰어다니며 싸우고 있어 내가 잡아서 떼어놓기는 어려워 보였다.

'이씨, 이노무 시키들이?'

아무리 귀여운 놈들이라 해도 날 아프게 하는데 계속 귀여울 리가 없었다.

"이 녀석들, 둘 다 그만 안 두면 나 진짜 화낸다!"

결국 화가 난 내가 허리에 손을 얹고 단호한 어조로 크게 외치자 효과가 직방으로 나타났다. 녀석들이 즉각 행동을 멈추고 날 보더니만, 내 표정이 좋지 못하자 귀를 축 늘어뜨린 채 힐끔힐끔 내 눈치를 살피는 거다.

그 모습에 머리끝까지 솟았던 화가 사르르 가라앉고 대신 애들이 너무 귀여워서 깨물어주고 싶을 정도였지만—그런 거 보면 역시 외모는 잘나고 봐야 할 거 같다—지금 기강을 잡아두지 않으면 앞으로 계속 고생할 게 뻔했기에 나는 애써 엄한 표정을 고수했다.

"싫은 녀석이랑 억지로 친하게 지내라고는 하지 않겠어. 하지만 싫으나 좋으나 앞으로 쭈욱 함께 지내야 하는 사이인데 계속 그렇게 싸울 거야? 앙? 너희들이 싸우면 내가 충격을 받는 거 알아, 몰라? 내가 충격 많이 받아서 콱 죽어버렸으면 좋겠어?"

아저씨가 기운은 계속 커지는데 그걸 다스릴 방법을 찾지 못하면 나중에 그 두 기운의 충돌로 인하여 내가 죽을지도 모른다고 했는데, 그걸 지금 언급한 거였다.

내 말이 다다다 이어지자 녀석들은 내가 엄청 화난 줄 알았는지 반쯤 들린 채 살랑살랑 흔들리던 꼬리도 아예 밑으로 늘어졌고, 내 눈치를 살필 엄두도 못 냈다.

그런 그 아이들의 모습에 나는 당장이라도 애들을 끌어안고 부비고 싶었지만, 꾹 참고 계속 밀어붙였다.

"무조건 덤비고 보는 건 바보들이나 하는 짓이야. 너희들이 바보야? 둘 다 머리 좀 식히고 반성해!"

내 말에 까망이 녀석이 살짝 고개를 들더니 억울하다는 시선을 보내온다. 이번에 싸우게 된 건 하양이가 먼저 덤벼서 싸우게 된 건데 둘 다 반성하라고 하니 억울했던 모양이다.

그러나 나는 한 녀석만 혼낼 생각이 없었다.

"억울할 것 없어. 시작은 하양이가 했지만 까망이 너도 같이 덤볐잖아. 50보 100보야."

내 말에 까망이의 고개가 다시 내려갔고, 대신 하양이의 고개가 살짝 들려 까망이를 향해 고소하다는 시선을 보냈다.

"요 녀석, 넌 더 잘못했다고. 한국 형법상으로는 넌 폭행법으로 처벌받는 거 알아? 까망이는 정당방위로 처벌받지 않거나, 받는다 해도 가볍다고."

하양이의 이마에 가볍게 손가락을 튕겨주며 말하자 하양이의 고개도 다시 밑으로 내려갔다.

내 말대로 정말 반성하는 것 같은 모습에 그 앞에 쪼그리고 앉아 녀석들의 머리를 쓰다듬어 주던 나는 문득 까맣게 잊고 있던 주변에 신경이 미쳤다.

그동안 갑자기 나타난 하양이와 까망이 때문에 정신이 하나도 없었던 것이다.

"그런데 도대체 여긴 어디래? 꿈… 은 아닌 거 같고. 난 언제까지 여기 있어야 하는 거야?"

그 순간, 나는 갑자기 온몸을 덮쳐 오는 차가운 기운에 눈을 번쩍 뜨고 자리에서 일어났다. 그리고 그와 함께 들려오는 아저씨의 고함 소리.

"언제까지 여기 있어야 하냐고? 빨리 가고 싶으면 도우면 되잖아, 이놈아!"

정신을 차리고 보니 나는 어찌 된 영문인지 흠뻑 젖어 있었고, 내 눈 앞에는 피투성이의(?) 아저씨가 떡하니 버티고 서 있는 거다.

그 모습에 나는 눈을 휘둥그레 뜨며 물었다.

"아니, 무슨 일 있었어요? 그 피는 뭐예요?"

그러자 아저씨의 인상이 팍 찡그려졌다.

"이놈이 아직도 정신을 못 차렸네? 물벼락 한 번 맞은 걸로는 부족하냐? 한 번 더 맞아볼래?"

아저씨의 말에 그제야 나는 내가 왜 흠뻑 젖어 있었는지 깨달을 수 있었다.

"에에엣~ 괜찮아요, 괜찮아. 이제 완전히 정신 차렸어요."

두 손까지 흔들어 보이며 고개를 젓자 아저씨가 코웃음을 치며 몸을 돌린다.

"흥, 멀쩡히 두 발로 시 있는 거 보니 징신만 밀짱해진 건 아닌 것 같구나. 잘됐어. 이리 와봐."

말이야 정신 차렸다고 했지만, 방금 잠에서 깬 탓인지 아직 상황 파악이 안 돼 어리버리한 상태로 아저씨의 뒤를 따라가던 나는 온통 피투성이인 벌판을 보고 정신이 번쩍 들었다.

"히에엑~! 이게 도대체 어떻게 된 일이래요?"

나는 정말 놀라서 외친 거였는데, 돌아오는 건 아저씨의 냉소적인 대꾸였다.

"너 빨리 정신 안 차릴래? 와이번을 분해하느라 이렇게 된 거잖아. 너 혹시 네가 와이번을 잡았다는 것도 기억 안 나나?"

그리고 보니 피투성이인 벌판 한쪽 구석에 본래의 모습을 알아보기 힘들 정도로 분리된 물체들이 뼈는 뼈대로, 살은 살대로, 내장은 내장대로 차곡차곡 정리되어 있는 거다. 아마 그게 분리된 와이번인 듯.

그제야 나는 내가 잠들기 전에 뭘 했는지, 그리고 내가 잠들기 전 상황이 어땠는지 겨우 떠올릴 수 있었다.

"아, 아니, 그런 거면 그렇다고 말 좀 해주시지, 피투성이라서 놀랐잖아요. 무슨 일이 있는 건 줄 알고."

누군들 안 그렇겠는가? 잠에서 깨자마자 보이는 것이 피투성이인 광경인데, 그걸 보고서 '아~ 내가 잠들기 전에 이랬었지~?' 라고 금방 떠올릴 사람이 누가 있겠는가? 모두들 놀라서 뭔 일이 있는 건 아닌지 살피지.

그런 심정에 내가 투덜투덜거렸지만, 아저씨는 눈 하나 깜짝 안 하시고 오히려 '네가 못 알아챈 게 바보 같은 거야' 란 표정으로 날 바라보신다.

'에휴… 하여간 아저씨 성격은 알아줘야 한다니까.'

속으로 그렇게 푸념하던 나는 문득 지금 시간이 아직 이른 오후라는 걸 깨달았다. 그렇다는 건 내가 잠든 지 대략 한 시간 정도밖에 안 지났다는 소리인데, 그사이 커다란 와이번 두 마리가 가죽, 살, 뼈, 내장으로 분리된 것도 모자라 운반하기 좋게 일정한 길이로 잘려 착착 정리까지 되어 있는 거다.

"휘유~ 완전 초스피드로 일을 끝내셨네요. 이런 일 처음 해보신다면서요? 아, 혹시 마법을 사용하신 건가요?"

나는 정말 순수하게 감탄한 것뿐인데, 돌아온 건 아저씨의 째림이었다.

"지금 비꼬는 거냐? 하루 꼬박 걸렸는데 초스피드는 무슨 초스피드야?"

"에? 하루요?"

알고 보니 한 시간이 아니라, 아예 꼬박 하루가 지나고도 한 시간 정도 더 지난 때였던 것이다.

아저씨는 와이번의 내단을 꺼내서 손질을 하는 와중에 거처에 갔다 와야 할 필요성을 느껴서 갔다가 생각보다 시간이 걸려 아예 거기서 저녁 먹고, 작업 끝내고, 한잠 자고, 아침을 먹은 후에 여기로 돌아와 작업을 다시 시작하여 방금 전에야 끝내신 거라고 한다.

그걸 알게 된 나는 무지 억울한 얼굴로 투덜거렸다.

"니무힙니다. 나는 여기 두고 혼자 가시 식사하고 오셨단 말입니까?"

그러나 아저씨도 할 말이 있었다.

"깨워도 안 일어난 게 누군데? 하도 안 일어나기에 나 혼자 갔다 온 거다. 게다가 기껏 생각해서 마법 결계까지 쳐주고 갔건만, 너무하긴 누가 너무하다는 거냐?"

그 말에 찔끔하긴 했지만, 그렇다고 내 입이 꽉 막힌 건 아니었다.

"결계까지 쳐주실 거였다면 덮을 이불이나 먹을 거라도 가져다주시지, 혼자 가서 식사하시고 따뜻한 이불 속에서 주무시고 오셨단 말이에요? 난 맨땅에서 맨몸으로 자게 놔두고?"

그제야 아저씨가 양심이 찔리는지 슬그머니 고개를 돌리기에 이겼다 싶었는데, 곧바로 아저씨가 고개를 되돌리며 의기양양하게 말하는 거다.

"먹을 건 일부러 안 가지고 온 거야. 여기에 있으니까 가지
고 올 필요 없잖아?"

그러면서 손으로 어딘가를 척하니 가리키셨는데, 그곳에는
와이번의 고기와 내장이 있었다. 하지만 그 모습은 나에게 '아~
그러셨군요!'라는 납득 대신에 어이없음이라는 감정만 불러일
으켰다.

'하이고, 퍽이나 그러셨겠습니다.'

코흘리개가 아닌 이상, 아저씨의 말이 즉석에서 급조되어
튀어나왔다는 걸 눈치 못 챌 리 없었다. 아저씨 스스로도 그걸
아셨기 때문에 차마 날 보지는 못하고 괜히 해부된 와이번만
뚫어져라 바라보시는 걸 거다.

흔치 않은 아저씨의 모습에 나는 속으로만 킥킥 웃으며 그
냥 슬쩍 넘어가 주기로 했다. 아저씨의 이런 모습을 보고 웃어
보는 게—비록 속으로 삼키는 거라 해도 말이다—오랜만이라 서
운함이 한 방에 날아가 버린 데다, '먹을 거'란 단어에 내 배가
기다렸다는 듯이 꼬르륵~ 하며 신호를 보내오고 있었던 것이
다.

"하긴… 먹을 게 여기 있으니 굳이 가지고 오지 않으셔도…
잠깐, 우쒸, 아저씨이~!"

하지만 갑자기 떠오른 생각에 불퉁한 어조로 아저씨를 부르
자 아저씨가 움찔한 표정으로 돌아본다.

"왜, 왜?"

"아니, 저거는 손질 안 한 거잖아요. 여기는 물도 없고 불도

없는데 어떻게 손질하고 어떻게 구워 먹어요?”

아저씨가 단지 분리만 한 거라서 고기든 내장이든 피도 질 펙하고 노폐물도 안 씻어낸 상태라 그대로 먹을 수가 없었던 것이다.

나는 아저씨에게 투덜대며 거처로 옮긴 뒤에 손질해서 먹어야 하나, 지금 먹을 것만 가지고 잽싸게 계곡으로 씻으러 갔다 와야 하나 고민하며 와이번의 내장 쪽으로 다가가 먹을 걸 골라내려고 살펴보기 시작했다.

와이번의 덩치가 무척 커서 그런지 그 안의 것들도 상당히 크고 분량도 많았다.

“이야, 이거 내장만으로도 몇 끼가 아니라 며칠을 먹을 수 있 겠는데요? 아무래도 고기는 ‘냉장고 마법’을 거쳐야겠어요.”

내 말에 곧바로 날아오는 아저씨의 외침.

“보존 마법이라니까. 보존 마법이라고 몇 번이나 말해? 냉 장 마법하고 보존 마법은 다른 거야.”

‘냉장고 마법이라고 그랬는데. 어차피 냉장고가 보존을 위 한 거고 냉장 마법이라는 것도 비슷하더구만, 그냥 좀 넘어가 면 어때서 매번 걸고넘어지냐?’

나 또한 끝까지 끈질기게 ‘냉장고 마법’이라고 하는 건 생 각지도 않은 채 아저씨의 트집에 대해서만 속으로 구시렁거리 며 내장 더미 중에서 한 끼 먹을 정도만 덜어서 계곡으로 가져 가려 날개를 펼치자 아저씨가 의아하다는 듯 물었다.

“어디 가?”

"어디 가긴요, 이거 씻으러 가죠. 아, 아저씨는 나뭇가지 좀 모아주세요. 제가 이거 빨리 씻어가지고 올게요."

결국은 일단 이번 먹을 것만 씻어 와서 구워 먹기로 결정했다. 분해된 와이번을 옮기려면 시간이 얼마나 걸릴지도 모르는데, 그때까지 쫄쫄 굶으며 일을 하느니 차라리 번거롭더라도 일단 먹고 옮길 생각이었다.

그러자 아저씨가 당황한 어조로 날 불렀다.

"야, 야, 이 근처에 냇가도 없잖아. 그냥 내가 물 내줄게."

'근처에 없으니 날아가려고 날개를 편 건데요?' 라고 대답하려던 나는 아저씨의 마지막 말에 눈을 크게 떴다.

"예? 물? 아저씨, 마법으로 물도 만들어요?"

내 질문에 아저씨가 어이없다는 듯 날 바라본다.

"불도 만드는데 물이라고 못 만들겠냐? 아, 근데 너 왜 몰라? 마법이 없으면 아까 너에게 물벼락을 어떻게 내렸겠어?"

"아하~"

나는 마법을 이용하여 멀리 있는 계곡에서 물을 길어온 줄 알았지, 마법으로 물을 만들 수 있는 줄은 몰랐다.

그때 문득 떠오른 생각이 있었으니…….

"아니, 근데 마법으로 물을 만들 수 있다면 거처에서도 좀 만들어주지, 어떻게 제가 물을 매번 떠 나르는 걸 보고만 계셨대요, 그래?"

내 거처에는 꼭지만 돌리면 물이 콸콸 나오는 수도 시설이 없기에 매일매일 아침마다 약간 떨어진 계곡에서 그날그날 사용할 물을 퍼 날라야 했다. 체력 만빵, 힘 만빵인 나였기에 아침마다 가벼운 운동 삼아 하기는 하지만, 그래도 가끔은 귀찮게 느껴질 때도 있었다. 그런데 그게 아저씨가 조금만 도와주었더라면 안 해도 되는 일이었단 소리다.

치사하다는 기색이 역력한 내 말에 아저씨의 눈꼬리가 치켜 올라갔다.

"이놈아, 내가 귀찮아서 안 해준 줄 알아? 마법으로 만든 물은 계곡물에 비해 질이 떨어진단 말이다. 으이그, 네놈이 직접 먹어봐라. 그럼 알겠지. 워터 볼!"

아저씨의 말이 끝나자마자 허공에서 내 주먹만 한 물 덩어리가 생기더니 그대로 날아와 내 안면에 철퍽 하고 부딪쳐 버렸다.

"푸헥!"

"맛이 어떠냐?"

갑작스런 물 폭탄 공격에 정신을 못 차리는 내 모습이 꼬신지 눈이 비엔나소시지 모습이 된 아저씨가 묻기에 나는 아저씨를 한번 슬쩍 째려보고는 입에 좀 들어온 물을 맛봤다.

과연, 아저씨가 괜히 계곡 물을 떠오도록 놔둔 게 아니었다.

뭐랄까. 딱히 무슨 냄새라든가 맛이 나는 건 아니었는데, 수돗물을 따끈한 방에다가 한 이삼 일 정도 묵혀둔 걸 마시는 맛이랄까? 그동안 마셔왔던 계곡물 같은 청량감이 없는 것이…….

"으음… 별로 마시고 싶지 않네요."

좋지 않은 물맛에 인상을 찌푸리며 말하자 즉각 아저씨가 내 말을 받았다.

"거봐, 내 뭐랬어? 지금은 계곡도 멀고 단지 그 내장을 씻기만 할 뿐이니까 물을 만들어주겠다고 한 거였는데, 싫음 말아라."

'헉, 아저씨에게서 삐침의 기운이……'

그 기운을 느낀 나는 즉시 비굴한 표정으로 입을 열었다.

"에이, 왜 그러십니까? 제가 미처 아저씨의 깊은 뜻을 헤아리지 못했어요. 죄송합니다아~!"

내 말에 아저씨가 찌릿하고 째려봤지만, 휙~ 하고 걸어가지 않는 거 보니 간신히 최악의 상황―아저씨의 삐침 모드가 며칠 가는 것―까지는 가지 않은 거 같다. 그래 속으로 안도의 한숨을 내쉬면서도 어떻게 아저씨의 맘을 풀리게 할까 고민을 하고 있는데, 정말 뜻밖의 말이 들려왔다.

"흥, 네놈이 그렇지 뭘. 그거나 내놔."

"네, 넷? 아, 이, 이거요? 여기……."

'오마나, 오늘 해가 서쪽에서 떴던가?'

평생에 그럴 일이 없을 것 같은, 순식간에 아저씨의 삐침 모드가 풀어지는 광경이 눈앞에서 펼쳐지다니 정말 믿을 수 없을 정도였다. 하지만 여기서 내가 뭔가 잘못 말해 아저씨가 더 크게 삐치시면 나만 손해였기에 나는 밖으로 튀어나오려던 의문을 내리누르며 잽싸게 손을 내밀었고, 그러자 아저씨가 마법으로 물을 만들어 쏟아주기 시작했다.

‘어떻게 된 거지? 설마 나중에 두고두고 화풀이를 하시려고 지금 그냥 넘어가 주는 건 아니겠지? 아니면… 이 물이 그냥 물이 아니던가?

평소 볼 수 없었던 모습을 보니 아저씨가 화를 안 낸다는 사실에 다행이라는 감정이 들기는커녕 불안감만 스멀스멀 피어올라 속으로 별의별 생각이 다 스쳐 지나갔다. 그러는 중간중간 아저씨의 눈치를 힐끔힐끔 살폈지만, 이상하게도 아저씨는 진짜 정말 화가 나신 것 같지 않다.

‘그것참, 진짜 웬일이지?

고개를 갸웃하며 내장을 빡빡 씻고 있던 나는 문득 내가 가지고 온 양이 아저씨와 둘이 먹기에는 적다는 걸 깨달았다. 그도 그럴 것이, 아까 내장들을 골라낼 때 나 혼자 먹을 양만 분류해 들었던 것이다. 그에 난 아차 싶어 아저씨를 바라봤다.

“아, 아저씨도 드실 거죠? 그럼 좀 더 씻어야겠는데요?”

내 말에 아저씨가 이상하게도 고개를 돌려 헛기침을 하더니만 고개를 젓는다.

“크험험! 아니, 난 됐다. 그다지 배가 고프지 않구나.”

‘엥? 아니, 이번에는 또 뭔 일?

평소 나와 같이 꼬박꼬박, 그것도 제법 많은 양을 챙겨 드시던 분인데 식사를 거절하시다니, 오늘은 날 어리둥절하게 만드는 일만 벌어지는 날인가 보다.

하지만 그렇게 놀라는 것도 잠시, 은근히 찔리는 게 있으실

때 하시는 아저씨의 행동을 보니 뭔가 짚이는 게 있었다.

'오호라, 내가 잠들어 있을 때 혼자 점심을 드신 거로구먼.'

그제야 아까 아저씨의 놀라운 행동들이 이해가 갔다. 혼자 먼저 점심을 드셔서 나에게 미안한 감정이 있으니까 다른 때 같으면 화를 냈을 일도 그냥 넘어가신 거고, 지금도 이렇게 같이 식사를 하자는 제안도 거절하신 걸 거다.

'그래, 그랬던 거야. 에잇, 괜히 쫄았잖아?

의문이 해결되니 마음이 편안해졌다. 그래 나는 더 이상의 고민 없이 가뿐하게 내장을 마저 씻고 나서 불에 굽기 시작했다. 다시 한 번 더 예의상 '그냥 같이 드시죠?' 라고 권하는 걸 잊지 않고 말이다.

그런데 의아한 일은 그 뒤에 또 일어났다.

내가 예의상 한 번 더 권했을 때도 분명히 거절하신 분이—점심을 혼자 드시고 왔을 테니 당연히 거절하셨을 거다—내가 먹을 때 자꾸만 힐끔힐끔 보는 거다. 그러다 나와 시선이 마주치면 안 본 척 딴청을 했지만, 그렇게 시선이 마주친 게 한두 번이 아니니 모를래야 모를 수가 없었다.

'아니, 이번에는 또 왜 그러신대? 아하!'

아저씨는 평소 새로운 음식의 맛에 관심이 참 많으셨다. 아무래도 휘황찬란한 요리를 먹을 환경이 못 되다 보니 조금이라도 더 맛있는 음식을 먹기 위해 자연스레 그리되신 걸 거다.

기실, 이제는 고기를 잘 구울 수 있게 된 아저씨는 먹을 수 있는 열매나 잎 등등을 이것저것 가지고 와 굽는 데 넣기도 하고, 즙을 내 고기를 재워보기도 하는 등등 여러 가지 방법으로 새로운 맛을 내보려 애를 쓰셨던 것이다. 그런 분이 새로운 요리 재료를 눈앞에 두셨으니 배가 안 고프다 하더라도 그 맛을 궁금해하실 건 당연했다.

그리하여 다시 한 번 시선이 부딪치자 나는 더 이상 모르는 척하지 않기로 했다.

"그러게 아까 드시라고 할 때 같이 드시지 그랬어요?"

양이 많은 건 아니었지만, 아저씨가 맛볼 정도는 양보할 생각이 있었기에 나는 기꺼이 모닥불 한 귀퉁이에 꽂아놓은 꼬챙이 하나를 빼 아저씨에게 건넸다. 거기에는 잘 익은 와이번 심장 한 조각이 꽂혀 있었다.

하지만 이 아저씨, 화들짝 놀라더니 받지 않고 머뭇대기만 하는 거다.

나는 그 모습에 깊이 생각할 것도 없이 계속 거절하다 이제 와서 받으려니 창피해서 그런가 보다라고 여기며 꼬챙이를 아저씨 쪽으로 더욱더 디밀었다.

"받으세요. 정말 안 드실 거예요? 계속 처다봤으면서……."

그렇게까지 말하자 아저씨는 머뭇대며 꼬챙이를 받아 들었다. 그런데, 받아 들었으면서도 먹을 생각은 안 하고 계속 내 눈치만 살피는 거였다.

"왜 안 드시고 보세요?"

결국 그 따끔따끔한 시선에 또 한 번 먹는 걸 멈추고 묻자 아저씨가 움찔하더니 머뭇머뭇 입을 연다.

"야!"

"왜요?"

"맛있냐?"

"뭐가요?"

"그거, 지금 먹는 거."

"직접 드셔보시면 알 걸 뭐 하러 물어보세요?"

그러게, 직접 먹어보면 알 걸 왜 직접 안 드시고 자꾸 나에게 물으시는지 모르겠다. 평소라면 이때쯤 뭔가 수상하다는 걸 눈치 챘을지도 모르겠지만, 지금은 먹는 데 정신이 팔린 탓인지 나는 좀 의아하긴 했지만 별로 대수롭지 않게 넘기고는 다시금 들고 있던 내장을 한입 뜯었다.

"아니, 너는 어떻게 느끼는지 궁금해서. 그동안 너는 뭐든지 잘 먹었긴 했지만, 아무래도 너와 내가 살아온 환경이 다르다 보니 입맛이 똑같지는 않을 거 아니냐? 뭐, 입맛에 따라 음식을 고를 처지도 아니다만, 그래도 궁금해서 말이다."

청산유수로 흘러나오는 아저씨의 말을 듣다 보니 그게 또 '그런가?' 하고 여겨지는 거다. 하기야 틀린 말은 아니었으니 말이다. 그래, 나는 별 생각 없이 아저씨의 질문에 대답하려 새로이 고기를 한입 씹으며 비슷한 맛을 떠올리려 애썼다.

"우물우물… 으음… 뭐… 그렇게 크게 특색있지는 않은데요? 저는 그동안 먹었던 다른 동물 내장이나 이거나 비슷비슷한 거 같아요. 아, 그런데 이게 좀 더 질긴가? 하지만 내장은 원

래 다른 부위보다 좀 질기잖아요. 으음… 그렇게 크게 차이 난
다고는…….”
　고개를 갸웃갸웃거리며 특색을 찾으려 했지만, 결론은 ‘그
게 그거다’란 것이었다. 내 말에 아저씨가 끄덕끄덕하시더니
또다시 물어보신다.
　“맛은?”
　“맛? 으음… 그것도 그냥 고기 맛인데… 에에… 좀 질긴 닭
내장이랑 비슷하려나?”
　확실히 돼지 곱창이나 소 곱창과는 맛이 약간 달랐다. 그러
나 내가 먹어본 닭 내장은 모두 양념해서 구워 먹던 거라 맛이
다른지 비슷한지는 솔직히 잘 모르겠다. 그냥 와이번도 새고
닭도 새고 해서 닭 내장을 떠올린 것일 뿐.
　“그래?”
　내 말에 대답은 했지만, 아저씨 표정을 보니 잘 모르겠다
는 표정이다. 하지만 그제야 맛을 볼 마음이 생기셨는지 아
저씨가 드디어 조심스레 한입 뜯으려고 했는데, 이놈의 고기
가 아저씨의 이빨을 우습게봤는지 안 뜯어지는 거다. 꼬챙이
를 잡고 한동안 씨름하던 아저씨는 결국 고기를 두 손으로
쥐고 턱에 힘을 주고 용써서야 겨우 작게 한 조각 뜯어낼 수
있었다.
　그리곤,
　“좀 질기긴 뭐가 좀 질기냐? 엄청 질기구먼. 딴 놈들 거보다
엄청 질기잖아?”

아저씨는 오만상을 찌푸리며 나에게 원망의 눈초리를 보냈는데, 아닌 게 아니라 아저씨가 씹는 폼이 어째 이빨 다 빠진 할아버지가 갈비 뜯는 거 같다.

"그, 그래요?"

아저씨의 말에 나는 고개를 갸웃거렸다. 그도 그럴 것이, 나에게는 정말 다른 애들(?) 곱창이나 와이번 곱창이나 비슷하게 질기다고 느껴졌던 것이다.

결국 아저씨는 씹어 삼키는 걸 포기하고 고기를 뱉어내더니 턱이 아픈지 손으로 문지르며 투덜거렸다.

"에잉, 너랑 나랑 같겠냐? 이건… 너나 먹어라. 난 딴 걸 먹어야겠다. 역시 와이번은 사람이 먹지 못하는 거였어."

아저씨의 말을 '그런가 보다' 란 심정으로 듣고 있던 난 마지막 말에 눈을 희번덕거렸다.

"그게 무슨 소리예요?"

너무 다급히 말을 꺼내려니 목소리가 한 옥타브 올라가 버려 아저씨가 무지 놀란 표정으로 날 돌아봤다.

"뭐, 뭐가?"

그에 나는 '흠흠' 하며 목을 가다듬고는 아저씨를 째려보며 다시 물었다.

"방금 와이번은 사람이 먹지 못하는 거라고 했잖아요? 그런데 그걸 지금 나에게 먹인 거예요?"

내 말에 아저씨가 내 시선을 피하려는 건지 눈동자를 한 바퀴 데구르르 굴리더니 멋쩍은 얼굴로 입을 열었다.

“에이, 질겨서 못 먹는 거라고 한 건데 뭘 그렇게 화를 내? 내가 사람이 먹으면 죽는다고 한 것도 아니고… 설마 먹고 죽는 걸 내가 먹였겠냐?”

물론 그렇지는 않겠지만…….

‘아냐. 혹시 나에게는 어떤 반응이 나타나는지 궁금해서 먹일 수도…….’

그런 생각을 떠올렸던 나는 곧 내 생각을 수정해야 했다. 아무리 아저씨가 날 신기해했다지만, 그동안 독약이나 그 비스름한 걸 먹인 적은 한 번도 없었던 것이다.

‘아니, 잠깐. 설사 먹였다 해도 난 그게 독인지 아닌지 모르잖아?’

이거, 이거 수상하다. 하지만 설사 그렇다 해도 그동안 나에게 해가 돌아온 건 없었기 때문에 뭐라 따지지는 못하고 대신 들고 있던 고기만 화풀이하듯 짓이기며 투덜댔다.

“우쒸, 아무리 그래도 그렇지, 못 먹는 걸 가만히 먹게 두고 보다니…….”

“어허. 그놈 참, 그런 게 아니래두. 그러니까… 으음…….”

아저씨가 변명을 하려 했지만 적당히 떠오르는 게 없는 듯 머뭇거리기만 한다.

그에 내가 눈을 가늘게 뜨며 아저씨를 지그시 바라보자 아저씨가 ‘엇험, 엇험’ 하고 헛기침을 하며 시선을 피하시는 거다.

그 모습을 가만히 보고 있자니 왠지 점점 더 배알이 뒤집

했다.

"체엣."

아저씨가 내가 먹을 식량 챙기는 걸 깜빡 잊고 있다가 내가 투덜대니까 다급해서 가까이에 있는 아무거나 댄다는 것이 와 이번 고기와 내장을 들이댔다는 건 이미 눈치 채고 있었다. 그런데 아무리 그래도 그렇지, 어떻게 먹을 수 있는 건지 아닌지 확신이 없는 걸 들이댈 수 있단 말인가? 그래 놓고 내가 먹을 때까지 가만히 보고 계시다니…….

물론 아저씨가 실수를 쉽게 인정 못하신다는 건 알고 있지만, 지금은 꽤나 서운했다. 내가 웬만한 건 거의 다 소화시킬 수 있는 능력이 있어서 다행이었지, 이거 먹고 탈이라도 났으면 어쩔 뻔했는가?

그리 생각하니까 또 한편으로는 '만약 내가 인간이었어도 그러셨을까? 내가 괴물 모습이라고 함부로 하시는 거 아니야?' 란 비약까지 마구마구 치솟는 것이었다.

"어허 참, 화났냐? 뭘 그런 걸 가지고 화를 내?"

아저씨가 미안한 듯 말을 걸어왔지만, 난 이미 잔뜩 삐친 상태였다. 그리하여 평소에는 절대 할 수 없었던 코웃음까지 쳐 버렸다.

"흥, 됐거든요?"

"허허, 그놈 말투 참."

다른 때 같으면 버럭 호통을 치셨을 분이 그냥 무안한 듯 다시 시선을 슬그머니 돌리시는 거 보니 엄청 찔리시는 모양이다.

  '이 아저씨가 정말… 그냥 사실대로 말할 것이지, 그게 그렇게도 어려웠남? 쳇쳇.'

Chapter 5
뭐냐, 저놈은?

그렇게 나 혼자서만 대충 식사를 끝내고 나자 우리는 아저씨가 잘 정리해 놓은 획득물을 거처로 옮기기로 했다.

아저씨는 무지 미안했는지 무게를 좀 가볍게 해주는 마법을 걸어주겠다고 했지만, 그즈음에 나도 대충 화가 풀린 터라─ 아저씨가 나에게 악감정이 있어 그런 게 아니라는 걸 잘 알고 있었기 때문이다─그냥 거절했다. 컨디션도 회복되었으니 까짓 거, 운동 삼아 몇 번 더 왕복하면 되는 걸 괜히 아저씨를 힘들게 하기 싫었던 것이다. 전에 보니까 아저씨가 마법을 여러 번 사용하면 체력적으로나 정신적으로나 피로가 쌓이는 것 같았다. 어차피 집에 가면 상당한 양인 이 살코기와 내장들에 예의 그 '냉장고 마법'을 걸어줘야 할 텐데, 그걸 뻔히 알면서 아저씨의 일거리를 늘려줄 수는 없었다.

그리하여 일단 내장들을 챙겨 아저씨와 함께 거처로 돌아가서 아저씨하고 내장을 내려놓고 고기 먼저, 그다음 가죽을 가져다 놓고 마지막으로 뼈 더미를 옮기려고 하는데, 거처에 남아 있던 아저씨가 날아왔다.

"다 됐냐?"

"어? 왜 오셨어요? 이것만 옮기면 끝인데……."

내 말에 아저씨가 눈앞에 쌓인 뼈 무더기를 보더니 어깨를 으쓱했다.

"마법도 다 걸었고 해서 좀 도와주려고 와봤다. 이거 많아서 한 번에 옮기기 힘들겠는데?"

아까 되게 미안하긴 했나 보다. 내가 한 번 거절하면 두 번 권유는 없던 분이 이번에는 끝까지 와서 도와주려고 하니 말이다.

도와주려고 여기까지 오셨는데 또 거절하기도 뭐했고, 아저씨를 보니 그다지 지친 기색이 없어 보여 한 번 정도 도움을 받아도 될 듯싶어 나는 기꺼이 뼈를 두 더미로 나누었다. 뼈 무더기가 좀 많아서 두 번 정도 왕복해야겠다 싶었는데 아저씨의 도움을 받는다면 한 번에 다 옮길 수 있을 거 같다.

나에게 좀 더 많은 양을 배분했음에도 불구하고 아저씨는 뼈가 꽤 무거웠는지 거기에다 무게를 가볍게 하는 마법을 걸었다.

그렇게 운반 준비를 끝낸 후에야 나는 날개를 폈고 아저씨는 마법을 사용하여 허공으로 날아올랐다.

날개라는 거, 사용하지 못했을 때는 단지 거추장스러운 짐에 불과했지만, 지금은 정말 유용하게 잘 사용하고 있었다. 사실 와이번과 한바탕 겨루지 않을 때는 나도 잠깐씩은 비행을 즐겼던 것이다.

이번에도 별 생각 없이 비행을 즐기며 아저씨의 뒤를 따라 날아가고 있었는데, 갑자기 앞서 날아가던 아저씨가 허공에서 멈춰 섰다.

"왜 그러세요, 갑자기?"

니도 같이 히공에 멈춰 시며 물었지만, 아저씨는 대답없이 한 손을 가만히 밑으로 내린다. 순간적으로 그 사인을 이해 못해 '뭐야?' 하는데 아저씨가 먼저 하강하는 거다. 그 사인이 밑으로 내려가자는 뜻이었나 보다. 그에 나도 어리둥절한 마음으로 뒤따라 내려가자 아저씨가 뼈다귀들을 한쪽에다 놓고 내가 내려오는 걸 보고 있다.

"왜 그래요?"

다시 한 번 묻자 아저씨가 심각한 표정으로 물었다.

"너, 아까 못 봤냐?"

아저씨의 질문에 나는 더더욱 어리둥절해졌다.

"뭘요?"

"아까 우리 거처에 있던 놈 말이다. 나와 눈이 똑바로 마주쳤었는데……."

그렇게 말해봤자 아저씨의 뒤를 별 생각 없이 따라가던 나였기에 난 거처도 못 봤다.

'어떤 간 큰 녀석이라도 들어왔나?'

그렇게 가벼이 생각하려 했지만, 주변에 있던 괴물 녀석들 보고 잘 날아가다 중간에서 똑 떨어질 아저씨가 아니라는 것이 떠올랐다. 아저씨는 와이번을 보고서도 눈 하나 깜짝 안 하시는 분이시니까. 그래 뭔가 아저씨에게 질문을 던지려고 했는데, 나보다 먼저 아저씨가 물어왔다.

"너, 이제는 천신기를 사용할 줄 알게 된 거지?"

"그, 글쎄요."

자신 있게 '예!' 라고 대답하고 싶었지만, 그걸 휘두른 건 내가 한 게 아니라 육체 본능이 한 거라 대답이 어정쩡할 수밖에 없었다.

자신 없는 대답이 마음에 안 들었는지 아저씨의 인상이 찌푸려진다.

"못해도 해! 네 목숨은 네가 알아서 지켜라. 너까지 신경 써 줄 수 있을지 모르겠다."

뜬금없는 말을 툭 던지신 아저씨는 내 대답은 듣지도 않고 곧바로 몸을 돌려 척척 걸어가신다.

'에? 뭐, 뭐야?'

아직 상황 파악이 안 된 나였기에 여전히 어리둥절했지만, 쓸데없는 소리는 안 하시는 아저씨가 저리 말할 정도면 분명 뭔 일이 있긴 있는 모양이다. 그것도 아주 큰일이 말이다.

생각 같아서는 육체 본능이라도 불러내고 싶은 심정이었지만, 콜한다고 툭 튀어나오는 녀석이 아니었기에 나는 대신 천신기만 풀어 손에 쥐고는 아저씨의 뒤를 따라갔다.

자기 거처로 가는데 살금살금 가는 꼴이라니, 사정을 모르는 이가 보고 남의 집에 도둑질하러 간다고 오해해도 할 말이 없는 모양새다.

그런데 더 기가 막힌 건, 주인도 아닌 주제에 마치 자신의 거처인 양 굴 앞 공터 한가운데에 떡하니 버티고 있는 놈이 있다는 거다. 아까 아저씨와 눈이 마주쳤다고 하더니만, 우리가 올 걸 알고 있었는지 뒷짐을 진 채 우리가 오는 방향을 바라보며 서 있었다.

'이럴 거면 뭐 하러 살금살금 온겨?

나는 녀석이 눈치 채지 못하도록 몰래 온 줄 알았는데, 침입자의 기다렸다는 포즈에 기운이 쏘옥 빠져 버렸다.

공터에 떡 버티고 있는 무단 침입자는 놀랍게도 사람이었다.

그런데 이왕 올 거면 눈요기라도 하게끔 좀 잘생긴 놈이 올 것이지, 그 녀석은 첫눈에도 참 정떨어지게 생긴 녀석이었다.

얼굴은 밀가루라도 뒤집어쓴 것처럼 새하얀데, 그와 대조적으로 얇은 입술은 쥐 잡아먹은 것처럼 새빨갛다. 거기에 눈도 가늘게 양옆으로 찢어져 눈꼬리가 치켜 올라간 것이, 여기에 눈썹하고 눈 화장만 해준다면 완전 경극 배우 분장이었다.

그런 얼굴로 비죽하고 입꼬리만 올려 웃어 보이니, 사람 인상 가지고 이런 말 하기는 뭣하지만 무지하게 기분 나빴다.

"흐흥, 무시무시한 괴물이 살고 있다 해서 온 건데, 단순히 미친 마법사의 키메라 실험실이었던 건가? 뭐, 아무래도 상관없지."

어우, 인상이 안 좋으면 목소리라도 좋을 것이지, 그의 음성을 듣는 순간 온몸에 소름이 쫘악 돋는 것이, 조금만 갈고닦으면 노이즈 공격도 가능할 것 같은 끝내주는 목소리다.

그 목소리에 소름이 돋은 팔뚝을 문지르는데 아저씨가 날 돌아보더니 의아한 어조로 묻는다.

"야, 너 화 안 나냐?"

뜬금없는 봉창도 유분수지, 이게 무슨 소리인가 싶어 황당하다는 시선으로 바라보자 아저씨가 인상을 찡그리는 거다.

"으이그, 이 멍청한 놈. 넌 지금 저놈이 널 모욕한 것도 못 알아듣냐?"

"예?"

오히려 아저씨의 말을 이해하지 못해 되묻자 아저씨는 뭔가를 말하려는 듯 입을 움찔거리다 곧 한숨을 내쉬고 고개를 절레절레 저었다.

"됐다. 내가 너에게 뭘 기대하누? 나중에 설명할 테니 우선 저놈부터 처리하자."

'아니, 내가 뭘 어쨌다구.'

어째 날 모욕했다는 저 이상한 침입자보다 아저씨의 말이 더 기분 나쁘다.

그러나 지금은 그에 연연해 있을 때가 아니라는 것을 불청객의 놀람에 찬 목소리가 일깨워 줬다.

"뭐, 뭐야, 저거?"

남의 집(?)에 멋대로 들어온 걸 보고 진즉에 짐작은 했지만 정말 예의까지 없는 놈이다. 기분 나쁘게 손가락질까지 하며 외치는 건 또 뭐란 말인가?

하지만 내가 인상을 찌푸리든 말든 상관없이 저놈은 자기가 하고 싶은 말만 내뱉었다.

"처, 천족의 날개? 저거 진짜? 거기에 마족의 날개까지? 그냥 단순한 키메라가 아니었단 말인가? 아니, 잠깐. 이런 이야기를 전에 들이본 적이 있는 기 같은데……."

'키메라? 누가? 내가? 그런데 키메라가 뭐꼬?

내 모습, 처음에 내가 봤을 때도 놀랐으니 저놈이 놀라는 것도 얼추 이해는 됐기에 별로 기분 나쁘지는 않았다.

그래서 녀석의 말만 이해를 못해 고개를 갸웃거리는데, 아저씨가 나섰다.

"천족의 날개와 마족의 날개를 알아보다니, 역시 넌 보통 놈이 아니로군. 누구냐? 여긴 왜 온 거지?"

하지만 녀석은 내 모습을 힐끔힐끔거리며 혼자만의 생각에 골몰해 있느라 아저씨의 질문을 가뿐히 씹어버리는 것이었다. 뭐, 놈이야 처음 봤으니 그런 놈이려니… 했지만, 의아한 건 아저씨였다. 평소의 아저씨라면 녀석의 행태에 그냥 달려가 뒤통수라도 한 방 날리셨을 텐데, 오늘은 이상하게도 녀석을 살펴보기만 할 뿐 섣불리 움직이지 않는 거다.

덕분에 의도한 것은 아니었지만 잠시 대치 상태가 되어버렸고, 그 틈에 나는 궁금했던 걸 아저씨에게 물었다.

"아저씨, 저 녀석이 왜 절 보고 놀라는 거죠? 아까 허공에서 아저씨하고 눈이 마주쳤다면 제 모습을 봤을 거 아니에요?"

나는 덩치가 아저씨보다 훨씬 컸기에 내가 아무리 아저씨 뒤에 있었다고 해도 내 모습을 보지 못했을 리가 없다. 그런데 이제 와서 천족의 날개와 마족의 날개를 달고 있다고 호들갑을 떨다니, 되게 웃긴 놈이 아닌가 말이다.

그러나 아저씨는 내 말에 한숨을 포옥 내쉬며 대답해 줬다.

"이놈아, 이 세계에서 천족이나 마족을 보는 게 쉬운 줄 아냐? 아마 저놈은 멀찍이서 널 보고는 그냥 몬스터들 날개를 가져다 붙인 건 줄 안 거야. 그 깃털 날개나 피막 날개를 가진 몬스터들이 있거든. 그러다 우리가 가까이 오자 너에게서 풍기는 천족의 기운과 마족의 기운을 느끼고는 그제야 진짜라는 걸 눈치 챈 거지. 천기와 마기를 알아보다니, 보통 놈이 아니라는 증거니까 조심해."

"그, 그런 겁니까? 저기… 그런데 키메라라는 건 또 뭐죠?"

내 질문에 아저씨는 다시 한 번 한숨을 푸욱 내쉬더니 설명해 주려는 듯 입을 열었다.

하지만 그전에 저 반갑지 않은 불청객이 입을 열었다.

"맞아. 생각났어. 크크크크, 네놈이 바로 그놈이었나?"

"엥?"

그에 자연스레 아저씨와 내가 놈에게로 시선을 돌리는데,

놈이 무지무지 기분 나쁜 시선으로 날 훑어보며 히죽히죽 웃는다.

"그래, 그랬군. 네놈이 바로 그놈이었어. 이야기만 들었지 실제로 본 건 처음인데?"

날 알고 있는 듯한데, 저렇게 웃으면서 이야기하니 무지무지 기분 나쁘다. 게다가 난 저놈이 누군지 모르지 않는가?

"이거 참 뜻밖의 수확이야. 시시한 일에 동원되어 김이 팍 샜었는데 이런 재미있는 일이 기다리고 있을 줄이야."

혼자 중얼중얼 거리던 놈은 날 보고는 씨이익 웃었다. 물론 덕분에 내 몸에는 소름이 잔뜩 돋았지만.

"아직까지 살아 있다는 것이 신기하다만, 아무래도 상관없지. 널 잡아서 내 상관에게 바쳐야겠다. 우후후후, 그분도 무척 기뻐하실 게야."

이 녀석, 자칭 천재 마법사라는 아저씨를 긴장하게 하는 놈이라 평범하지 않은 줄은 알았지만, 진짜 보통 인간이 아니었다.

그렇지 않아도 키가 크고 마른 몸매 때문인지 손도 길쭉하다는 느낌을 주고 있었는데, 그 손이 더 길어지더니만 다섯 손가락 끝에서 검고 날카로운 손톱이 길게 쭈욱 나오는 것이었다. 내 손톱은 끝으로 갈수록 안으로 구부러지는 형태인데 놈의 손톱은 반듯한 직선이다.

그놈은 그 기분 나쁜 검은 손톱을 입술 못지않게 시뻘건 혀로 할짝이며 기분 나쁜 시선으로 날 바라봤다.

'윽, 디러. 저기다 침을 묻히다니… 저 손톱을 그대로 사용하는 건 아니겠지?'

그 모습에 눈살을 찌푸리며 바라보는 나와 달리 아저씨는 한 걸음 옆으로 비켜서며 말했다.

"어쩐지… 음침한 기운이 풀풀 풍긴다 했더니 마족이었군. 뭐, 마침 잘됐어. 제법 쓸모가 있을 거야."

그러더니 날 보고 고갯짓을 하며 당연하다는 듯이 말하는 거다.

"잡아라."

"엑?"

왜 나보고 잡으라고 한단 말인가? 나보다도 아저씨가 더 강하면서 말이다.

이런 항의의 시선을 아저씨에게 보냈더니만 아저씨의 표정이 험악해졌다.

"안 죽을 테니까 걱정 말고 나서!"

내가 안 나가고 버티니까 아저씨가 험악한 어조로 속삭인다.

하지만 방금까지 자신도 긴장해 놓고서 나에게 말하면 그게 어디 먹히겠는가? 그래서 아저씨가 나서게끔 끝까지 안 나가고 버티고 있는데, 그 빌어먹을 불청객 녀석이 자기가 먼저 우리 쪽으로 곧장 돌진해 온 것이었다.

녀석을 정면으로 보고 있던 아저씨는 당연히 그 모습을 볼 수 있어 피할 수 있었는데, 정말 치사하게도 혼자만 옆으로 피해 버린 것이었다. 녀석 쪽으로 등을 돌리고 있던 난 아저씨의 모습에 의아해 뒤를 돌아보고 나서야 놈을 볼 수 있었는데, 그때는 녀석이 벌써 코앞까지 당도하고 있던 차였다. 황급히 손톱을 꺼내 아슬아슬한 타이밍으로 녀석을 막을 수는 있었지만, 정말 간담이 서늘했다. 조금만 늦었어도 놈의 디러운 손톱에 꿰뚫릴 뻔했으니 말이다. 이럴 줄 알았으면 천신기를 그냥 가지고 있을 걸 그랬다. 천신기는 아까 녀석이 사람인 줄 알고 도로 팔목에 채워 버렸던 것이다.

녀석과 내가 부딪치는 순간 나의 강도 높은 손톱은 멀쩡하게 녀석의 공격을 버텨냈지만, 그 녀석의 힘이 얼마나 강했던지 나는 손끝부터 어깨까지 찌리릿한 전기 충격을 받는 것만 같았다. 게다가 무지 자존심 상하게도 나는 양팔을 사용해서 막았는데도 불구하고 뒤로 네다섯 걸음이나 물러났건만, 놈은 한 손으로 공격했어도 제자리에 서서 가뿐하다는 표정으로 날 바라보고 있는 것이었다.

거기에 더해 이놈이 비웃음을 날리며 속까지 빡빡 긁어놨다.

"훗, 본체의 모습인데도 겨우 이 정도? 가뿐한 아침 운동거리로군."

처음부터 녀석에 대한 인상이 안 좋았던 데다 비웃음까지 더해지니 기분 나쁨이 몇 배로 증가해 버렸다.

거기다 대고 나도 가뿐한 표정으로 '언제까지 그렇게 여유만만할 수 있을까?' 라고 말해주고 싶었지만, 단 한 번의 부딪

침만으로도 녀석과의 엄청난 차이를 절절히 느꼈기에 뭐라 말은 못하고 어금니만 악물었다. 정말 분하고 인정하기 싫었지만, 와이번 떼에 둘러싸인 것보다 저놈 하나를 앞에 두고 있는 이 상황이 더욱더 긴장되고 두렵게 느껴졌던 것이다.

그런 나에게 녀석이 기분 나쁘게 씨익 웃어 보이더니 갑자기 눈앞에서 사라졌다. 분명히 내가 놈을 계속 지켜보고 있었는데도 말이다. 그리고 곧바로 턱에 강한 충격을 느끼고는 허공에 붕 떠 있는 나 자신을 발견해야 했다. 그러니까 놈이 순식간에 다가와 나에게 어퍼컷을 날린 거였다.

거기서 끝나지 않고 놈은 내가 허공에 뜬 상황일 때 나의 복부에다가 정확하게 돌려차기를 먹였다.

"크헉!"

아까 먹었던 것이 튀어나올 것만 같은 강한 충격이었다. 나는 그 충격을 버티지 못하고 뒤로 날아가 아름드리 나무 세 그루를 쓰러뜨리고 나서야 땅에 처박힐 수 있었다.

"시시하군, 시시해. 그래도 고위 마족의 피를 이은 녀석인데 너무 간단한 거 아니야?"

놈의 복장 긁는 소리가 들려왔지만, 녀석에게 맞은 충격이 여전히 온몸을 내달리고 있는 터라 나는 움직이지도 못하고 땅에 그대로 뻗은 채 놈이 다가오는 것만 바라보고 있을 수밖에 없었다.

녀석은 그런 나를 향해 '킥~' 하고 웃고는 내 머리맡에 한 쪽 무릎을 땅에 댄 자세로 앉더니 내 머리채를 우악스럽게 틀어쥔 후 강제로 목을 뒤로 젖혀 자신을 보게 했다.

"끅……."

신음을 흘리지 않으려 이를 악무는 날 우습다는 표정으로 바라보던 놈이 기다란 손톱을 들어 내 목에다 대고 쓸어내렸다.

"네 피는 무슨 맛일까나? 조금만 맛을 볼까나?"

'네놈이 무슨 흡혈귀냐' 라는 뜻이 담긴 시선으로 녀석을 강력하게 노려봤지만, 놈은 눈 하나 깜짝하지 않는다. 오히려 정말 내 피 맛을 보기라도 하려는 듯 내 목에다 손톱을 가볍게 콕히고 찔러 비렸다.

별로 깊게 찌르지 않아 약간 따끔한 통증만 느껴졌지만, 놈이 날 가지고 노는 데도 아무것도 하지 못하는 무력감 때문에 기분이 엄청 더러웠다.

그런 분노가 표정에 나타났는지 놈이 내 얼굴을 빤히 보더니만 재미있다는 듯 킥킥대며 웃는 거다.

"호오, 화가 났나 보네? 이거 무서워서 꼼짝도 못하겠는 걸? 킥킥킥."

아주 대놓고 나를 비웃던 놈은 내 화를 더욱더 돋우려는 듯 내 눈을 똑바로 바라보며 손톱에 살짝 묻은 피를 천천히 입으로 가지고 갔다.

하지만 내 피가 놈의 입으로 들어가기 전에 예리한 파공음과 함께 번쩍거리는 것들이 녀석에게로 쏟아졌다. 아저씨의 마법인 아이스 미사일이었다.

　그러나 정말 아쉽게도 와이번에게는 꽤나 효과를 보던 아이스 미사일 이십여 발이 놈에게는 아무 소용이 없었다. 놈이 돌아보지도 않고 단순히 손을 한 번 허공에 휘젓자 아이스 미사일들이 놈에게 채 닿기도 전에 허공에서 파사사삭 하고 모조리 부서지는 것이었다.

　그 후에야 녀석은 느릿하게 고개를 돌려 저쪽에 서 있는 아저씨를 보며 여유 있게 킥, 하고 웃어 보였다. 이놈은 자기 자신의 뛰어남을 되게 뽐내고 싶어 하는 놈인가 보다.

　“흥, 이따위 어린애 장난을… 큭……”

　하지만 비웃음을 띠며 뭔가 말을 하려던 놈은 그 말을 제대로 하지도 못하고 인상을 팍 찡그리며 부들부들 떠는 것이었다. 그와 함께 아저씨의 외침이 들려왔다.

　“어서 도망쳐!”

　아무래도 아저씨가 마법을 쓴 모양이다.

　아저씨의 말을 듣고 내 머리카락을 쥐고 있는 놈의 손을 뿌리치자 의외로 손쉽게 손이 떨어져 나갔다.

　녀석은 내가 자신의 손아귀에서 벗어나자 분노의 오로라를 뿜어내며 마법에서 벗어나려 몸을 움찔거렸지만, 아저씨가 단단히 준비한 마법인 듯 쉽게 벗어나질 못했다.

　그 틈에 나는 녀석을 향해 회심의 미소를 지어 보이며 왼손에다 준비하고 있던 천신기를 들어 녀석의 어깨에다 내리꽂았다. 녀석이 무섭긴 했지만, 그보다도 놈에 대한 분노가 더 컸기에 이대로 그냥 물러나려니 도통 억울해서 못 견디겠던 것이다. 아까 놈이 나를 비웃느라 소모한 시간에 아무런 표정 없이 날 그냥 죽이려 했다면 이 정도까지 열받지는 않았을 거다. 아니, 어쩌면 공포에 떨며 녀석에게 덤빌 엄두도 내지 못했을지도 모른다. 그런데 괜히 날 비웃고 조롱해서 날 공포에서 벗어나게 해주다니, 하여간 되게 어리석은 놈이다. 뭐, 내 입장에서 보자면 참 고마운 일이었지만 말이다.

하여간 그래서 녀석이 조금이라도 틈을 보이면 사용하려고 미리 놈이 눈치 채지 않게 조심스레 천신기에 천기를 흘려보내 변형시킨 후 왼손으로 쥐고 있었기에 지금 공격을 성공시킬 수 있었던 것이다.

"끄아아악~!!"

나에게 당한 게 아프긴 되게 아픈지 놈이 괴성을 지르며 어깨에 꽂힌 천신기를 빼려고 몸을 뒤틀었지만, 아저씨의 마법이 여전히 강하게 속박하고 있어 제대로 움직이질 못했다.

"뒤로 물러나!"

아저씨가 뭔가 마법을 준비한 듯 두 손을 들며 외치기에 나는 얼른 천신기를 뽑아 들고 뒤로 훌쩍 물러났다.

그에 맞춰 아저씨의 낭랑한 외침이 들렸다.

"프로스트 포스!"

아저씨의 외침이 끝나자마자 피를 흘리며 고통스러워하던 놈 주위에 새하얀 빛이 어린다 싶더니만, 쩌적쩌적! 하는 소리와 함께 놈의 발부터 시작해서 점점 위쪽으로 얼음이 뒤덮여 가기 시작했다.

얼음이 녀석의 몸 절반 가까이 덮어가는 동안에도 녀석이 움직이지 못하자 드디어 놈을 잡았다 싶어 나는 안도의 한숨을 내쉬었는데, 아쉽게도 거기서 끝이 아니었다.

"흥, 이까짓 얼음 따위로 날 어찌할 성싶으냐앗~!"

녀석이 괴성을 지르듯 외쳤지만, 난 사실 그때까지도 '네놈이 이제 뭘 어쩌겠냐?' 란 생각에 여유만만이었다. 하지만 곧바로 그게 잘못된 생각이라는 걸 깨달을 수 있었다.

녀석의 몸에서 갑자기 검은 오로라가 풀풀 피어나오더니만 그렇지 않아도 무지하게 안 좋은 인상이 더더욱 망가지는 것이었다.

그렇지 않아도 길쭉한 눈매는 더 길게 찢어지고 커다래지더니만 눈동자가 시뻘겋게 변했다. 게다가 길게 찢어지는 건 눈뿐만이 아니었다. 입도 양옆으로 길게 찢어져 시뻘건 입술 사이로 뾰족한 이빨들을 보이게 만들고 송곳니를 나오게 하더니만, 얼굴도 아래위로 길게 찢어져서 아몬드 형 얼굴이 되더니 짧은 커트 형 머리가 일제히 위로 비쭉비쭉 솟아올랐다. 머리카락만 빨갰다면 불타는 아몬드라고 이름 붙여도 될 듯. 그러나 참으로 안타깝게도 머리카락은 검은색이었다.

하여간 그렇게 눈 찢어지고 입 찢어지고 얼굴마저 늘어나더니만 몸도 아래위로 길게 늘어나 키가 내 키만큼이나 커지는 것이었다. 그 상태로 놈이 천천히 몸을 일으키자 기껏 녀석의 몸 절반 이상을 덥고 있던 얼음이 하나둘 떨어지기 시작했다. 게다가 놀랍게도 녀석의 등 뒤에서 시커먼 피막 날개 두 장이 솟아나와 서서히 펼쳐지는 거다.

"너희 둘 다… 편히 죽을 생각은 버… 컥……!"

그와 함께 녀석의 몸에서 무시할 수 없는 기운이 솟아나오
자 녀석은 자신감이 생겼는지 살기 어린 시선으로 아저씨와
나를 노려보며 입을 열었다. 하지만 놈은 끝까지 자신의 말을
하지 못했다.

"무단으로 남의 집에 마음대로 침입한 주제에 어디서 큰소
리야?"

중간에 내가 달려들어 천신기로 녀석의 복부를 찔렀기 때문
이다.

나는 어렸을 때 봤던 대부분의 만화영화에서 악당들이 주인
공이 변신하는 걸 가만히 지켜보고 있는 게 도저히 이해가 안
갔다. 주인공들에게 여러 번 당해봤으면 주인공이 변신하면
힘이 강해진다는 걸 뻔히 알 텐데도 왜 그걸 가만히 지켜보고
있느냐는 말이다.

매번 '다음에 두고 보자~!' 라는 18번 대사를 날리며 도망
가는 그 악당들의 어리석음을 성토하며 '네놈들이 그리 멍청
하니 매번 당하지!! 나 같으면 절대로 변신하게 놔두질 않을 거
다!' 라고 결심에 결심을 했었다. 그 결심이 이번에 빛을 발하
게 될 줄은 정말 몰랐지만 말이다.

놈의 몸이 서서히 변하는 걸 보고 직감적으로—기실 녀석의
몸에서 풍기는 기운이 수상쩍기도 했다—우리에게 불리한 방향
으로 가리라는 걸 알 수 있었다. 그런데 그걸 만화영화의 악당

들처럼 가만히 지켜보다 나중에 된통당할 수는 없는 일 아니겠는가? 지금도 녀석과 정면으로 맞붙어서 이길 확률이 적은데 말이다.

그리하여 놈이 완전히 변하기 전, 놈이 쓸데없는 말을 늘어놓는 중에 몸을 날렸다. 하여간 이놈이 괜히 겉멋에 빠져서 공격하기 전 말을 주저리주저리 늘어놓는 타입이라 다행이었다.

'원래 영화나 만화에서 보면 이런 놈들이 가장 먼저 당했지. 그런 놈들은 영화나 만화 속에서나 있는 줄 알았는데 현실에서도 있었군.'

나는 속으로 그렇게 생각하며 녀석의 복부에 찔러 넣었던 천신기를 뽑고 얼른 뒤로 물러나려고 했는데, 글쎄, 내 팔이 자기 멋대로 천신기를 부여잡고 위쪽으로 좌악 그어버리는 것이었다.

어쩐지 아까부터 머리에서 뜨끈뜨끈 열이 나더니만, 육체 본능 모드가 서서히 깨어나고 있었던 모양이다.

깨어난 육체 본능은 단지 위로 올려 긋는 것에서 끝나지 않고 몸을 한 바퀴 돌려 그대로 녀석의 목을 향해 천신기를 날렸다.

하지만 이놈은 역시 만만치 않은 놈이었다.

콰아앙~!!

놈의 목 바로 앞에서 녀석의 손톱과 천신기가 부딪치자 폭발음이 들려왔고, 그 여파에 의하여 나는 뒤로 세 걸음이나 밀려나야 했다. 그리고 그건 녀석도 마찬가지.

하지만 녀석에게는 오히려 전화위복의 기회가 되고 말았다. 나와 녀석이 떨어진 사이 몸을 추스르고 전의를 가다듬을 수 있었던 것이다.

"감히… 감히 네놈 따위가아아앗~!!"

얼마나 분노했는지 녀석의 몸 주위에서 시커먼 기운이 휘몰아쳤다. 내 정신은 엄청난 기운의 압박에 움찔하며 '도망가야 하지 않을까?' 하는 생각이 들었지만, 육체는 '이래야 싸울 맛이 나지' 라고 생각하는 듯 온몸이 화끈화끈해지며 그대로 녀석을 향해 다시금 달려드는 것이었다.

"절대, 절대로 곱게 죽이지 않겠다이! 사지를 찢어 죽일까? 목을 비틀어 죽일까아?"

저 녀석, 공격하기 전에 떠드는 건 완전 버릇인가 보다. 내가 달려드는 걸 빤히 보고 있는데도 어떻게 저런 소리를 늘어놓을 여유가 있는 걸까? 그러면서도 나의 공격을 막아내는 걸 보면, '그러니까 아직까지 살아 있지. 용하긴 용하네' 란 생각이 든다.

콰앙~! 쾅~!! 콰광~!!

확실히 와이번이랑 싸울 때와는 차원이 다르다. 와이번이랑 싸울 때는 육체 본능 모드가 발동되자마자 정말 손쉽게 해치웠다. 지금은 녀석이 두렵다는 느낌은 들지 않긴 하지만, 그렇다고 이길 거 같지도 않다. 기실 녀석은 육체 본능 모드가 발동된 날 상대로 조금도 밀리지 않고 있었던 것이다.

아니, 사실 내가 밀리고 있는 셈이다. 녀석이 아까 나의 기습으로 인하여 복부에 커다란 상처를 입어 운신이 약간 불편해서 그렇지, 그게 아니었으면 나는 진즉에 녀석에 의해 나가 떨어졌을 것 같다. 내 양팔은 녀석과의 충돌로 인하여 점점 통증을 느끼고 있었다. 처음에는 단지 저릿저릿한 정도였는데 차츰차츰 통증이 커지더니, 지금은 크게 삔 것처럼 욱신욱신거린다. 아마 조금만 더 녀석과의 충돌이 이어지면 손목이 부러지는 것 같은 통증을 느끼게 될지도 모르겠다.

'큰일인걸? 이제 얼마 더 버티지 못하겠어.'

과연 그 생각은 틀리지 않았다. 그 생각을 한 후로 세 번째의 격돌에서 나는 녀석의 힘을 버텨내지 못하고 그대로 뒤로 날아가 버렸던 것이다.

"크헉~!"

뒤로 날아가 나무 몇 그루를 쓰러뜨리고 바닥에 처박혔다. 육체 본능 모드가 되었어도 온몸을 지잉~ 하게 울리는 통증에서는 자유롭지 못한가 보다. 내가 그렇게 지잉~ 한 통증에 점령되어 바르작거리고 있는 사이 녀석이 저벅저벅 다가오는 소리가 들렸다.

"크흐흐흐… 절대 곱게 죽게 내버려 두지 않는다. 어떻게 죽여줄까? 응? 말해봐?"

저 빌어먹을 자식은 저 주둥아리 때문에 분명 크게 경을 칠 때가 있을 거다.

"아이스 월~!!"

'오오, 아저씨! 어디 계셨나 했더니만~ 굳 타이밍입니다

요~!'

육체 본능 모드에 취해 있느라 미처 아저씨를 챙기지 못했는데 혼자 잘 계셨던 모양이다. 하기야 솔직히 말해 나보다 아저씨가 더 강하지 않는가 말이다. 육체 본능 모드일 때는, 으으음, 그건 잘 모르겠다만……

아저씨의 낭랑한 외침이 끝나자마자 땅으로부터 무지하게 두텁고 커다란 얼음벽이 솟아나와 녀석과 나 사이를 가로막았다. 그 모습에 숨 좀 돌리겠구나 싶어 안도하고 있었는데, 이게 웬 일?

콰과광~!!

굉음 소리가 한 번 난다 싶었더니, 그 커다랗고 두터웠던 얼음벽이 단 한순간에 후두두둑 하고 무너지는 것이었다.

'괴, 괴물이냐?

아, 물론 녀석은 괴물이었다.

녀석은 뻥 뚫린 얼음벽을 넘어 벙찐 표정으로 놈을 바라보고 있는 나에게 썩은 미소를 한번 날려주더니 손을 뻗어 내 목을 움켜쥐었다.

"크헉!"

'아저씨이~ 막아주려면 좀 더 센 벽으로 해주시지, 한 방에 무너지는 걸 해주시다니이이~'

내가 목을 매려고 했을 때에는 대롱대롱 매달렸어도 거뜬히 숨을 쉴 수 있게 버텨주던 목 근육이 이 시키가 잡으니까 제대로 힘 한번 못 쓰고 꼬리를 내리는 것이었다.

"캑… 캑……!"

폐로 향하는 산소 통로가 막히자 눈앞이 뿌옇게 변하는 것이, 이런 걸 눈 돌아간다고 하는 건가 보다 하는 생각이 들었다.

그런데 웃기는 건, 그 와중에도 그 빌어먹을 녀석의 말이 잘 들려온다는 것이었다.

"자아, 어떻게 죽여줄까? 이런, 쯧쯧… 그렇다고 겁먹을 건 없어. 쉽게 죽여주지는 않을 테니까. 일단은… 그래, 이 탐스러운 꼬리를 뽑아볼까? 그러면 넌 어떤 비명을 지를까?"

아까 내 피 맛을 본다고 할 때부터 알아봤지만, 정말 변태 같은 놈이다. 이런 놈들은 세상에 활보하도록 놔두면 절대 안 되는데…….

녀석의 손아귀 힘이 빠지지 않은 상태에서 버틴 시간이 길었던 모양이다. 눈앞이 뿌옇게 되는 것도 모자라 의식까지 점점 희미해지기 시작했다.

그때, 녀석이 내 상태를 알아챘던 것인지 손아귀에서 힘을 풀었다. 그렇다고 내 목 줄기를 잡은 손을 아예 놓은 건 아니고, 단지 숨통만 좀 트여준 것뿐이었다.

"크헉… 쿨럭쿨럭……!"

막혔던 목 줄기가 뚫리며 그곳을 통해 산소가 쏟아져 들어오자 폐가 급작스레 팽창하며 기침을 토해냈다.

"쯧쯧, 이리 몸이 허약해서야. 그 정도 가지고 벌써 숨넘어가려고 하다니… 벌써 죽으면 안 돼지, 안 돼."

기침을 하느라 눈물, 콧물이 마구 흘러나왔건만 목을 졸린 상태로 오래 있어서 그런지 손가락 하나 까딱할 힘도 없어 닦아내지 못하고 있었다. 그나마 눈은 몇 번 깜빡거리니 뿌옇던 시야가 눈물이 흘러내림으로 인하여 깨끗해져 앞을 볼 수 있었다. 그래 봤자 제일 먼저 보이는 건 제일 보기 싫은 놈의 면상이었던 터라 별로 기쁘지 않았다.

그 와중에도 녀석의 변태스러운 독백은 계속되고 있었다.

"아참참, 내 정신 좀 보게나. 그보다도 먼저 할 일이 있었는데 깜빡하다니……. 나이를 먹다 보니 기억력에 영향이 있나 보네."

'우욱!

내용도 내용이지만 느물느물거리는 목소리가 소름이 쫘아악 끼친다. 녀석이 내 목을 틀어쥐고 있지 않았다면 난 아까 먹었던 음식물들을 다시 보려 했을지도 모르겠다.

그런데 그때,

푹~

어디서 많이 들어본 소리가 아래쪽에서 들려왔다. 그래 봤자 나는 목이 부자유스러웠던 터라 어디서 소리가 났는지 찾아볼 수가 없었다. 대신 눈앞에서 녀석의 기분 나쁜 입매가 비죽 올라가며 열리는 걸 아주아주 자세히 바라봐야만 했다.

"이게 첫 번째……."

'뭐가?

나는 그 말을 하려고 입을 열었건만, 대신 뜨거운 액체만 울

컥 토해냈다.

"쿨럭!"

그제야 나는 내 가슴을 파고들어 온 어떤 이물질의 존재를 알아차렸다. 그 이물질은 정말 기분 나쁘게도 내 갈비뼈를 부러뜨리고 들어와 내 심장을 살포시 쥐고 있었던 것.

내 심장 또한 자신의 절체절명의 순간을 알아챈 것인지 격렬하게 박동하기 시작했다.

두근두근.

"후우, 살아 있는 심장을 만지는 건 언제나 기분 좋은 일이란 말이야?"

눈을 반개한 채로 기분 좋은 표정을 짓고 있는 놈의 얼굴을 보자니 또다시 소름이 쫘아악 돋았다.

'너 변태인 거 안다, 이놈아. 그러니 변태 짓 좀 그만 해.'

그 틈에도 그런 걸 생각할 수 있는 내 정신이 참으로 대단하게 보였지만 그것도 잠시였다. 녀석의 반개했던 눈이 다시 번쩍 떠지며 팔에 힘이 들어가려는 폼이 드디어 내 심장을 터뜨리든지 뽑아내든지 할 태세였던 것이다.

덕분에 내 얼굴에서 핏기가 싸악 사라지는 느낌이 들었는데, 놈이 또 그걸 본 모양이다.

"이런, 이런, 걱정할 거 없다니까. 금방 안 죽일 테니까."

그러면서 아주 아쉽다는 표정으로 내 가슴에 집어넣었던 손을 천천히, 아주 천천히 빼는데 그 느낌이 생생하게 전달되는 것이 기분 엄청 더러웠다. 놈은 아마 이걸 노리고 일부러 천천히 움직인 걸 거다.

거기서 끝이 아니었다. 완전히 내 가슴에서 손을 빼낸 놈은 그 손을 내 눈앞으로 슬며시 들어 나의 피에 젖은 모습을 보여주는 거다.

"흐음… 예쁜 색으로 물들었지? 나는 이 색으로 온몸을 물들이는 걸 좋아… 크헉……!"

계속해서 변태성 발언을 하는 저놈의 주둥아리를 누가 막아 줬으면 하고 속으로 절실히 바랐는데, 신께서 이런 내 바람을 들어주셨나 보다.

녀석이 뭔 충격을 받았는지 모르겠지만, 그로 인하여 비명을 지르며 허리를 숙이는 통에 내 목을 쥐고 있던 손아귀에서 힘이 빠졌다.

그러자 그동안 손 하나 까딱할 힘이 없어 축 늘어졌던 내 육체가 갑자기 놈에게 달려들어 놈의 어깨를 인정사정없이 콰악 물어버리는 것이었다. 놈에게 잡혀 있는 동안 아무 반응이 없어서 본능 모드가 풀린 줄 알았는데, 아무래도 완전히 풀린 게 아니었나 보다. 그리고 이때 내 정신은 본능 모드에 기겁을 한 게 아니라 오히려 열심히 깃발(?)을 흔들며 잘한다고, 힘내라고 응원하고 있었다.

"끄아아악~!"

녀석의 비명 소리가 왜 이리 기분 좋게 들리는지, 아까 놈의 변태성 발언보다 백 배, 천 배, 아니, 일억만 배 더 듣기 좋았다.

그렇게 기분 좋은 소리가 들리자 온몸에 힘이 펄펄 솟아난 나는 녀석의 어깨를 문 턱에 저절로 힘이 더해지는 기분이었다. 그러자 나의 튼튼한 이빨들은 기특하게도 녀석의 살과 근육을 뚫고 들어가 녀석의 뼈까지 으스러뜨렸다.

우드드득~!!

녀석의 어깨뼈가 으스러지는 느낌이 이빨을 통해 뇌에 직접 전달되었다.

하지만 이놈도 보통 놈이 아니었다.

"이 자식이!!"

그 정도로는 녀석을 쓰러뜨릴 수 없었는지, 무지 분노에 찬 외침과 함께 내 몸을 향해 손톱을 휘두르는 것이었다.

기껏 녀석의 어깨를 물었는데, 이대로 놓고 물러나려니 억울했다. 하지만 그렇다고 그냥 버티면 녀석의 손톱에 몸이 뚫릴 게 뻔했기에 나는 아쉬움의 눈물을 삼키며 녀석을 놓아주려 했다.

그런데 그때,

"매직 소드!!"

아저씨가 다시 한 번 마법 공격을 날렸다.

"크헉!"

녀석의 고통스러운 신음 소리를 들으며 녀석의 어깨를 안 놓고 버텨도 괜찮겠다는 생각에 희희낙락했건만, 이게 웬일…….

"컥!"

녀석이 그 고통 속에서도 그대로 손톱을 날려 내 양 옆구리를 꿰뚫었던 것이다. 덕분에 난 신음을 터뜨리느라 녀석의 어깨를 고이 놔줄 수밖에 없었다. 아니, 그걸로도 부족해 내 옆구리를 뚫고 들어온 놈의 손톱을 빼고자 뒤로 비틀비틀 물러나야 했다. 옆구리와 복부에서 피를 줄줄 흘리면서 말이다.

"이런 멍청한 놈!!"

뒤쪽에서 아저씨의 다급한 목소리가 들린다. 그 목소리에 실린, 나를 걱정하는 마음이 느껴져 저절로 미소가 그려졌다.

아저씨를 보고 괜찮다고 말해주려고 고개를 돌렸는데, 갑자기 고개를 돌려서 그런지 머리가 핑그르르하더니 갑자기 땅이 다가오는 것이었다.

'어라? 이게 뭔 일?'

"이놈아!!"

이상한 현상에 고개를 갸웃하고 있다가 아저씨의 외침에 답을 해주려 했는데 뭔 일인지 입이 안 떨어지는 거다. 거기에 어째 시야가 가물가물해지는 것이…….

Chapter 6
단지 무단침입자를 처리했을 뿐이건만…

똑… 똑… 똑…….

어디선가 들려오는 물방울 떨어지는 소리에 가출했던 의식이 슬금슬금 돌아왔다.

똑… 똑… 똑…….

"으음……?"

뭐, 그렇게 의식이 돌아온 건 좋은데, 계속해서 들려오는 물방울 떨어지는 소리에 완전히 정신 차리지 못한 상태에서도 의아함이 느껴지는 거다.

'뭐냐, 왜 물방울 떨어지는 소리가……. 여기에 수도가 있는 것도 아닐 테고…….'

그에 떨어지고 싶지 않다는 눈꺼풀의 애원도 무시하고 부스스 눈을 떠보니 종유석이 주렁주렁 매달린 천장이 보이는 거다. 물방울은 그곳에서 아래로 떨어지고 있었다.

'종유석? 아니, 웬 종유석이……?

낯선 동굴 천장의 모습에 퍼뜩 정신이 들어 벌떡 일어나 보니, 과연 처음 보는 동굴 안이다. 내가 거처로 삼은 굴보다 훨씬 크고 깊은 곳.

"어라? 어라라? 내가 왜 여기에……?"

기에… 기에… 기에에에…….

동굴이 깊고 넓다 보니 나도 모르게 내뱉은 혼잣말이 동굴 안을 울린다. 그에 뭔가 꺼림칙함을 느낀 나는 입을 다물었다.

원래 난 동굴 같은 걸 별로 안 좋아했다. 뭐, 거처야 내가 집을 지을 능력이 없어서 어쩔 수 없이 굴을 선택한 것이었지만, 그래서 일부러 크지 않은 곳을 고른 것이다. 칸막이를 만들어 안쪽을 막아놓은 것도 식품 저장고도 필요했지만, 그보다는 안으로 끝없이 뻗어가는 시커먼 공간이 보기 싫다는 이유가 더 컸다.

내가 학생이었을 때 가족과의 여행으로, 학교에서 수학여행으로 유명한 동굴 몇 군데에 가본 적이 있었다. 그때 같이 간 가족이나 친구들은 동굴의 모습에 신기해하고 감탄하고 멋있다고 난리였지만, 난 오로지 빨리 동굴을 나가고 싶은 마음뿐이었다. 물론 신기하긴 했다. 어떻게 돌이 점점 자라나서 종유석이 되었으며, 그것도 여러 가지 모양이 되었을까 하는 건 말이다. 하지만 신기한 건 잠깐이었을 뿐, 축축하고 어두컴컴한 동굴이 난 무조건 싫었다. 사람들이 아름답다고, 신기하다고 감탄하는 신기한 모양의 종유석도 징그럽게만 보일 뿐이었고, 동굴 안에 흐르는 냇물도 시원하게 느껴지는 것보다는 왠지 무서운 느낌이 들어서 싫게만 느껴졌다면 내가 이상한 사람일까나?

하여간 그러한 동굴을 바로 눈앞에서, 그것도 혼자 보고 있으려니 산속에 혼자 서 있는 것보다 백 배, 천 배는 더 싫었다. 그래 여기가 어디인지, 어떻게 된 건지 알아보려 하지도 않고 무조건 입구를 향해 뛰었는데…….

"어니 가냐?"

입구에서 막 동굴로 돌아오는 아저씨를 만났다.

"어라? 아저씨?"

아저씨는 날 머리끝부터 발끝까지 천천히 살펴보더니 고개를 끄덕이셨다.

"흐음… 멀쩡해 보이니 좋구나. 어쨌든 일단 들어가자."

"예? 여길요?"

"그래. 왜?"

내가 난색을 표하며 인상을 찡그리자 아저씨가 의아한 듯 돌아본다.

"아니… 거처로 돌아가면 되지, 왜 여길 들어가요?"

그에 대고 차마 동굴을 싫어한다고 말할 수가 없어 그리 말했더니 아저씨가 내 팔을 잡았다.

"그건 차근차근 설명해 줄 테니까 일단 들어가기나 해."

하지만 들어가기가 싫은걸.

"에에… 꼬옥… 여기로 들어가야 하나요? 꼭 여기여야 해요? 그냥 바깥에 있으면 안 될까요?"

"얘가 지금 뭔 소리를 하는 거야? 장난할 생각 없으니까 빨리 들어오기나 해. 지금 상황이 어떤 줄이나 알아?"

아저씨가 그리 말을 툭 내던지시곤 먼저 척척 들어가 버리시니 나는 정말 들어가기가 싫었지만 어쩔 수가 없었다.

그런데 상황이 뭔가 이상하기는 이상하다.

내가 동굴 안으로 들어서자 입구 옆에 서서 내가 들어오길 기다리시던 아저씨가 입구 바닥에다 뭔가를 써 내려가시는 거다. 그리고 잠시 후, 아저씨가 그린 도형과 글자들은 아저씨의 중얼거림에 반응하여 희미한 빛을 한 번 내더니 도형과 글씨가 감쪽같이 사라져 버렸다.

"어라? 뭐 하시는 겁니까?"

"동굴 입구를 숨긴 거다."

"하아?"

어리둥절한 얼굴로 아저씨를 바라봤지만, 아저씨는 설명 대신 동굴 안쪽으로 발걸음을 옮기시며 입을 열었다.

"기다려. 하나하나 설명해 줄 테니. 일단 따라와라."

'아아… 정말… 동굴은 싫은데… 깊이 안 들어갔으면 좋으련만……'

하지만 이런 내 바람과는 달리 아저씨는 아까 내가 누워 있던 곳에서부터 대략 20여 미터 정도 더 들어가셨다. 그곳에는 너비는 10미터 정도, 깊이는 1미터 정도 되어 보이는 제법 큰 샘이 있었다. 아마 이 샘을 보고 여길 선택하셨는지도 모르겠다. 그리고 그 샘 옆에는 의아하게도 내 거처에 있어야 할 이불 대용 가죽들과 저장해 놨던 식품들, 그리고 간단하게 국을 끓이거나 물을 끓이는 용도의 돌그릇들이 놓여 있는 거였다.

"어라라? 제가 잠든 사이에 이사라도 하신 겁니까?"

"그래."

"에엑?"

농담으로 던진 말에 긍정의 대답이 돌아오자 나는 벙찐 얼굴로 아저씨를 돌아보았다.

"아니, 왜요? 여기보다 제 거처가 훨씬 좋구만."

"누가 그걸 모르냐? 그러나 거기가 위험해졌으니 그러지."

아저씨가 점점 더 모를 말들만 쏟아내시니 나는 머리가 아파졌다.

"위험해져요? 아니, 왜요?"

"왜요라니? 이게 다 그놈 때문이잖아."

"그놈이요?"

본의는 아니었지만 자꾸만 아저씨의 말을 되묻는 꼴이 되어버리자 아저씨의 시선이 날카로워졌다.

"너 갑자기 바보가 됐냐, 아니면 지금 날 가지고 장난을 하냐?"

"아니… 그… 갑자기 머리가 안 돌아가는데… 저는 입 다물고 있을 테니 처음부터 설명해 주시면 안 될까요?"

내 말에 아저씨가 날 째려봤지만, 내가 풀 죽은 얼굴로 아저씨의 눈치만 살피는 기색이자 아저씨는 곧 길게 한숨을 내쉬더니 이마를 짚었다.

"어이구, 이놈아! 너를 데리고 이 풍파를 헤쳐 나가려니 앞날이 깜깜하다."

'풍파는 무슨……'

나는 속으로 그리 꿍얼거렸지만, 그 말을 밖으로 꺼냈다간 아저씨가 가만 안 둘 게 분명했고, 거기에 정말 뭔가 있는 분위기라 조용히 아저씨가 말을 꺼내기만 기다렸다.

"너, 뽑기 전의 일은 기억나냐?"

'뽑기 전?'

아저씨의 말에 그제야 나는 내 기억을 찬찬히 되짚어 보기 시작했다. 방금 전까지는 갑자기 바뀐 환경 탓에 정신이 하나도 없었던 것이다.

"에에… 그러니까… 웬 녀석이 우리 거처에 무단 침입했더랬지요? 그래서 그놈이랑 싸웠는데……. 맞아. 그 녀석, 어떻게 되었지요? 거의 다 잡았던 것은 기억이 나는데……. 아차, 제가 녀석에게 많이 다쳤죠?"

그러면서 녀석에게 찔렸던 복부와 옆구리를 살펴보자, 거긴 이미 감쪽같이 아물어 있었다.

"그리고 보면 그 녀석 정말 대단하긴 했어요. 제 피부는 엄청 질기고 이 털도 방어력이 뛰어나서 웬만해서는 상처도 잘 안 생기거든요. 그런데 그걸 한 번에 뚫었으니… 전 제 피부가 한 번에 뚫리는 걸 본 게 이번이 처음이에요."

"중급 마족인데 그 정도쯤이야……. 오히려 고위족의 피를 이어받았으면서 그런 놈에게 당한 네놈이 멍청한 거야. 하기야… 그것도 당연한 건가?"

"아앗, 그놈이 마족이었군요? 요상한 모습으로 변하기에 혹시나 했더니만……. 저기, 마족은 원래 나나 그놈처럼 다들 괴상하게 생겼나요?"

"그렇다는 것이 정설이다. 전설에 따르면 마족은 천신에게 죄를 지어 버림받은 종족이라고 하지. 그래서 저주를 받아 외무가 그렇게 괴상하게 변했다더군."

"헤에, 그런데 왜 그렇게 강한 녀석이죠? 제가 사람이라곤 아저씨밖에 못 보긴 했지만, 저 정도면 보통 사람보다 훨씬 강하죠? 그런데 이런 저도 아까 그놈에게 꼼짝 못했으니… 고위 마족이라도 오면… 헐……."

아저씨와 나 정도는 살아나기 어렵다고 뒷말을 이으려 했는데 이런 나 대신 아저씨가 말을 받았다.

"왕국 하나는 손쉽게 사라지겠지."

"예에~?"

입을 떠억 벌리며 묻자 아저씨가 의아하다는 듯 날 바라봤다.

"뭘 그리 놀래? 고위 마족 하나면 웬만한 왕국 정도야……. 마왕이 오면 잘하면 이 세계가 멸망할 텐데, 뭘."

"허거걱!"

스케일이 점점 커지고 있다. 아니, 그런데 웬만한 왕국 정도는 날려 버린다는 고위 마족의 피를 이은 난 왜 이 모양 이 꼴인 걸까나?

'아니, 잠깐, 잠깐. 호, 혹시… 날 이 꼴로 만든 놈의 말이 그 뜻인가? 대단한 부모를 둔 인생이라더니, 이 육체의 부모가 고위 마족과 고위 천족이라서 대단하다는 뜻?'

그렇게 딴생각에 잠겨 있던 나는 아저씨의 말에 다시 현실로 돌아왔다.

"이런, 이런. 말이 딴 데로 샜군. 야, 뭐 하냐? 나 원, 이런 시점에서 딴생각을 할 여유가 있다니……."

"앗, 죄송해요. 그냥 원래 고위 마족이면 얼마나 강한 건지 궁금해서… 솔직히 왕국 하나를 없앤다는 게 감이 잡히지 않아요. 왕국 전체를 폭발시킬까나?"

"힘 자랑 할 일 있냐? 그냥 왕족과 중요 귀족들만 암살시켜 버리면 내란이 일어나든지 주변 왕국에서 쳐들어오든지 해서 자연스레 처리될 텐데 뭐. 아니, 이야기가 또 딴 데로 샜잖아? 이놈아, 지금 이런 이야기나 하고 있을 때가 아니야. 원래 이야기로 돌아가서… 가만, 내가 어디까지 이야기했더라?"

아저씨가 다 나 때문이라는 듯 째려보자 나는 땀을 삐질 흘리며 웃어 보였다.

"아하하! 그, 그게… 아, 맞다. 우리 거처에 무단 침입한 녀석이 어떻게 되었는가에서 멈췄잖아요. 그러고 보니 진짜 그 녀석, 어떻게 되었나요?"

"그래, 이런 이런. 아직 본론에도 못 들어갔잖아? 너, 한 번
만 더 딴 이야기하면 가만 안 둔다? 어쨌든… 그놈은… 그래,
네놈이 잡아먹었지."

"예?"

아저씨의 협박에 이제는 눈앞의 이야기에 집중해야지 하고
다짐하고 있던 나는 뜻밖의 말에 눈을 휘둥그레 떴다.

"잡아먹다니요? 누구를요? 그놈을요? 제가요?"

"그래, 네.놈.이. 그.놈.을. 잡.아. 먹.었.다."

아주 나에게 각인시켜 주시려는 듯 또박또박 악센트까지 넣
어서 대답해 주는 아저씨였지만, 나는 그 말이 도저히 믿겨지
지가 않았다.

"허.허.허, 지, 지금… 농담하시는 거죠?"

"넌 지금 내가 농담이나 하고 있는 걸로 보이냐?"

물론 아닌 것 같다.

"어떻게 된 일이에요?"

녀석을 내가 잡아먹었다니! 도저히 믿을 수 없는 말이었지
만, 아저씨의 분위기상 진실을 말하고 있는 것 같으니 믿지 않
을 수도 없기에 나는 긴장한 채 아저씨의 입만 바라보았다.

"뭐냐? 기억이 안 나는 거냐?"

"예. 녀석에게 옆구리를 찔린 뒤, 뒤로 물러나다가 아저씨가
부르는 소리가 들려서 뒤를 돌아보았는데… 그 뒤로… 아마
제가 정신을 잃은 거 같은데요?"

"그때 정신을 잃었었냐? 어쩐지. 내가 널 불렀을 때 네가 내

말을 듣고 내 쪽으로 오는가 싶더니 갑자기 비틀거리더라고. 하기야, 넌 그때 쓰러져도 할 말이 없는 상황이었지. 가슴과 옆 구리 양쪽이 뻥 뚫려 피가 철철 흐르고 있었으니⋯⋯. 아, 정말 아까웠어. 급박한 상황만 아니었다면 그 피 모아뒀다가 나중 에 실험을 하든지 내가 다쳤을 때 마시면 좋았을 텐데⋯⋯."

나보고 딴 데로 새지 말라고 하시던 아저씨가 자기가 딴 데 로 빠졌다. 그것도 입맛까지 쩝쩝 다시면서 말이다.

'누가 들으면 흡혈귀인 줄 알겠습니다그려.'

"피 이야기는 그만 하시구요, 그 뒤에 어떻게 되었나요?"

내 말에 아저씨는 자신 또한 딴 길로 빠졌다는 걸 깨닫고는 얼른 내 눈치를 힐끔 살피시는 거다. 그러나 난 지금 아저씨의 이야기를 듣는 게 그 무엇보다 중요했기에 아저씨의 실수를 물고 늘어지는 대신 이야기를 재촉했다.

"험, 험, 어쨌든, 네가 쓰러지는 줄 알고 나는 얼른 달려가 널 부축하려고 했다. 그런데 넌 쓰러지는 대신 오히려 다가간 내 어깨를 짚고 몸을 지탱하더구나. 난 네가 완전히 정신을 잃 은 게 아닌 줄 알고 다행이라 생각했지. 그런데 그때 넌⋯ 좀 이상했어. 넌 정신을 잃고 있었다고 말하는데⋯ 정신을 잃은 상태로도 그렇게 움직일 수 있다는 게 난 더 놀랍다."

"제가⋯ 그때 움직였다구요?"

아무래도 육체 본능 모드가 여전히 유지되고 있었던 모양이 다. 그걸 깨닫자마자 나는 속으로 헛바람을 삼킨 뒤 눈치 채이 지 않게끔 조심하며 아저씨의 몸을 아래위로 꼼꼼히 살펴봤

다. 천만다행이도 아저씨에게서는 요만큼의 다친 모습이 보이
지 않는다.

'후우!'

나는 내 정신이 잠든 상태에서 육체 본능 모드가 되어버리
면 내 육체는 피아의 구분 없이 무조건 본능적으로 움직이는
줄로만 알고 있었다. 그래서 이번에도 의식을 잃었는데 움직
였다고 하니, 혹시나 아저씨에게 덤빈 건 아닌지 걱정되었던
것이다. 그런데 정말 다행히도 아저씨에게 별 피해는 없었나
보다. 내가 아저씨에게 덤비지 않은 건지, 아니면 덤볐는데 아
저씨가 잽싸게 피한 건지는 모르겠지만 말이다.

'나중에 물어봐야겠군.'

아저씨는 나에게 그에 대해 묻고 싶은 모양이었지만, 일단
은 그때의 상황 설명이 우선이라 생각하셨는지 계속 말을 이
으셨다.

"하여간, 날 붙잡고 몸을 바로 세운 넌 내가 부르는데도 대
답도 안 한 채 녀석을 향해 돌아서더니 그대로 덤벼들더구나.
상처가 벌어지고 피가 철철 흐르는데도 그리 막 움직이다니…
네가 제정신인지 정말 궁금했다. 뭐, 정신을 잃은 상태였다니
확실히 제정신은 아니었구나."

"아.하.하.하! 아니, 뭐… 그런 셈이네요. 그런데 그놈이 절
가만 두고 보던가요?"

"당연히 가만있지 않았지. 녀석은 네가 덤비니 좋아라 하면
서 마주 덤벼들었으니까. 하지만 웃기게도, 그렇게 기세 좋게

덤빈 것에 비해 너에게 한 방 먹이지 못하고 그대로 너에게 잡혀 심장을 뽑혀 버리지 뭐냐? 넌 그 심장을 그대로 먹었고 말이다.”

“네에에에~?”

집중해서 아저씨의 말을 듣던 난 마지막 말에 놀라움을 넘어서 경악스러움을 느꼈기에 나도 모르게 큰 소리로 외쳐 버렸다.

덕분에 아저씨가 인상을 쓰시며 귀를 막아야만 했다.

“시끄러! 누구 고막 터뜨릴 일 있어?”

“핫! 죄송, 죄송. 그, 그런데… 진짜 심장을요?”

“그으래.”

부디 아저씨가 부정해 주길 바라며 물었지만, 아저씨는 깔끔하게 내 기대를 저버리며 긍정의 대답을 해주신다.

“하아아아~!”

내가 길게 한숨을 내쉬자 아저씨가 ‘얘가 왜 이래?’라는 시선으로 날 바라보셨다. 뭐, 아저씨가 그렇게 보시는 것도 무리는 아니다. 내가 생각해도 심장을 먹었다는 것에 쇼크를 받는 게 좀 웃기긴 했으니 말이다. 그동안 동물들을 사냥한 뒤 제일 먼저 구워먹은 것이 그들의 내장이었으니 말이다. 내장에 심장이 포함되는 건 당연한 거였고.

하지만 그건 피 다 빼고 불에 잘 구워먹는 거고, 이건 그냥 피 뚝뚝 떨어지는 걸—아니, 어쩌면 아직 꿈틀꿈틀 움직이고 피가 채 식지도 않은 상태였을지도 모른다—그대로 먹은 거 아닌가?

같은 심장을 먹은 거라고 해도 이건 차원이 다른 일이다. 게다가 그때 장면을 생각해 보라. 완전 호러다. 그렇지 않아도 굶어 죽으려다 본 육체 장면의 식사 장면 때문에 받은 쇼크가 컸는데, 또 그렇게 했다 생각하니…….

"이상한 놈. 왜 그렇게 놀라는 거냐? 평소에 사냥해 온 동물 내장은 잘도 먹더만. 어쨌든 네가 그 녀석의 심장을 빼서 먹자 놈은 그대로 사망, 온몸이 재가 되어 흩어져 버렸다. 너는 놈의 심장을 먹은 후 그대로 앞으로 고꾸라져 완전히 의식을 잃었고 말이다. 그 후에 난 너와 급한 대로 중요한 세간만 가지고 이쪽으로 옮겨온 거다."

"그랬군요. 그런데 여긴 왜 온 거지요?"

여기 온 이유도 무척 중요했다. 하지만 아저씨는 거기서 손을 들어 보였다.

"잠깐, 그건 잠시 후에 이야기하도록 하고, 내 궁금증을 먼저 풀자꾸나. 그런데 넌 어떻게 정신을 잃은 상태로 움직일 수 있었던 거냐? 아까 네 표정을 보아하니 별로 놀라지 않더구나. 마치 '그랬구나' 하는 정도? 전에도 이런 일이 있었던 거냐? 그리고 정신을 잃은 상태의 네가 원래 더 강하냐? 전에 그놈에게 어찌 어찌 대응은 했어도 이기지는 못하던 놈이 심장 뽑을 때는 훨씬 강해 보이더구나. 마치… 정말 고위 마족인 것 같았어."

"진짜요? 정말 그 정도로 강했어요?"

나야 정신을 잃고 있었으니 내가 얼마나 대단했는지 알 리가 없었다. 녀석의 공격을 피하고 심장을 뽑았다는 이야기는 들었지만, 그때의 녀석은 나와 아저씨의 공격에 당해 현저히 약해진 상태였을 테니 내가 강하지 않았어도 가능한 일이었을 거 같다. 아, 물론 나도 신체가 별로 안 좋은 상태이긴 했지만 제정신이 아닌 놈은 괴력을 발휘하는 법이 아니던가.

"말했잖냐. 그놈이 너에게 한 방도 먹이지 못했다고. 물론 둘 다 심한 상처를 입고 있긴 했지만… 아마 그때의 네 실력 정도라면 나라도 꼼짝 못했을 거다. 정신을 잃은 상태에서의 네 능력은 너도 모르나 보지?"

"예."

그렇게 해서 나는 아저씨에게 나에 대해서 하나하나 털어놓기 시작했다. 뭐, 그래 봤자 내가 한국에 살던 직장 여성이었다는 것과 죽으려 했다는 건 쏘옥 빼고, 그냥 어느 날 정신을 차려보니 아무런 기억 없이 이런 몸으로 숲 속에 쓰러져 있었다는 것. 그래서 그냥 이 산속에 정착하고 그럭저럭 지금까지 살아왔다는 정도만 이야기했다. 덕분에 굶어 죽으려다가 의식을 잃고 육체 본능 모드에 빠져 나도 모르는 사이에 괴물 녀석들을 잡아먹고 있었다는 이야기도 빠지게 되었다. 뭐, 그래도 육체 본능에 대한 이야기는 할 수 있었지만 말이다.

"육체 본능 모드?"

"에에… 그냥 제가 그렇게 이름을 붙인 겁니다. 하여간, 전에는 제가 정신을 잃어야만 그런 상태가 되었더랬지요. 그러다 전에 와이번을 상대할 때 처음 의식이 있는 상태에서 나타

났어요. 그리고 아까 그놈을 상대할 때도 나타났구요. 정신을
잃고서도 여전히 육체 본능 모드 상태가 될 줄은 몰랐네요.”

내 말에 아저씨가 불쑥 입을 열었다.

“아까가 아니야. 너 그렇게 쓰러진 지 이틀이나 지났어.”

“헥? 이틀씩이나요? 아, 하긴… 제 상처가 다 아문 거 보
니… 이틀 정도면 이번에는 상처가 빨리 아물었네요. 혹시 아
저씨가 치료해 주신 건가요?”

“아니. 내가 마법을 써주기도 전에 네 몸이 알아서 회복하더
라. 나도 이것저것 하느라 너에게 마법을 써줄 여력도 없었
고   네 몸의 회복력이 강해진 건 아무래도 그 녀석의 심장을
먹어서 그런 거 같다. 넌 알까 모르겠지만, 그 녀석의 심장을
먹은 후에 네 몸에서 풍기는 마기가 좀 더 강해졌거든.”

“그, 그렇습니까?”

아직 몸을 체크해 보지 못해서 미처 알아채지 못하고 있었
다.

“그런데요… 마족은… 서로를 잡아먹습니까?”

내가 뻘쭘하게 묻자 아저씨는 어깨를 가볍게 으쓱해 보일
뿐이었다.

“나도 몰랐다만… 그런 것 같구나. 마족은 쉽게 볼 수 없는
종족이라 그들에 대해 알려진 건 거의 없단다. 게다가 전에도
말했다시피 난 그쪽에 흥미가 없어서 따로 연구한 것도 없고
말이다.”

“그렇군요.”

전에도 아저씨에게 마족에 대해 잘 모른다는 이야기는 들었지만, 현재 나에게 물어볼 수 있는 대상이란 아저씨밖에 없었으니 모를 거라는 걸 알면서도 계속 묻게 되었다.

“저어… 그건 그렇고, 물어보고 싶은 게 또 있는데…….”

아무래도 지금이 물어야만 할 시점이다 싶어 조심스레 운을 떼자 아저씨가 미심쩍다는 시선으로 날 바라본다.

“이번에는 또 뭘 물어보려고 그렇게 뜸을 들이냐?”

“아니, 그게… 저기… 그때 말인데요, 제가 그놈과 싸우다가 정신을 잃고 육체 본능 모드로 들어갔을 때… 혹시… 아저씨를 공격하려고 하지는 않던가요?”

나는 정말 어렵사리─이 질문 이후 아저씨의 눈빛이 어찌 변할지 모르니까─걱정 반, 두려움 반에 두근거리는 가슴을 안고 물었건만 아저씨의 대답은 참으로 가뿐했다.

“응? 아니.”

너무 가뿐해서 긴장하며 물었던 내가 오히려 허탈할 지경이었다. 하지만 믿을 수가 없었다.

“진짜요?”

“그래.”

“진짜에 진짜요?”

“그렇다니까.”

“진짜에 진짜, 진짜루요?”

“아, 그래애~! 아무 짓도 안 했어. 아니, 너 혹시 내가 뭔 짓을 당했길 바라는 거냐?”

　반복되는 질문에 결국 아저씨가 짜증을 내며 폭발하자 나는 찔끔해서 입을 다물었다. 그러나 그렇게 몇 번이나 확답을 받았으면서도 나는 여전히 미진한 마음을 감출 수가 없었다. 그렇다고 한번 폭발한 아저씨에게 다시 물어볼 수도 없고, 해서 힐끔힐끔 눈치만 보고 있자니 아저씨가 이런 내 시선을 느끼셨는지 확 째려보셨다.

　"아, 왜애~?"

　아마 아저씨는 뭔가 심각하고 진지한 걸 질문할 줄 알았는데 별거 아닌 질문을, 그것도 몇 번이고 확인 과정까지 거치니 화가 나실 만도 했다. 그래도 내가 자꾸 미적거리니 스스로도 뭔가 찜찜하셨던 모양.

　"아뇨. 제가 진짜 그때 아저씨를 보고도 아무것도 안 하던가요? 뭔가… 살기 어린 시선으로 본다든가, 덤비려고 했다든가… 그때 그놈을 우선 처리야 했겠지만, 그 후에라도……."

　내 말을 인상을 찡그린 채 듣고 계시던 아저씨가 듣다 보니 뭔가 좀 이상했던 모양이다.

　"왜 그런 걸 묻는데? 혹시… 너… 그 육체 본능 모드인지 뭔지에 들어가면 이성을 잃고 파괴 본능만 남아?"

　"그거야… 저도 모르죠. 기억이 없으니 그때 제가 뭘 어떻게 했는지는……."

　걱정스러운 어조로 주워섬기자 아저씨가 날 측은한 시선으로 바라보더니 갑자기 손을 올려 내 머리를 쓰윽쓰윽 쓰다듬는다.

"에그… 이 불쌍한 것."

"아니, 뭐… 불쌍할 것까지야. 단지 아저씨에게 뭔 피해를 준 건 아닌가 걱정이 되어서 말이죠."

그래 그런 거 가지고 절망하지는 않았다. 절망이야 맨 처음 이 육체로 바뀌었을 때 할 만큼 다 했는데 뭘.

"걱정할 거 없다. 내가 아까 말했잖냐. 그때 널 부축해 주려고 했는데 네가 그냥 내 어깨를 짚고 몸을 바로 세웠다고. 그후에 날 한 번 보고는 그냥 쓰윽 고개를 돌렸어. 그걸 보면 네가 말하는 육체 본능 모드라 해도 완전히 이성을 잃은 건 아닌 거 같다. 만약 그랬으면 그놈보다 날 먼저 공격하지 않았겠냐? 게다가 확실하지는 않지만, 그때 넌 어쩐지 날 알아보는 것 같더라니까. 그러니까 내가 좀 이상하다… 싶었으면서도 네가 정신 차리고 있는 줄 알았지."

아무래도 아저씨는 날 완전히 안심시켜 주고 싶었던 모양이다. 그 마음이 무척 고맙긴 하지만, 그래도 완전히 안심하기에는 2%가 부족하다.

"그렇다면 다행입니다만… 혹시 나중에라도 뭔가 정신이 헤까닥 가서 아저씨께 덤벼들지는 않을지……. 이번에야 그 마족에 대한 분노가 더 커서 아저씨는 눈에 보이지 않았을지도 모르잖아요."

내 말에 아저씨가 끌끌 혀를 차셨다.

"이놈아, 네 몸을 네가 믿지 못하면 어떻게 하냐? 하긴, 기억이 없으니 불안한 건 당연한 건가? 너 말이다, 그때 넌 보통 인

간이 아니라 아무리 너라고 해도 죽을 정도의 상처를 입은 상
태였어. 그나마 심장은 무사히 지켜냈다만, 목뼈에 금이 가서
까딱 잘못했다간 그대로 목뼈가 부러질 상태였다는 거 아냐?”

녀석이 내 목을 잡았을 때 숨 쉬기 바빠서 목뼈에는 신경도
못 썼다. 그 뒤로 목을 가눌 수 없을 정도로 아프긴 했지만, 그
거야 목이 졸린 후유증이라 생각했지 목뼈에 금이 간 줄은 몰
랐다.

“그, 그랬었습니까?”

나는 지금은 멀쩡한 목을 슬며시 어루만지며 떨떠름하게 대
꾸했다.

그런 날 바라보며 아저씨는 다시금 강한 어조로 말을 이으
셨다.

“그래. 그리고 그때 넌 그놈의 심장을 먹고 그대로 쓰러져
죽은 듯이 잠들었어. 그 말인즉슨, 중급 마족의 심장만으로는
네 몸을 완전히 회복하기 어려웠다는 거야. 그게 날 인식한다
는 말이 아니고 뭐겠느냐?”

“예? 아니, 그게 왜 아저씨를 인식하는 건데요?”

잠자는 거야 회복력을 높이기 위해서 그런 걸 텐데, 그걸 가
지고 아저씨를 인식하네 마네 할 수 있나 싶어 묻자 아저씨가
한심한 놈 바라보듯 날 바라보신다.

“이놈아, 난 8서클의 마법사라고.”

‘그게 뭐요?’ 란 시선으로 보자 이번에는 길게 한숨을 내쉬
는 아저씨.

"그래, 그래. 내가 네놈에게 뭘 바라겠냐? 에휴우, 이거야 원, 어린애도 아니고. 그러니까 난 그 중급 마족 녀석 못지않게 엄청난 마나를 가진 존재시라 이거야. 만약 네놈이 그때 이성을 완전히 잃은 상태였다면, 난 무지 탐스런 먹잇감이었을 거라구. 그런데 그런 날 무시하고 그냥 잠들었다는 건 내가 먹잇감이 아니라는 걸 확실하게 인식하고 있었다는 뜻이지. 알간?"

"그, 그런 겁니까?"

그제야 마음속에 남아 있던, 2%의 불안감이 서서히 녹아내려 나는 완전히 안도한 표정을 지을 수 있었다.

이런 내 모습에 아저씨가 측은한 눈길로 날 바라보며 다시 머리를 토닥이신다.

"난 마족에 대해 모르니 확신은 못하겠다만, 네 육체 본능은 마이웨이 파가 아니라 그래도 네 이성을 존중해 주는 거 같아. 뭐, 넌 마족의 혼혈이지 완전한 마족도 아니잖냐? 그러니 네 적들에게나 위험하지 나에게는 별 위험이 없으니 걱정할 거 없어. 그래도 걱정이 된다면……."

거기서 아저씨는 뜸을 들이더니 날 향해 짓궂게 씨익 웃어 보이셨다.

"고위 마족과 맞부딪친다 해도 난 충분히 도망칠 실력이 되니 괜찮다. 만에 하나 네놈이 발광을 하게 된다면 뒤통수를 장렬하게 때려준 뒤 잽싸게 도망쳐 줄 테니 걱정 마라. 나중에 뒤통수에 피 봤다고 원망할지 모르니 미리 말해둔다만, 정말 인정사정없이 때려주마."

그 말에 나는 진심으로 웃음을 보일 수 있었다.

"그렇다고 죽을 정도로 때리지는 마세요. 에휴! 어쨌든 다행이네요. 사실 그 상태로 녀석을 처리했다고 들었을 때 엄청 놀랐거든요."

가슴까지 쓸어내리는 내 모습을 피식 웃으며 보고 있던 아저씨가 아차 하는 얼굴로 입을 열었다.

"아, 그래. 그럴 줄 알았으면 미리 그놈을 생포하라고 이야기할 것을 아깝게 됐어. 그놈에게 물어볼 게 많았는데 내가 미처 손을 쓰기도 전에 네가 그놈을 죽여 버려시……."

"그러고 보니… 여긴 왜 온 겁니까? 이제는 그 이야기를 해주셔야죠?"

"그것도 다 그놈이 한 이야기 때문이잖냐. 그래서 그에 대해 좀 더 자세히 물어보려고 했는데……."

"그놈이 뭐라고 그랬는데요?"

"넌 같이 듣고도 그걸 기억 못하냐? 그놈이 분명 '시시한 일에 동원되었다' 라고 했었지? 그리고 널 자신의 상관에게 잡아다 바친다고도 했었어."

아저씨의 말을 듣고 보니 그랬던 것 같다.

"아아… 예, 이제 기억이 나네요."

'그런데 그게 뭐요?' 라는 시선으로 바라보자 아저씨가 인상을 찡그리며 자신의 이마를 짚는다.

"아아, 이리 멍청한 놈이라니. 아니, 아니, 아무 기억 없이 산속에 틀어박혀서 살았으니 당연한 건가? 에휴우~ 이놈아, 그놈이 말한 것만 가지고도 몇몇 가지를 알 수 있잖냐. 일단 시시한 일에 동원되었다거나 상관이 있다는 건, 그놈이 어떤 무리에 속해 있다는 거지.”

“아~!”

아저씨의 말을 듣고 보니 그제야 알겠다기보다는, 왜 내가 미처 이걸 깨닫지 못했을까 하는 생각이 든다. 조금만 생각해 보면 금방 추측해 낼 수 있는 일인데 말이다. 아무래도 산속에 혼자 산 기간이 있다 보니 머리가 굳어버린 걸까나?

아저씨는 내가 이해한 듯 보이자 다시 말을 이으셨다.

“둘째는, 시시한 일에 동원되었다는 것. 그걸 보면 그 무리가 어떤 일을 하려는 건데… 마족이 끼어 있는 걸 보니 좋지 않은 일일 확률이 높아.”

거기서 아저씨는 잠깐 날 보시더니 슬그머니 시선을 돌리셨다.

“뭐… 내가 마족에 대해 편견을 가지고 있는 건지는 모르겠지만, 그동안 마족과 관련되어 안 좋았던 사건이 많거든.”

아무래도 마족에 대해 악담을 하려니 내가 걸렸나 보다.

“마족이 나타났다는 것도 문제다. 너는 모르겠지만, 마족이 이 세상에 나타나려면 누군가와의 계약이 있어야 하거든. 그런데 우리 세상에서는 몇십 년 전에 마족과 계약하는 걸 금지했단다. 아무래도 마족을 불러내는 건 안 좋은 일에 동원하려는 목적이 다반사라… 마족을 불러내는 주문이나 계약하는 방법도 모조리 회수하여 영구 폐기시켜 버렸지. 그런데 그걸 무시하고 마족과 계약한 사람이 있다는 건… 아무래도 안 좋은 일이 있을 거라는 예감이 드는구나.”

아저씨의 말에 나는 다시 한 번 고개를 끄덕였다.

“그렇군요. 하기야… 저 같아도 안 좋은 일이 있을 거 같긴 하네요. 그건 그런데 우리는 왜 여기 온 거죠? 그 녀석은 무사히 잘 해결했잖아요? 아, 혹시 그놈이 죽기 전에 자기가 속한 조직에 연락이라도 취한 건?”

“그건 아니야. 그놈은 널 얕보고 있다가 기습적으로 당한 셈이니까 통신 마법을 사용할 틈도 없었을 거다. 단지 내가 걱정하는 건 그놈이 어떤 조직에 의하여 이곳으로 보내졌다는 거지. 놈이 말한 걸 생각해 보면, 그놈은 여길 원해서 온 게 아니라 명령에 의하여 어쩔 수 없이 온 거였으니. 와서 뭔가 할 일이 있었겠지? 만약 우리가 없었다면 녀석은 여기에 도착해서 명령받은 일을 수행하고 돌아갔거나, 아니면 일의 경과에 대해 조직에 보고했을 거야.”

거기까지 들었는데도 이해를 못한다면 난 정말 멍청일 거다.

“그렇군요. 그런데 그놈이 예상치 못한 우리 때문에 죽어버려 조직에 연락을 못할 테니, 그놈이 속한 조직에서는 무슨 일인가 하고 확인하러 오겠죠? 아, 그럼 혹시… 그 조직에서 올 누군가를 피해 이리로 오신 건가요?”

내 말에 아저씨가 고개를 끄덕이셨다.

"이제야 머리가 돌아가는 모양이구나. 맞다. 내 생각인데, 중급 마족이 연락도 없이 사라졌는데 아무나 설렁설렁 올 것 같지 않아. 우리 거처를 양보하는 건 열받지만, 그쪽 조직에 대해 아무것도 모른 상태로 녀석들과 맞서는 건 어리석은 일이지."

옳은 말씀이다. 내가 싸우고 싶어 안달이 난 것도 아니고, '마족'이란 말에 떨쳐 일어서야 할 사명 같은 건 가지고 있지 않으며, 귀찮은 건 딱 질색이었으니 그걸 피할 수만 있다면 거처쯤이야 얼마든지 바꿀 수 있다. 뭐, 그동안 살아온 거처가 좀 아깝긴 하지만, 그보다 더 좋은 거처를 찾아서 꾸미면 되는 일.

"옳으신 말씀이십니다. 얼마든지 피할 수 있는 일을 뭐 하러 굳이 부딪친답니까? 잘하셨습니다."

내가 고개를 크게 끄덕이며 아저씨의 말을 거들고 나서자 아저씨가 날 묘한 시선으로 바라보셨다.

"거참… 사고방식이 어째 혼자서 산 거 같지 않다? 난 네가 자존심, 비겁 운운하며 거기로 돌아가서 버티고 있어야 한다고 주장할까 봐 한 방 먹일 준비까지 하고 있었는데 말이다."

마지막에 입맛까지 쩝쩝 다시는 아저씨의 폼이 어째 내가 그리 주장을 안 해서 서운해하시는 거 같다. 나한테 그렇게 한 방 먹이고 싶으셨나?

"자존심이요? 훗, 그런 거 없어도 먹고사는 데 지장 없습니다."

"내 말에 다시 한 번 날 묘하게 바라보신 아저씨는 어깨를 으쓱해 보이셨다.

"그래, 현실적이라 좋구나. 거기다 원치 않게 도망쳤다고 서운해할 것도 없다. 내 혹시나 싶어서 놈들에게 한 방 먹일 준비는 하고 왔거덩."

"예에~?"

악동 같은 웃음을 흘리는 아저씨의 모습에 나는 순간적으로 딴사람이 와서 앉아 있는 줄 알았다.

"아저씨이~!! 녀석들에게 한 방 먹일 준비를 하셨다뇨? 그러다가 놈들이 다시 덤벼오면 어쩌려구요? 저번에도 겨우 이겼건만……."

다급한 내 말에도 아저씨는 여전히 여유만만한 표정으로 악동 같은 미소를 잃지 않으셨다.

"걱정 마라. 만반의 준비는 다 해놓은 상태니까. 놈들은 우리를 찾지 못할걸? 뭐, 대신 이 동굴에서 한 발자국도 벗어나선 안 된다는 전제 조건이 있긴 하지만… 동굴이 이리 넓으니 당분간은 충분히 버틸 만하지 않냐?"

상상하는 것만으로도 무지 기분 좋으신지 아저씨는 '크흐흐흐' 하고 억눌린 웃음소리를 흘리시는 거다. 아무래도 본의 아니게 거처를 옮긴 일 가지고 마음 상한 사람은 내가 아니라 아저씨 같다.

아저씨가 자신만만한 태도를 보이시니 그나마 조금 안심은 되었지만, 그렇다고 완전히 불안이 가신 건 아니었다.

"도대체 뭘 어떻게 해서 녀석들에게 한 방 먹이시려구요?"

“아… 그건 기다려 보면 알아.”

“에에? 설마… 놈들이 올 때까지 망을 보거나 그래야 하는 건가요?”

그런 거라면 한 방이고 뭐고 다 포기하고 그냥 더 멀리 이사를 가자고 할 참이었다. 하지만 아저씨는 고개를 저으셨다.

“뭐 하러 망을 봐? 준비는 다 해놨다니까. 우리는 이 동굴에서 가만히 기다리고 있으면 돼.”

“하아?”

이해가 안 된다는 내 표정에 아저씨는 어린애처럼 낄낄거리고 웃더니 자리에서 일어나셨다.

“이리 와봐라.”

아저씨가 움직이신 곳은 우리가 지금까지 앉아 이야기를 나눴던 제법 넓은 샘의 옆자리였다. 거기에는 폭이 1m도 안 되어 보이고 깊이도 20㎝쯤 될까 말까 한 자그마한 샘이 있었다.

“이게 우리의 눈이 되어줄 거다. 클레어보이언스!!”

아저씨가 샘을 향해 손을 뻗어 낮게 읊조리자 어두운 샘의 수면에 뿌옇게 빛이 어리더니 마치 TV 화면처럼 영상이 나타났다.

“어? 어라?”

그 영상이 비추는 것은 아저씨와 내가 살던 거처 앞 공터였다. 나는 영상에 낯익은 공간이 나와 놀란 거였는데, 아저씨는 이런 마법을 처음 봐서 그런 줄 알고 우쭐한 표정을 지으셨다.

"핫핫, 놀랐냐? 이게 바로 마법의 힘이지."

한국에서 이 비스름한 거 많이 봤다고 하고 싶었지만, 무척 좋아 보이는 아저씨의 기분을 깨고 싶지 않아 나는 은근슬쩍 아저씨의 기분을 맞춰줬다.

"오오~ 신기합니다. 이렇게 제가 살던 곳을 볼 줄이야!"

뭐, 그건 정말 신기했으니까.

"봤지? 그러니까 우리는 여기서 어떤 놈들이 오는지 구경만 하면 되는 거야."

"그렇군요. 그런데… 그냥 누가 오는지 보기만 하게요? 뒤통수를 한 방 먹이신다면서요?"

내 말에 아저씨가 다시 음흉하게 씨익 웃어 보였다.

"그러니까 그것도 벌써 다 준비가 되었다니까."

"오오!"

대단하다는 감정을 숨김없이 드러내며 아저씨를 바라보자 아저씨의 어깨가 으쓱 올라갔다.

"알았으면 이제부터 네가 지켜보거라. 혹시 수상한 놈이 나타나면 그 즉시 나에게 알리도록."

갑자기 아저씨가 자리에서 일어나며 툭 던진 말에 나는 놀라서 아저씨를 바라봤다.

"에엣? 저 혼자 지켜보고 있어야 하는 겁니까?"

"난 이제부터 또 할 일이 있으니까 안 돼. 아니, 뭐… 그렇다고 해도 하루 종일 꼬박 지켜볼 필요는 없다. 누군가 나타나면 소리가 나도록 설정해 뒀거든. 이 샘에서 너무 떨어진 곳에만 있지 않으면 돼.”

“에에… 그렇다면 굳이 제가 있지 않아도 되잖아요? 무슨 일인지는 모르겠지만 아저씨가 이 근처에서 일하시면……?”

“안 돼. 내가 하는 일은 엄청난 집중력이 필요하단 말이다. 그러니 잔말 말고 네가 지키고 있어. 아, 그러는 동안 너도 할 일이 있다.”

“예? 아아… 식사 당번 같은?”

“이런, 그걸 말한다는 걸 깜빡했군. 내가 일하는 동안 웬만한 일이 아니면 방해받기 싫으니까 식사 때마다 부를 필요 없다. 내가 먹을 건 알아서 챙겨놓았으니까. 넌 그냥 네가 먹고 싶을 때 먹으면 돼. 동굴 안이라 불 피우기 어려울 거라 생각해서 고기는 모조리 구워놨으니까 따로 요리한답시고 부스럭거리지 말고.”

‘헤에… 준비성 하나는 끝내주시는군.’

아저씨의 말에 소리없는 감탄을 흘리며 고개를 끄덕이던 나는 아저씨가 몸을 돌리려 하자 다급하게 물었다.

“아저씨, 제가 할 일이 또 있다면서요?”

내 말에 아저씨가 멈칫하더니 자신의 이마를 두드린다.

“아아… 이런, 이런. 마음이 급하다 보니……. 다름이 아니라 너, 그 날개랑 몸 좀 어떻게 해봐.”

“예?”

순간적으로 아저씨의 말을 이해 못한 내가 눈을 껌뻑껌뻑하며 묻자 아저씨가 조금 더 자세히 설명해 주신다.

"전에 그 중급 마족 처음 봤을 때 인간이라고 생각하지 않았어? 너야 보아하니 마법이라고는 요만큼도 모르는 놈이니까 모습이 변하는 건 불가능하더라도 몸을 작게 줄이거나 날개를 숨길 수는 있지 않을까?"

'나는 그럴 수 있다는 걸 그때 처음 알았습니다만……'

"어어… 아직까지 한 번도 안 해봐서 잘 모르겠지만… 갑자기 그건 왜요?"

"나중에 쓸 일이 있을지도 모르니까. 지금 딱히 할 일도 없겠다, 한빈 해봐. 이왕이면 꼭 해냈으면 좋겠다만."

어째 어감이 심심할까 소일거리를 받는 게 아니라, 꼭 해내야만 하는 숙제를 받는 기분이다.

"아아… 예."

떨떠름하게 고개를 끄덕이자 아저씨는 마지막으로 한 번 더 당부를 하고 동굴 안쪽으로 좀 더 깊숙하게 들어가셨다.

"노파심에서 다시 한 번 더 말하는데, 정말 동굴 밖으로 나가면 안 돼. 마법 결계를 펼쳐 놨단 말이야. 네가 밖으로 한 발자국이라도 나가면 그 결계는 깨져 버린다고. 알았지?"

그렇게 아저씨의 모습이 동굴 안쪽으로 사라지자 나는 당혹스러운 기분으로 내 등 뒤의 날개를 바라봤다.

"거참… 대답은 했다만… 어떻게 해야 하는 거야?"

이제는 자유로이 움직일 수 있는 날개를 펄럭이며 투덜거렸지만, 대답해 주는 이는 아무도 없었다.

그날, 몇 시간 넘게 샘가에 앉아 혼자 어떻게든 방법을 알아내려고 날개를 퍼덕거려 봤지만 애꿎은 깃털만 빠지고, 무리를 했는지 날갯죽지까지 뻐근해졌다. 결국, 나는 날개 퍼덕이는 걸 포기하고 길게 한숨을 내쉬었다.

"도대체 어떻게 하는 거야?"

아무리 움츠려 봤자 날개가 내 몸에 딱 붙는 정도로 접히는 게 한계였다.

"후우! 에구에구, 요즘은 한숨이 아예 입에 붙어버렸네."

스스로 생각해도 전에 비해 한숨이 몇 배나 많아진 것 같은 기분이었다. 하지만 뭘 어떻게 해야 할지 감도 안 잡히는 상황이었으니 한숨이 안 나올래야 안 나올 수가 없었다.

"에휴우우! 무슨 요령이 있을 텐데… 정말 물어볼 사람도 없… 아, 잠깐!"

사람은 아니지만 도움을 줄 수 있을지도 몰랐다. 최소한 그들은 나보다 이 육체에 대해 더 잘 알고 있을 테니 말이다. 문제는 그들을 어떻게 만나느냐 하는 거였다. 꿈에서 딱 한 번 만난 것뿐인데, 꿈이라는 게 꾸고 싶은 꿈을 골라서 꿀 수 있는 것도 아니고…….

'그러고 보니 자기 전에 한 가지 생각에 골몰해 있으면 그게 꿈에 나타난다는 이야기를 어디선가 들었는데.'

거기까지 생각한 나는 혼자 킥킥 웃으며 중얼거렸다.

"뭐야, 그럼 하양이랑 까망이를 만나려면 계속 그 애들 생각을 하고 있어야 하는 거야? 하양아, 까망아, 보고 싶다아~ 이렇게?"

마지막 말은 반 농담에 반 푸념으로 내뱉은 거였다. 그런데 내 말이 끝나자마자 날갯죽지 부근이 간질간질하더니만, 그 간질거리는 느낌이 양어깨로 올라오는 거다. 시선을 돌려보니, 낯익은 녀석들이 어깨를 올라타 있다가 나와 시선이 마주치자 내 무릎 위로 뛰어내리더니 눈웃음을 치며 내 복부에다 얼굴을 비비는 거다.

그러나 나는 갑자기 나타난 녀석들의 모습에 놀라 할 말을 찾지 못하고 어버버거릴 뿐이었다.

'뭐, 뭐야, 애네들? 꿈에서만 볼 수 있는 게 아니라 현실에서도 볼 수 있는 거였어?'

그렇게 놀라움에 빠져 있던 시간이 길었던지, 애들이 의아한 표정으로 고개를 들어 나를 바라봤다. 아무래도 계속 아양을 떨었는데 아무 반응이 없으니까 어리둥절한 모양이다.

그제야 정신을 차린 나는 어설프게 웃으며 애들 머리를 쓰다듬어 주다가 지금이 이 애들을 처음으로 만지는 거라는 걸 깨달았다.

'아무래도… 현실에서 만나는 건 지금이 처음이니까. 하긴, 꿈에서 만난 것도 딱 한 번뿐이었으니…….'

애들을 만지는 감촉은 꼭 냉장고에 세 시간 정도 넣어뒀다 꺼낸 뿌띠젤 표면을 쓰다듬는 듯한 느낌이었다. 신기한 감촉에 한참 동안 쓰다듬다가 감촉뿐만이 아니라 성질(?)도 같은지 궁금해졌다. 그래 하양이의 등을 손가락으로 콕 찔렀더니 손가락이 찌르는 대로 쉽게 쏙 들어갔다 손을 떼자 탱 하고 본래의 상태로 돌아온다.

'오오~ 신기, 신기.'

또 찔렀더니 쏙 들어갔다 또 탱 하고 본래 상태로 돌아오는 모습이 재미있어 히죽히죽 웃으며 하양이를 가지고 놀다(?) 까망이도 찔러보는데, 애들 표정이 안 좋다. 부우~한 얼굴에다 불만에 찬 시선으로 날 바라보는 거다.

그에 가슴이 뜨끔해져 나는 얼른 손을 떼고 웃어 보였다.

"아하하하! 미안, 미안. 실제로 만나게 되니 무지 신기해서 진짜인가 확인해 봤어. 어? 그런데 까망아, 너 전에 봤을 때보다 어째 때깔이 더 좋아 보인다?"

윤이 더 반지르르 흐른다고나 할까, 아니면 존재감이 더 뚜렷하다고나 할까?

그러자 내 말에 까망이가 맞다는 듯 배시시 웃으며 쩝쩝 하고 입맛을 다시는 거다. 마치 맛난 음식을 배불리 먹고 나서 만족해하는 모습 같다.

그에 반해 하양이는 불퉁한 표정으로 날 바라보는 거다. 어찌 보면 원망하는 것 같은 표정에 나는 좀 당혹스러움을 느꼈다.

"저, 저기… 왜 그런 표정인 건데? 내가 뭔가 너만 안 해준 거라도 있냐? 까망이만 맛난 거 주고 너만 안 줬다든가 하는… 하… 는……."

하양이 얼굴 좀 풀어주려고 반 농담 삼아 하던 말이 내 뒤통수를 한 대 퍽 하고 치고 지나가는 것 같았다.

그리고 나는 즉시 까망이의 얼굴로 시선을 돌리며 물었다.

"까망아, 너 그렇게 때깔 좋은 게 혹시 내가 그 마족을 잡아먹어서……?"

내 말에 까망이는 반가운 표정으로, 하양이는 불퉁한 표정으로 고개를 끄덕이는 거다.

그러고 보니 아저씨가 그랬다. 내가 그 마족을 잡아먹고 난 뒤 마기가 좀 더 강해졌다고.

"과연… 마족을 잡아먹으면 마기가 늘어나는 게 확실한가 보네. 그렇다는 건, 마족은 같은 마족을 잡아먹기도 한다는 소리?"

나의 중얼거림 같은 말에 애들이 다시 한 번 고개를 끄덕끄덕.

"아, 그러면… 혹시 천족을 잡아먹으면 천기가 늘어나냐?"

그러자 이번에는 애들이 고개를 저어 보였다. 특히 하양이는 내가 놀랄 정도로 강력하게 고개를 저어 보이는 거다.

"어어? 아니냐? 그럼 천기는 어떻게 늘리냐?"

내 질문에 하양이가 뭔가 설명을 해주고 싶은 듯 입을 벙긋거렸지만 소리가 안 나오니 답답한 듯 제 가슴을 친다.

"어우! 야, 됐어. 나중에 아저씨에게 물어보든지 할게. 흠… 어쨌든 난 마족은 잡아먹어도 되는데 천족은 먹으면 안 된다는 거네?"

내 말에 이번에는 두 녀석이 상반된 반응을 보인다. 하양이는 고개를 끄덕이는 데 반해 까망이는 고개를 가로저었던 것이다.

"엥? 뭐야?"

어리둥절해서 두 녀석을 번갈아 바라보자 두 녀석이 서로를 노려보며 으르렁거린다. 아무래도 서로 자기가 맞다고 주장하는 모양.

그거 보니 가만뒀다가는 몸싸움으로 번질 거 같아 나는 서둘러 진화에 나섰다. 애들은 싸우면서 크고 정든다지만, 이 녀석들이 싸우면 나에게 피해가 오니 최선을 다해 막을 수밖에 없었던 것이다.

"얘들아, 됐어. 안 물어볼게. 그냥 넘어가자. 원래 너희들을 부른 이유는 따로 있거든?"

내 말에 애들이 서로 으르렁거리는 걸 멈추고 날 바라본다.

그 시선을 똑바로 바라보며 나는 아주 심각한 어조로 물었다.

"저기… 혹시 날개를 겉에서는 안 보이게 안으로 접어 넣는 법 아니?"

내 말에 두 녀석은 당혹한 시선으로 날 바라본다.

그게 안다는 건지 모른다는 건지 알 수가 없어 나는 재차 물었다.

"안다는 거야, 모른다는 거야?"

내 말에 둘은 어리둥절한 표정이면서도 고개를 천천히 끄덕인다.

"알아?"

이번에도 애들이 착하게 고개를 끄덕끄덕한다.

다행이다. 역시 이 애들이 나보다도 이 육체에 대해 잘 알고 있었던 거다.

"안다니 잘됐네. 그럼 나에게 좀 가르쳐 줄 수 있어? 내가 빠른 시간 안에 그걸 익혀야 하는데 알려줄 사람이 없어서… 아, 혹시 육체의 크기를 줄이는 거랑 모습을 바꾸는 것도 아니?"

그건 모르는지 애들이 황급히 고개를 절레절레 흔든다.

아쉽긴 하지만, 그래도 하나라도 아는 게 어디인가 싶어서 나는 반가운 얼굴로 말했다.

"그래, 그럼 날개를 집어넣는 거라도 가르쳐 줄래?"

내 말에 두 애가 당혹스러운 표정으로 입을 떠억 벌리더니 난처한 시선을 서로 주고받는다. 그게 꼭 '우리가 뭘 어떻게?'라고 말하는 것 같았지만, 난 이 애들밖에 도움을 청할 존재가 없었기에 난처해하는 기색을 모르는 체하고 계속 두 녀석만 빤히 바라봤다.

그러자 하양이, 까망이는 무지 부담스러운 표정으로 날 보더니 자기들끼리 머리를 맞대고 쑥덕이기 시작하는 거다. 물론 소리는 안 들렸지만 꼭 폼이 그랬다. 아무래도 저희들끼리는 소리없이도 대화가 가능한 것 같았으니 말이다.

그건 그렇고, 두 애가 가까이 있으니 까망이가 더 크다는 것이 확실히 보인다.

'이거이거, 둘이 싸우면 하양이가 불리하겠는걸? 싸우지 말라고 하긴 했지만, 앞으로 안 싸운다는 보장이 없으니 될 수 있는 한 곁에 두고 보는 게 낫겠어.'

내가 그렇게 생각에 잠겨 있는데, 두 녀석이 저희들끼리의 상의가 끝났는지 하양이가 내 다리를 얼굴로 툭툭 친다.

"응? 왜?"

그래 생각을 멈추고 하양이를 내려다봤더니, 하양이는 자신이 아니라 까망이를 보라는 듯 턱짓으로 좀 떨어져 있는 까망이를 가리키는 거였다.

하양이가 가리키는 대로 까망이에게 시선을 돌렸더니, 이 녀석이 앞발을 든 채 뒷발로만 서 있는 거였다. 얘가 갑자기 애교라도 부리려는 건가 싶어서 바라보는데, 녀석 표정이 웃긴다. 꼭 'X비' 걸린 사람이 큰일 보려고 하는 것마냥 일명 '용쓰는 표정'으로 낑낑대고 있었던 거다.

생각해 보라. 약간 큰 새끼 늑대의 모습으로 그렇게 낑낑대고 있으니 얼마나 웃기겠는가? 그렇다고 뭔 이유가 있어 이러는 애 앞에서 '푸하하하!' 하고 웃을 수는 없기에 나는 나름대로 배려를 한다고 웃음소리를 안 내려 입을 막았지만, 바람 새는 소리와 어깨 떨림까지 막기는 어려웠다.

그러자 하양이가 너무한다는 시선으로 날 바라보는 거다.

"앗, 미안미안."

하양이의 시선에 반사적으로 사과의 말을 꺼내던 나는 문득 든 생각에 '므흐흐' 하고 웃으면서 하양이를 바라봤다.

"보기만 하면 서로 으르렁대서 어찌할 수 없을 정도로 사이가 안 좋은 줄 알았는데 그게 아닌가 보네? 까망이를 보고 웃는다고 날 책망하기도 하구 말야."

내 말에 하양이가 움찔하더니 말도 안 된다는 이야기라는 듯 고개를 획 돌렸다.

하지만 내 눈에는 부끄러워하는 것만 같아 귀엽게 느껴질 뿐이었다.

그래 하양이 녀석을 안아줄까 하다가 하양이만 안아주면 까망이가 또 서운해할 거 같아 까망이도 같이 안을까 생각하며 힐끗 까망이를 보는데, 그 애의 몸이 움찔움찔거린다 싶더니만, 등에서 마치 뽀루지 같은 것이 두 개나 뽀록 솟아나 점점 커지기 시작하는 거다.

그런 모습이야 전에 이 애들이 늑대의 모습으로 변할 때 한 번 봤던 거라 당황하지 않고 가만히 지켜보고 있으니까, 점점 커져 혹처럼 변하던 것이 나중에는 납작해지며 쫘악 퍼지더니 한 쌍의 피막 날개로 변했다. 크기가 내 손바닥만 한 앙증맞은 날개였는데, 까망이 뒤에 달리니 너무너무 귀여워 보였다.

"아앗, 이런 옵션이……."

날개가 다 솟아나자 까망이는 잘 나왔나 확인하려는 듯 날개를 한 번 퍼덕거려 본다. 뭐, 몸에 비해 날개가 너무 작아서 날 수 있을 것 같지는 않았지만 그래도 제대로 움직이기는 했다. 나중에 더 커지면 날 수 있을지도…….

"이야, 까망이 몸에서 날개가 나오다니, 그럼 하양이도 조금 더 몸이 커지면 날개가 생기겠구나?"

까망이의 뒤에 달린 날개를 조심스레 만져 보며 하양이에게 말하자 하양이가 고개를 저어 보인다.

"응? 그게 아니냐? 아니… 왜?"

고개를 저어 보이는 모습에 더 물어보려고 했지만, 그전에 하양이가 나와 까망이 사이에 슬며시 끼어들어 까망이를 나에게서 좀 떨어뜨려 놓는 것이다. 그리고는 여전히 뒷다리로만 서 있는 까망이의 날개를 가리키는 거다.

"까망이 날개 보라고?"

내 말이 맞다는 듯 고개를 끄덕이는 하양이.

그리고 나와 좀 떨어져 서 있던 까망이는 살짝 고개를 돌려 내가 자신을 주시하고 있다는 걸 확인하고는 날개를 한 번 펴 덕이더니 살포시 접더니만 그대로 등 안으로 집어넣었다.

그 모습에 나는 고개를 갸웃거리며 하양이에게 물었다.

"아니, 어차피 없앨 거 뭐 하러 만들었대?"

내 말에 하양이가 갑자기 까망이처럼 뒷다리로만 서더니 답답하다는 듯 앞발로 자기 가슴을 치는 거다.

"왜에?"

이해 못할 애들의 행동에 고개를 갸웃했더니 하양이가 한숨을 내쉬고 다시 까망이의 등을 가리킨다. 그래 시선을 돌렸더니 까망이의 등에서 또 한 번 날개가 나와서 펼쳐졌다가 다시

접혀서 들어가는 거다.

그제야 나는 하양이와 까망이가 이러는 이유를 눈치 챌 수 있었으니, 이 애들은 내가 날개 집어넣는 법을 가르쳐 달라고 하자 나와 대화가 통하지 않으니 직접 몸으로 보여주려 했던 모양이다.

까망이의 모습에 웃고 하양이의 모습에 기특해하느라 내가 애들을 불러낸 본래의 이유를 깜빡했던 나는 이 모든 걸 깨달은 순간 두 녀석에 대한 감정이 주체할 수 없이 솟아올라 두 녀석을 한꺼번에 끌어안고 사정없이 비볐다.

"아이고오~ 이 기특한 녀석드으을~!"

이 애들이 일반 생물이 아니었기에 망정이지, 안 그랬으면 숨 막혀 질식사했을지도 모르겠다. 하지만 역시 일반 생물이 아니었던 두 애는 내가 껴안자 얼씨구나 하고 달려들어 같이 비벼와 셋이 한동안 정신없이 부비부비댔다.

그 후, 나는 본격적으로 하양이, 까망이에게 날개 집어넣는 법을 배우기 시작했지만, 그건 쉬운 일이 아니었다. 눈으로 본다고 해서 요령을 알 수 있는 게 아니었기에 날개를 폈다가 접는 것까지야 쉽게 따라 할 수 있었지만, 그 마지막 단계인 등 안으로 넣는 걸 못하겠는 거다. 물론 처음부터 그게 문제였지만.

까망이가 하는 대로 어깨를 살짝 움츠리기도 해보고, 내 딴에 넣겠다고 낑낑 용을 써봐도 여전히 죽어라고 안 들어갔다. 하기야, 남이 하는 걸 보고 따라 할 수 있었으면 난 진즉에 나에게 잡아먹힌 마족이 하는 걸 보고 할 수 있었을 거다.

꽤나 오랜 시간 동안 노력했음에도 불구하고 결국 해내지 못하자 앞에서 시범을 계속 보이던 까망이가 지쳤는지 땅에 엉덩이를 대고 주저앉았다. 그걸 본 나도 꽤나 지쳐 있던 상태라 까망이를 제지하는 대신 하양이를 데리고 그 옆에 털썩 주저앉았다. 그리고 까망이에게 진심을 담아 입을 열었다.

"미안. 나 때문에 힘들지? 어휴, 도대체 어떻게 하는 건지 감도 못 잡겠으니 이거야 원. 빨리 깨달아야 너희들이 편해질 텐데 말이다."

반쯤은 사과, 반쯤은 푸념이 담긴 말을 꺼내며 나는 내 앞에 앉은 하양이와 옆에 앉은 까망이의 머리를 각각 쓰다듬었다.

그러자 하양이는 나를 위로하려는 듯 내 손에다 자신의 머리를 비비는데, 뭔가 좀 멍해 있다 싶은 까망이는 오히려 내 손길을 피해 엉덩이를 좀 더 옆으로 옮기더니 무슨 생각을 하는지 모를 시선으로 물끄러미 날 바라보는 거다.

생각지 못한 까망이의 반응에 당혹감을 느낀 내가—사실 난 까망이도 하양이처럼 날 위로해 줄 줄 알았다—까망이를 마주 보는데, 갑자기 까망이의 눈초리가 사나워지더니 날카로운 송곳니를 드러내는 거다.

"까, 까망아?"

까망이의 행동에 하양이가 얼른 내 앞을 가로막으며 까망이에게 이를 드러냈지만, 하양이도 꽤나 당혹스러운 모양인지 화를 낸다기보다 '너 왜 그래?' 라고 묻는 것 같았다.

　그러나 까망이는 그런 하양이를 무시한 채 몸을 웅크리더니 팟 하고 뛰어올랐다. 얼마나 높이 뛰어올랐는지 하양이의 머리 위를 지나 그 뒤에 엉거주춤 앉아 있던 나까지 뛰어넘어 버렸던 것이다. 게다가 얌전히 착지한 것이 아니라 땅을 그대로 박차고 다시 뛰어올라 달려들었는데, 앉아 있는 관계로 몸만 틀어 본 것에 의하면 까망이는 곧장 내 깃털 날개를 향하고 있었다.

　험악한 까망이의 태도로 보아 단순히 달려드는 것에 그치지 않고 날개를 물어 뜯어버릴 것만 같아 다급해진 나는 나도 모르게, 그래, 정말 본능적으로 어깨와 날개를 움츠렸다.

　사실 달려드는 까망이를 쳐낼 수도 있었다. 하지만 그 귀여운 애를 때릴 때가 어디 있다고 손을 들겠는가? 차라리 내가 피하고 말지.

　하지만, 내가 앉아 있는 상태이다 보니 몸 전체를 움직이기가 여의치 않아 상체를 숙이며 능력껏 공격 범위를 벗어나려고 어깨와 날개를 최대한 움츠리려 애쓴 거였는데, 이게 웬일? 그렇게 갖은 애를 써도 들어갈 생각을 안 하던 날개가 몸속으로 쑥 들어가 버렸다.

　덕분에 목표가 사라진 까망이는 평평해진 내 등을 가볍게 박차고 다시 한 번 내 머리 위로 솟구쳐 휘릭 하고 한 바퀴 회전하더니만 착 하고 내 앞에 멋들어지게 착지했다. 그리고서는 의기양양한 시선으로 나와 하양이를 바라보는 것이었다.

하지만 나는 까망이의 시선에 뭐라 반응을 해줄 수가 없었다. 아니, 까망이의 시선을 신경 쓸 여유가 없다고나 할까? 너무 어이없고 허무해서 온몸의 기운이 빠져 버렸던 탓이다.

지금 내 심정이 꼭 호두를 먹으려고 껍질을 깨려 하는데 웬만해선 깨지지 않아 망치, 펜치 등등의 공구까지 동원해서 애를 썼는데도 결국 안 깨져서 포기하려 할 즈음, 실수로 바닥에 톡 떨어뜨렸는데 그때 빠직! 하고 껍질이 깨지는 걸 보는 것만 같았다.

"헐……."

나의 이런 심정을 그대로 반영하는 기운 빠진 헛웃음을 흘리자 까망이가 당황하며 그제야 내 눈치를 스리슬쩍 살피는 것이었다. 하지만 나는 그때까지도 허탈함의 늪에 빠져 허우적대느라 까망이에게 아무 반응도 보여주지 못했고, 대신 하양이가 뭔가 일이 안 좋게 되었다는 걸 느낀 듯 까망이에게 질책의 시선을 보냈다.

그러자 까망이가 삐쳐 버렸다. 하기야, 서운함을 느끼는 게 당연했다. 자기 딴에는 기껏 방법을 생각해 내서 성공시켰는데 그 주인은 아무 반응이 없고, 원수 같은 동료에게서 비난의 눈초리나 받으니 말이다.

뾰로통해진 얼굴로 나에게 원망스러운 시선을 보낸 까망이는 몸을 안개 같은 기체로 변화시키더니 그대로 내 몸에 스며들어 사라져 버렸다.

그 모습에 깜짝 놀라 정신을 차린 나는 아차 싶었지만, 이미 까망이가 삐치고 난 후였다.

"아이고, 이러언~ 까망아, 까망아, 내가 너에게 화난 게 아니라 내 자신이 너무 어이없고 한심해서 그런 거였걸랑? 너한테는 무지무지 고마워하고 있어. 그러니 화 풀어. 응?"

보이지는 않지만 까망이가 듣고 있다는 건 알았기에 나는 허공에다 대고 계속 말을 걸었다.

하지만 까망이 녀석, 크게 서운했는지 그 정도로는 다시 나타날 기미가 보이지 않는 거다.

다급해진 나는 계속 까망이에게 말을 거는 한편, 하양이에게 지원을 부탁했고, 하양이는 하는 수 없다는 표정으로 한숨을 포옥 내쉬더니 까망이처럼 하얀 안개로 변화하여 내 몸속으로 스며들었다. 다행스럽게도 하양이가 직접 들어가는 방법이 주요했던지, 잠시 후 하양이에게 이끌려 오듯 까망이가 모습을 드러냈다.

두 아이가 나타날 때까지 계속 마음을 졸이고 있던 나는 까망이의 모습이 보이자마자 앞뒤 생각하지도 못하고 까망이에게 달려들어 꼭 껴안았다.

"까망아, 까망아, 미안해~ 나는 결코 너에게 화난 게 아니었거든? 서운하게 생각하지 마. 네 덕분이라는 거 잘 알고 있으니까. 응? 응?"

그렇게 정신없이 까망이를 안고 부비면서 칭찬과 사과를 퍼부어 겨우 까망이의 화를 풀었다 싶었는데, 이번에는 하양이가 삐쳐 버린 것이다. 아무래도 내가 까망이를 달래려다 너무

오버를 해버린 모양이다.

사실 이번 일에 하양이라고 두 손을, 아니, 두 발을 놓고 구경만 하고 있었던 건 아니었지만, 결국 결정적인 일을 한 건 까망이라 하양이는 아무것도 안 한 꼴이 되고 말았다.

하양이와 까망이의 관계를 생각해 볼 때 하양이 녀석, 그 결과로 인해 속이 좀 상했을 거다. 그러니 까망이의 칭찬은 몰라도 하양이에 대한 위로는 꼭 챙겼어야 하는데 까망이가 삐치는 바람에 오히려 반대로 해버린 격이 되어버렸으니…….

해서, 이번에는 까망이의 지원을 받아 하양이 달래기에 나섰는데 하양이가 무척 많이 서운했는지 까망이 달래는 데 걸렸던 시간보다 두세 배 정도 더 투자(?)해야만 했다.

덕분에 하양이까지 겨우 달래고 나자 체력에는 자신 있었던 나였지만 너무 지쳐서 손가락 하나 까딱할 수 없었다.

'어구구, 역시 애들 키우는 건 힘들어.'

물론 이 말은 소리 내서 할 수 없었다. 그랬다간 이번엔 하양이와 까망이가 사이좋게 같이 삐치는 사태가 발생할지도 모른다.

그리하여 나는 마지막까지 긴장을 놓지 않은 채 두 아이에게 방긋방긋 웃으며 수고했다고 치하를 늘어놓은 뒤, 두 아이가 사라지자 그제야 길게 안도의 한숨을 내쉬었다.

'후우, 무사히 보냈어.'

그리고 나서 나는 차가운 동굴 바닥에다 두툼하게 동물들의 가죽을 깔고 그 위에 길게 드러누웠다.

‘오오~ 이 얼마 만에 드러누워 보는 것이냐!’

드러누워서 보는 것이 동굴 천장이라는 것이 정말 아쉽다. 차라리 밤하늘에 반짝이는 별이거나 새파란 하늘에 하얀 구름이 두둥실 떠다니는 풍경이라면 얼마나 좋을까? 하지만 나서지 말라고 신신당부한 아저씨의 말이 있으니 아쉬운 대로 별로 보기 좋지 않은 동굴 천장으로 참아야 했다.

‘휘유, 되따리 크네. 여기가 만장굴보다 크려나?’

궁금하긴 하지만 동굴 안을 탐험해 보고 싶은 생각은 요만큼도 들지 않는다. 대신 난 이 세계에 온 뒤 처음으로 아무 방해 없이 마음 편하게 뒹굴거리며 잠에 빠져들었디.

난 날개를 집어넣을 수 있게 된 뒤 움직임이 좀 더 편해질 거라 생각했다. 비록 천신기에서 해방된 후 별 무게감을 느끼지 않았다 해도 커다란 날개 네 장을 등에 달고 다니는 건 알게 모르게 불편한 점이 있었다.

뭐, 하늘을 날게 되었다는 커다란 장점이 생겼으니 얼마든지 감수할 수 있긴 하지만, 그래도 불편한 건 불편한 거다. 그런데 그걸 몸속에 집어넣을 수 있게 된 뒤로는 편해질 줄 알았는데, 의외로 더 불편한 거다. 날개를 꺼낸 상태로 다니는 걸 맨몸으로 그냥 다니는 것에 비유한다면, 날개를 집어넣고 다니는 건 양쪽 겨드랑이에 각각 소책자 하나씩 끼운 상태로 떨어뜨리지 않으려 애쓰며 다니는 것 같았다.

키를 줄인 채 움직이는 것도 그와 비슷했다.

날개를 몸 안으로 집어넣는 요령을 익히자 그걸 응용하여 키를 줄이는 요령까지 익힐 수 있었는데, 그건 팔다리를 굽힌 채 다니는 격이라 처음에는 꽤나 불편해서 조금만 움직이면 나도 모르게 금방 본래의 체격으로 돌아오곤 했다. 거기다 육체적 기량도 본체일 때에 비해 훨씬 뒤쳐졌다. 아직 익숙해지지 않은 상태라서 정확히는 모르겠지만, 그래도 대략 절반 이하로 떨어지는 듯하다. 하긴, 생각해 보면 우리 거처에 무단 침입했던 중급 마족도 그랬던 것 같다.

그거야 어쨌든, 이런 거에 익숙해지려면 많이 움직이는 것이 정석일 테지만, 제법 규모가 크다 해도 동굴 안에서 할 수 있는 것에는 한계가 있었다. 동굴이 달리기 정도는 할 수 있는 규모였지만, 안쪽으로 들어가서 알 수 없는 일을 하는 아저씨에게 방해가 될 게 뻔하니―동굴 안이라 소리가 잘 울리지 않겠는가―할 수 있는 거라고는…….

'국민체조… 뿐인가?'

내가 이 세계로 넘어오기 전에 새로 나온 체조가 있는 모양이지만, 그런 거야 학교 다니는 애들이나 배울 수 있는 것, 직장 다닌 지 어언 몇 년 된 내 입장에서 배울 수 있을 리가 없었다.

'하아, 이럴 줄 알았으면 정말 도장이라도 다니는 건데…….'

그러면 최소한 멋진 권법 동작까지는 몰라도 괜찮은 스트레칭 정도는 할 수 있지 않겠는가 말이다. 국민체조를 하려니 왠지 스스로 궁상맞아 보이는 것이……

'에잇, 그래도 이거 만드신 분은 얼마나 연구를 해서 만든 거겠어? 거기다 몇 년 전까지만 해도 전 국민의 체조였는데… 고마운 마음으로……'

스스로 생각해도 낯간지러운 다짐을 하며 나는 자리에서 벌떡 일어나 머릿속으로 아주 낯익은 곡을 떠올렸다.

딴따라~ 딴따라~ 딴따따다다~ 다다다단~ '국민체조 시~작~!' 따라~ 라라라라~ '헛, 둘, 셋, 넷~!'

팔 동작부터 시작하여 다리 운동에서 어깨 운동으로 넘어가 목 운동으로 이어지는 동작을 막 하고 있는 치에,

따르르르르릉~!!

갑자기 동굴 안을 울리는 벨 소리에 나는 화들짝 놀라서 본래의 크기로 돌아가 버렸다.

"뭐, 뭐야?"

이게 어디서 튀어나온 소리인가 싶어 주변을 휘휘 돌아보는데 안쪽에서 아저씨가 헐레벌떡 뛰어왔다.

"왔구나!"

"예? 뭐가요?"

'일에 방해되는데 무슨 소란이냐!' 라고 한마디 할 줄 알고 찔끔했는데, 아저씨의 입에서 뜬금없는 소리가 튀어나오자 나는 당혹스러울 뿐이었다.

그러나 아저씨는 이런 날 본체만체하고 곧바로 내가 지키고 있던, '몰래 카메라 화면용' 샘을 들여다보시며 그 주변을 몇

군데 만지셨다. 그것이 이 요란한 소리의 원인이었던 듯 아저
씨의 손이 떨어지자마자 소리가 뚝 그치는 거다.

"어우, 이거 아저씨가 조치해 놓은 거였어요? 엄청 요란하
네요."

그동안 물방울 떨어지는 소리와 내가 움직이는 부스럭거리
는 소리밖에 안 나던 동굴 안에 갑자기 자명종 시계 소리가 울
려 퍼졌으니……. 나는 아직도 귀에서 소리가 징징 울리는 거
같아 인상을 찡그리며 아저씨 곁으로 다가갔다.

"내가 우리 거처에 누군가 나타나면 소리가 나도록 했다고
하지 않던?"

'그 소리가 이리 요란한 줄은 몰랐습니다만' 이라고 한마디
하고 싶었지만, 아저씨가 샘에 떠오른 화면만 뚫어져라 쳐다
보시기에 그냥 입 다물고 같이 샘을 들여다봤다.

과연 샘이 보여주는 우리 거처 앞 공터에는 누군가 낯선 존
재가 떡하니 서 있었다. 그러나 참 아쉽게도 그 존재의 얼굴은
알아볼 수가 없다.

이유인즉슨, 그 존재는 중세시대 수도승들이나 입는 듯한
펑퍼짐한 옷에 후드를 깊숙이 눌러쓰고 있었기 때문이다. 태
양과 무슨 원수라도 졌는지 옷 사이로 드러나는 피부가 요~
만큼도 없었다.

후드가 얼마나 큰지 얼굴은 물론이거니와 목 부위까지 가리
고 있었고, 소매도 엄청 길어 손을 가리고도 남았으며, 땅에 질
질 끌리는 옷자락은 발끝도 보여주지 않았다. 샘의 화면에 나

오는 우리 거처 앞 공터는 참으로 화창한 모습이건만, 그런 음침한 존재가 떡하니 서 있으니 참 이질적으로 보였다.

하여간, 그 존재는 나에게 잡아먹힌 중급 마족을 찾으러 온건 분명해 보였다. 아까는 서서 이리저리 둘러보더니 이제는 땅에 앉아서 뭔가를 찾고 있다.

“저기… 저 사람도 마족일까요?”

“글쎄다. 영상만으로는 뭐라 판단할 수가 없구나. 그러나 마법사인 것만은 분명하다. 지금 저 사람이 하는 건 이미지 마법이라고, 지나가 버린 일을 알아보기 위해 땅에 맺힌 영상을 복원하는 거거든. 뭐, 길어야 3, 4일 전까지지밖에 못 보는 미법이지만 제법 유용하게 쓰이지.”

말하는 어조를 보면 마법을 소개하거나 자랑하는 거 같은데, 아저씨의 표정은 마치 함정을 파놓고 그 방향으로 걸어오는 적을 바라보는 듯한 음흉한 웃음이 담겨 있는 것이 톡 건들이면 ‘켈켈켈∼’ 하는 악당의 웃음이 흘러나올 거 같다.

“거… 표정이 참 거시기하십니다?”

내 말에 아저씨가 정말 악당같이 ‘흐흐흐’ 하고 억눌린 웃음을 흘리셨다. 아무래도 웃겨서 못 견디겠는 모양.

“어우∼ 악당 같아요, 아저씨. 왜 그렇게 웃으시는 건데요?”

“푸흐흐흐, 이놈아, 내가 안 웃게 생겼냐? 저렇게 정석대로 움직이는 모습이라니… 내가 저럴 줄 알고 미리미리 영상을 다 지워놨다는 거 아니냐. 크크크크.”

‘무지 좋아하시는구먼.’

아저씨의 어린애 같은 모습에 나는 속으로만 혀를 끌끌 차며 다시 샘에 보이는 영상으로 시선을 돌렸다.

그 마법사는 자신의 마법이 실패하자 수상함을 느낀 모양이다. 두건에 가려 얼굴은 보이지 않았지만 좀 전보다 주변을 더 세밀하게 살피고 있다는 걸 알 수 있었다.

"에에… 저 사람이 아저씨가 이미지를 지웠다는 걸 알아챈 거 같은데요?"

나는 혹시나 아저씨가 준비했다는 그 모든 걸 눈치 채인 게 아닌가 걱정이 되어 말해봤지만 아저씨는 여전히 자신만만하셨다.

"훗, 그 정도도 눈치 못 채는 얼빵한 놈이라면 내가 공들여 함정을 판 것이 아깝지. 그런 놈은 내 함정에 걸려들기도 전에 내가 달려가서 처리했을 거다."

'거참, 누군가 미리 손을 써났다는 걸 알아챘는데도 함정에 걸려들까나?

도대체 아저씨가 뭘 믿고 저리 자신만만하신지 모르겠다.

그런데 그때, 그 마법사가 뭔가를 발견했는지 자리에서 벌떡 일어나더니 얼마 전까지만 해도 우리 거처였던 굴로 다가가는 것이다.

"크크크, 드디어 가는군."

엄청 기대된다는 듯이 웃으며 손을 비비는 아저씨를 보니 거처 안에다 뭔가 장치를 해놓은 모양이다.

하지만 솔직히 그 공터에 굴 하나 딸랑 있는데 공터가 뭔가 수상하다면 굴조차 수상하게 여겨지는 건 당연한 게 아닐까?

'설마, 나만 그렇게 생각하는 건 아니겠지? 이건 너무 빤~히 보이는 함정 같은데… 거기에 그냥 걸리는 건?'

과연 그 마법사 또한 나와 같은 생각을 한 모양이다. 거처 안으로 곧바로 들어가기보다는 밖에서 기웃기웃거리며 뭔가를—아마도 마법이겠지만—하는 걸 보니 말이다.

"저거 마법을 거는 거죠?"

내 질문에 아저씨가 고개를 끄덕였다.

"그래, 탐색 마법이다. 뭔가 마법이 걸려 있는 건 아닌지 알아보는 거지."

"그럼 아저씨가 뭔가 해놨다는 걸 알 수 있지 않을까요?"

"벌써 짐작했을 텐데 뭘. 그리고 일부러 들키도록 해놨어."

"에? 그럼 함정이 아니잖아요?"

아저씨의 말에 내가 놀라 돌아보자 아저씨는 씨익 웃어 보이신다.

"어차피 저놈은 수색하러 여기 온 거야. 그러니 오히려 수상해 보이는 곳을 더더욱 열심히 조사해 보려 하지 않겠어? 아무것도 없는 곳이라면 다른 수상한 곳을 찾아가겠지."

"하아, 그러니까 저놈이 거처 안으로 들어가도록 일부러 드러내 놓고 마법을 걸었단 말씀이시지요?"

"그렇지~!"

내 말에 아저씨가 크게 고개를 끄덕이신다.

다들 바보 아닌가 의심했었는데, 이제 보니 의심한 내가 바보인 거 같다. 아저씨가 바보가 아니라는 걸 안 건 좋았는데, 나는 어째 좀 불안한 기분이 들었다.

아저씨가 마법으로 함정을 파놓은 이유는 귀찮은 일을 피하려고 거처를 옮기긴 했지만, 얌전히 옮기는 것이 좀 억울해서 가벼운 심술을 부리는 거라고 생각했던 것이다.

그런데 아저씨가 지금 준비해 놓은 걸 보아하니 이건 뭔가가 더 있는 것 같다. 가벼운 심술을 부리고 싶었다면, 그 중급 마족 쪽 인물이 공터에 왔을 때 가벼운 폭발이 일어나게끔 하는 정도면 충분했을 테니 말이다.

"그런데… 정말 저 녀석 혼자 온 건가? 다른 이는 없나?"

"다른 사람이 더 있다면 보였겠지요. 딴 데 있다 해도 땅의 이미지가 지워진 걸 보면 그것에 대해 의견을 나누기 위해서라도 부르지 않겠습니까?"

내 말에 아저씨가 고개를 끄덕인다.

"그래, 나도 그리 생각한다. 흐음… 혼자라도 충분하다는 걸 보면 저 녀석도 중급 마족 정도의 실력자라는 거겠지?"

"어차피 그 정도의 실력자가 올 거라고 예상하셨잖아요."

"그것도 그렇다만, 실제로 그런 걸 보니 별로 기분이 안 좋구나. 솔직히 중급 마족 정도는 우리 세계에서는 정말 보기 드문 엄청 뛰어난 실력자거든. 그런데 이 미지의 조직은 그런 대단한 실력자를 툭툭 내보내다니, 도대체 대단한 능력자들을 얼마나 많이 보유하고 있다는 걸까? 차라리 여럿이 와서 우글거리며 수색했더라면 좋았을 텐데……."

'으음… 난 그래도 여럿보다는 혼자가 더 나은 거 같은데…
혼자면 한 명만 잡으면 되는 거잖아?'

그때, 샘의 영상에서 그 마법사가 내 거처였던 굴로 들어가
는 모습이 보였다.

"앗, 들어가요."

"나도 보고 있다."

"저 마법사가 들어가면 어떻게 되나요?"

"잡힌다."

"에?"

"저 굴이 바로 함정이야. 들어서는 존재를 얽매게 되어 있
어."

아저씨의 말에 나는 좀 황당했다.

"아니, 아저씨. 그런 거라면 뭐 하러 이미지를 지우는 수고
를 했답니까? 지우나 안 지우나 굴 안으로 들어가는 건 똑같았
을 거 같은데요."

그러자 아저씨는 오히려 '이 바보 같은 놈' 이란 시선으로
날 보신다.

"야, 이놈아, 이미지를 안 지웠다면 저놈은 그 중급 마족을
죽인 게 나와 너인 줄 알 거 아니냐? 그건 막아야지. 저놈들이
랑 정면 대결을 피하려고 여기로 온 걸 잊은 거냐? 우리가 했
다는 걸 알면 저놈들은 이 산맥을 샅샅이 뒤져서라도 우리를
찾아내려 할 텐데 그걸 그냥 놔두리?"

"아!"

'에휴, 내 머리가 이제 좀 돌아가나 싶었는데 여전히 그대로 였나 보네. 쩝.'

드디어 그 마법사가 거처 안으로 완전히 들어가 모습을 감 췄다. 그래 나는 당연히 샘의 영상이 거처 안의 모습으로 바뀔 줄 알고 기다렸는데 안 바뀌는 거다.

"어라? 이거 왜 영상이 안 바뀌죠? 안을 비춰야 안에 뭔 일 이 있는지 알 수 있잖아요?"

의아함을 참지 못하고 묻자 아저씨가 쩝쩝 입맛을 다시셨 다.

"거처 안에도 이 마법을 설치하려고 했는데, 아무래도 들킬 거 같아서 못했다. 이런 마법이 있다는 걸 눈치 채면 안 들어 갈 거 아니냐?"

"그렇군요. 아쉽네요. 어떻게 되는 건지 보고 싶었는데요."

"그건 나도 마찬가지다."

그렇게 둘이서 아쉬움을 달래며 이제는 텅 빈 거처 앞 공터 만 바라보고 있는데, 갑자기 마법사가 들어간 내 거처에서 빛 이 번쩍하고 터져 나왔다.

"걸린 건가?"

"어? 된 겁니까?"

"기다려 봐라. 저놈이 나오면 실패한 거고, 안 나오면 성공 한 거다."

아저씨의 말에 들썩거리는 엉덩이를 다시 바닥에 붙이던 나 는 또다시 의문이 떠올랐다.

“근데요.”

“또 뭐?”

“아니… 저 마법사를 잡아서 뭐 하실 건데요?”

“뭐?”

아저씨가 의아하다는 듯 돌아보자 나는 좀 더 자세히 설명했다.

“아니… 잡는다는 건 생포한다는 거잖아요. 뭔가 목적이 있어야 생포하는 거 아닌가요? 인질로 쓴다든지, 아니면 고문을 한다든지 해서 정보를 캔…….”

거기까지 말하던 나는 문득 말을 멈추고 아저씨를 바라보았다. 아저씨의 얼굴에는 ‘알면서 뭘 물어?’ 하는 표정이 떠올라 있었던 거다.

“설마… 저 마법사에게서 정보를 캐내시게요?”

“당연한 거 아니냐? 싸움의 시작은 정보부터다. 적에 대해서 많이 알아내는 쪽이 이기는 거라고 할 수 있지.”

‘헤에~ 사람 사는 곳은 다 똑같다더니만… 여기에도 그런 말이 있네. 아니, 잠깐. 지금 내가 감탄하고 있을 때가 아니잖아?’

감탄 속에 빠지려던 난 얼른 정신을 차리고 다급히 아저씨를 향해 입을 열었다.

“아저씨, 저들에 대한 정보는 왜 캐려고요? 우리는 저들을 피하려고 여기 온 것 아니었습니까?”

“물론 그러려고 여기 왔지.”

"그럼 일부러 저들의 정보는 캐지 않아도 되잖습니까. 저들이 가고 좀 잠잠해지면 이곳을 떠나 좀 더 멀찍이 가서 새로운 거처를 잡든지 하는 게 좋지 않겠습니까?"

나도 저들이 누구인지 궁금하기는 하지만, 저들을 피하기로 했으면 확실히 관심을 끊고 다시는 안 마주치도록 멀찍이 물러나는 것이 더 낫다. 미련이 남으면 완전히 발을 빼지 못해 미적거리게 되고, 그러다 보면 어느새 저들의 일에 조금씩 조금씩 얽히게 되는 법이니 말이다.

그러나 아저씨는 내 말에 놀랍다는 듯이 날 바라보시는 거다.

"무슨 소리냐? 네 말을 듣자 하니 어째 우리가 녀석들을 피해 꼭꼭 숨어버리려고 하는 것 같구나."

"그러는 거 아니었습니까? 귀찮은 일은 피하자면서요?"

"그게 왜 도망가자는 말로 변하는 것이냐? 나는 적이 어떤 능력을 가지고 있는지도 모르는데 정면 대결을 고수하는 것은 바보 같다고 생각했을 뿐이다."

아저씨의 말에 나는 놀라 눈을 크게 떴다.

"그게 무슨 소리십니까? 설마… 저놈들을 상대하시려구요?"

내 말에 아저씨가 웃으신다.

"내가 바보냐? 우리 둘이 규모가 어느 정도 되는지도 모를 놈들을 상대하게?"

그 말에 나는 안심이 되어 마주 웃어 보였다.

"그렇죠? 역시."

하지만 곧바로 이어진 아저씨의 말에 얼굴이 굳어버렸다.

"저놈들에 대해 할 수 있는 한 최대로 파악하여 왕실과 마법 길드에 도움을 청할 거다."

"예에에에~? 아니, 아저씨이이~!"

"시끄럽다. 무리 안 할 거니 미리부터 겁먹고 징징거릴 거 없어. 그나저나 저놈이 안 나오는 거 보니 성공한 거 같은데 가봐야겠군."

그리 말씀하시며 엉덩이를 떼시는 아저씨를 따라 벌떡 일어난 나는 아저씨의 팔을 붙들었다.

"아저씨이이~!"

그때였다. 갑자기 주변이 환해질 정도로 강렬한 섬광이 샘의 영상으로부터 터져 나온 것이었다. 이 샘의 영상은 아저씨 말에 의하면 최대한 들키지 않으려고 가장 낮은 마력으로 유지하는 것이라 영상만 보일 뿐 음향까진 전달이 안 되었기에 망정이지, 아니었다면 엄청난 폭발 소리도 같이 들려왔을 거다.

하여간, 그 강렬한 빛에 깜짝 놀란 나와 아저씨가 황급히 엉덩이를 내리고 샘을 들여다보았다. 그러자 이게 웬일?

내 거처로 사용했던 굴은 자그마한 언덕에 생긴 곳이었다. 그런데 지금 내 거처로 사용했던 굴은 물론이거니와, 그 굴을 품고 있던(?) 언덕까지 몽땅 산산조각이 나 있는 것이었다.

"이럴 수가! 내가 얼마나 심혈을 기울여 만든 억압 마법진인데 그걸 깨다니… 그렇다면 그놈은 중급 마족보다 능력이 뛰어나단 소리?"

나는 단순히 내 거처였던 곳이 산산조각 난 것에 놀란 거였는데, 아저씨는 자신이 만든 함정이 깨졌다는 것에 충격을 받으신 모양이다.

"이거… 생각보다 더 위험한 조직 같구나."

아저씨는 무척이나 심각한 표정이셨지만 나는 속으로 안도의 한숨을 내쉬고 있었다.

'후우, 어쩌면 다행일지도. 엄청난 놈이라는 걸 깨달으셨을 테니 이제 저들의 조직 정보를 알아내느니 마느니 하지는 않으시겠지? 그나저나 여기에 꽤 오랫동안 숨어 있어야 할 거 같은데 식량이 충분하려나 모르겠네.'

이렇게 내가 앞으로의 일을 생각하느라 바쁜 그때, 내 생각을 뚫고 아저씨의 외침이 들려왔다.

"뭐야, 또 있었잖아?"

"예?"

내 물음에 아저씨는 대답하는 대신 손가락으로 샘을 가리켰다. 그걸 따라 고개를 돌려보니 완전히 풍비박산 난 공터에 아까는 보이지 않았던 두 개의 그림자가 보였다.

자세히 들여다보니 한 명은 아까 우리 거처로 들어갔다가 아저씨의 함정에 걸려든 그 마법사씨였는데, 큰 타격을 받았는지 조금의 피부라도 햇볕 아래 드러나지 않도록 꽁꽁 싸매고 있던 치렁치렁한 옷자락이 넝마가 되어 있었다.

하긴 뭐, 아까의 그 강렬한 빛을 생각해 보면 어마어마한 폭발이 있었던 것 같으니 살아 움직이는 것만 해도 대단하다 할 수 있을 거다.

그리고 덕분에 우리도 그 마법사 씨에 대해 조금 더 알 수 있게 돼 잘된 일일지도…….

"저 마법사 씨, 마족일까요?"

내 말에 곰곰이 생각에 잠겨 있던 아저씨가 여전히 심각한 표정으로 고개를 저어 보이신다.

"나도 처음에는 그런 게 아닐까 생각했다만… 지금은 다른 생각이 떠오르는구나."

"어떤 생각인데요?"

"난 직접 본 적은 없고 이야기만 들었을 뿐이니 확신은 못하겠다만… 예전에 아직 마족 소환이 금지되기 이전에 서클을 올리지 못해 절망에 빠진 마법사들이 비뚤어져 만들어낸 방법이 있다. 물론 이것도 지금은 금지된 방법이지만."

거기서 잠시 말을 멈춘 아저씨는 샘이 비쳐 주는, 그 마법사 씨의 찢어진 옷자락 사이로 드러난 진한 초록색의 피부를 바라보며 다시금 말을 이으셨다.

"마물을 소환해 자신의 몸에 이식하는 거지."

"헉스!"

아저씨의 잔뜩 가라앉은 어조 때문일까나? 듣는 것만으로도 엄청 안 좋은 것 같다.

"완전히 다른 생물체를 몸에 이식하는 것이니 쉬운 일은 아니지. 이식 과정이 엄청 고통스러운 데다 성공하는 것도 열 명 중 네 명이나 다섯 명 정도라고 하더구나.”

“우와!”

“물론 몸에 마물이 무사히 안착되면 한 써클 올라가는 것뿐만이 아니라 웬만한 기사들 못지않은 강하고 빠른 육체를 가지게 된다더군. 이식된 마물의 마나뿐만이 아니라 육체적 능력까지 고스란히 받을 수 있으니 말이다. 마물의 종류에 따라 한 써클이 아니라 많으면 두세 서클까지 더 올릴 수 있다고 하는데, 문제는… 그렇게 되면 인간의 모습을 더 이상 가질 수 없다는 거야. 점점 마물과 인간의 모습이 뒤섞인 괴물의 모습이 되어버리고 말지. 마치 저 마법사처럼 말이다.”

“아아!”

만약 저 마법사가 아저씨가 말한 그 마물을 몸에다 이식한 마법사라면 피부가 조금도 드러나지 않도록 꽁꽁 싸매고 있는 것도 이해가 간다.

“아저씨의 말씀을 듣고 보니 마족보다는 마물을 몸에 이식한 마법사가 더 맞는 것 같네요. 그런데 옆에 있는 존재는… 아무래도 멀쩡한 인간의 모습을 가지고 있는 걸 보니…….”

그랬다. 그 존재는 멀쩡하다 못해 뛰어난 외모를 가지고 있었다.

허리까지 곱슬거리며 내려오는 숱 많은 진한 보라색 머리카락에 붉은 기가 도는 보라색 눈동자, 반듯하고 높게 솟은 코, 적당히 두툼한 입술 덕에 뚜렷한 라인을 그리는 입술 선, 깎은 듯이 반듯한 턱. 거기에 건강하게 그을린 갈색 피부에 제법 훤칠한 키, 탄력적인 근육이 잡힌 늘씬한 몸매 등등!

아마 한국의 명동 거리를 지나가면 스카우트 제의가 들어와도 수십 번은 들어올 정도다. 그걸 보자니 아무래도 이 존재는 전에 우리 거처에 무단 침입했던 중급 마족보다 한 단계 위의 존재일 것 같다.

전의 중급 마족은 대충 사람의 모습을 가지고 있긴 했지만. 그 모습이 무척 어색해 사람이 아니라는 티를 팍팍 냈다. 정말 그런 모습을 하고 있는 사람이 있다면, 그 사람은 아마 외모 콤플렉스로 고생 많이 했을 거다.

깔끔한 셔츠에 검은색 조끼를 입고 단순한 면바지를 입은, 잠깐의 외출용 차림이다. 옆에 찬 검은 장식용인지 정말 검을 사용하는 존재인지 궁금하게 만든다.

내 말에 그 사람을 물끄러미 들여다보고 있던 아저씨는 어깨를 으쓱했다.

"모르겠다. 영상만 가지고는 마기를 가지고 있는지 아닌지 알 수가 없으니……. 하지만 여기까지 온 걸 보면 대단한 실력자인 데다 저자와 같은 편이라는 건 틀림없겠지. 그렇다는 건 세 가지 가정이 나오는군. 첫째는 정말 마족이다. 둘째는 뛰어난 실력을 지닌 인간이다. 셋째는 마족과의 계약으로 높은 실력을 지니게 된 인간이다."

"복잡하네요."

"아아, 더 복잡하게 하자면, 유사 인종과의 혼혈일지도 모른

다는 거지만… 그건 그냥 인간으로 통합하고… 만약 마족이라
면 전에 온 녀석보다 훨씬 뛰어난 실력을 가졌을 거다. 그러고
보니… 그놈, 정말 중급 마족이었을까?"

유사 인종이라니, 그건 또 뭘까나? 하기야 마법사도 있고 괴
물도 있는 세계에 내가 듣도 보도 못한 존재가 있다 해도 놀랄
일은 아니지만 말이다.

"누구요? 전에 왔던 그놈?"

"그래. 등에 한 쌍의 피막 날개를 가지고 있어서 중급 마족
으로 치부해 버렸는데… 어째 내가 들었던 거에 비해 약했던
것 같아서… 내 감이 중급 마족이라면 최소한 저 정도는 되어
야 한다고 외치고 있군."

아저씨의 말에 나는 속으로 피식 웃었다.

'식스 센스입니까?

"어쨌거나… 범상치 않은 인물임이 틀림없어. 젠장, 누군가
와 같이 왔을 줄이야. 진즉에 알았다면 각개격파 수법을 쓰는
건데……."

"보아하니 별로 사이가 좋은 것 같지는 않네요. 마법사 씨가
꽤나 많이 다친 것 같은데 본체만체하는데요?"

"그렇군. 이제라도 각개격파를 해볼까나? 이대로 저들이 돌
아가면 경각심만……."

어째 내 앞날이 불길해질 말씀을 내뱉던 아저씨는 말을 채
끝맺지도 못하고 헛바람을 들이키셨다.

"이런 젠장~!!"

아저씨와 내가 공터 가운데 서 있는 두 인영을 감상하고 있던 중 꽤나 다친 것으로 보였던 마법사 씨가 무슨 이유인지 갑자기 사방으로 불덩어리를 날려 버렸던 것이다. 그중 하나의 불덩어리가 운 없게도 샘에 영상을 비춰주게끔 하는 마법 장치, 즉 몰래 카메라가 있는 곳으로 날아왔다. 덕분에 샘의 영상은 붉은 불길이 와 닿는 것으로 끝나 버렸고, 샘도 보통의 샘으로 돌아와 버렸다.

그게 아저씨의 입에서 욕설이 튀어나오게끔 한 원인이었던 것이다.

"이제 어쩌죠?"

"일단 생각 좀 해보자. 뭐, 저들도 계속 그곳에 머물러 있지는 않을 테니 어차피 이 마법은 곧 소용없어졌겠지."

"하긴……."

"그럼 좀 있어봐라."

아무래도 혼자 생각에 골몰하고 싶으신 듯 아저씨는 슬며시 일어나 동굴 안쪽으로 들어가신다.

그런 아저씨의 뒷모습을 물끄러미 바라보고 있던 나는 문득 내가 아저씨에게 했어야 할 아주 중요한 말을 안 했음을 깨달았다.

"이런, 나 이제 날개를 집어넣을 수 있다는 말을 안 했잖아? 어후, 이제 와서 아저씨를 부를 수도 없고… 하는 수 없지. 나중에 말씀드려야겠다."

그런데 그 나중이 꽤나 고달플 거 같다는 느낌은 내 기우일까나?
　‘에휴우~ 단순히 무단 침입자를 처리한 것뿐인데… 왜 이리 일이 복잡해지는 거 같지?

『아사랴』 제1권 끝

적포용왕

김운영
新무협 판타지 소설

『신마대전』『흑사자』의 작가 김운영.
그가 낚아 올리는 무협의 절정!
낚시 신동 백룡아! 장강에서 천존과 맞짱 뜨다!

적포천존(赤布天尊)

고금제일강(古今第一强)
인칭타자연재해(人稱他自然災害)
40세 이후로 상대가 누구든 몇 명이돈,
한 번도 패하지 않고 모두 이긴 적포천존.
70세 중반에 반로환동하여 무림인들을
절망에 빠뜨린 그가 말년에
제자를 만들어 말년에 호강할 계획을 세운다?!

천하에 두려울 것이 없는 '자연재해' 와
그의 제자들이 무림에 나타났다!

문피아 최단기간 골든 베스트 1위!!
선호작 1위!! 평균 조회수 3만의
『화산검종』!!!

『무당괴협전』, 『태극검해』, 『만검조종』……
연이은 대작들의 감동을 넘어설 또 하나의 도전!!

**작가 한성수가 야심차게 준비한
구대문파 시리즈의 출사표!!**

그날 나는 죽었고 모든 것은 변하기 시작했다!

오 년 전의 싸움으로 내공이 전폐되고 목숨보다 소중했던
자하신공과 자하구벽검을 잃었다.
저주처럼 심장에 틀어박힌 구마련주의 마정을 품은 채
화산에 드리운 그늘을 벗기 위해 산을 내려온 운검.

하지만 그것은 끝이 아니라 또 다른 시작이었다!!

섀델
크로이츠

화사무쌍 편 전 2권
이경영 판타지 장편 소설

『가즈나이트』의 명성과 신화를 넘어설
이경영의 판타지의 새로운 상상력!

자신만의 독특한 세계관을 창조한 작가
이경영의 새로운 도전과 신선한 충격.

바란투로스의 특수부대 섀델 크로이츠의 리더 파렌 콘스탄.
야만족을 돕는 안개술사를 물리치기 위해 아시엔 대륙에서 온
불을 뿜는 요괴 소녀 카샤.
너무나 다른 두 사람이 운명의 길에서 만나다.
친구란 이름으로 시작된 모험, 그 앞에 놓인 난관과 운명의 끈은
어떻게 될 것인지……

"질투가 날 만도 하지.
요괴가 산신령을 엄마로 두는 건 흔한 일이 아니거든.
괜찮다, 파렌. 본좌가 아는 요괴들 전부 본좌를 질투하고 부러워하니까."
소녀는 손에 잔뜩 받은 빗물을 훌짝 마셨다.
파렌은 그 순수함에 웃음을 흘렸다.
그는 지금까지 자신이 봤던 그녀의 기이한 행동들을 어렴풋이나마 이해할 수 있을 것 같았다.
그렇게 친구가 된 둘은 그 길로 긴 여행을 떠나게 된다.

-본문 중에-

세상을 보는 또 하나의 창- inthebook.net
유행이 아닌 자유추구 - chungeoram.net

Book Publishing CHUNGEORAM

학교에서는 가르쳐주지 않는
10대들을 위한 **인생수업**

작가 : 이빙 | 역자 : 김락준

10대들을 위한 나침반 같은 인생 교과서!
사회 초입에 들어서게 될 청소년들에게 들려주는
100가지 인생 이야기

내 인생의 방향잡기!
여행길에 오르기 전에 접해보자!

100가지 이야기, 100가지 명언

사람은 태어나면서부터 각기 다른 모습으로, 각기 다른 사고로 "인생" 이라는
여행길에 오르게 된다. 내가 지금 서 있는 이 위치에서 그리고 사회라는 공간에서
한 사람의 몫을 당당하게 해낼 수 있는 역량을 키워나가기 위해서는 어떠한 생각을
가지고 있어야 하는 걸까.

늦지 않게 준비하자! 스스로의 마음가짐이 자신의 미래를 결정한다!

설레는 마음으로 떠난 길일지라도 기존에 생각하고 있던 것과는 다르게 흘러가는
사회의 모습에 당혹스럽기도 할 것이다.
그러한 곳에 발을 들여놓기 위해 첫 발걸음을 막 뗀 청소년이라면 학교에서는
미처 배우지 못한 상황에 더욱이 큰 혼란스러움을 느낄 수밖에 없다.
시간이 흐를수록 사회가 한 인간에게 요구하는 것은 다양하고 세밀해지고 있다.
그러한 사회 속에서 자신만이 앞으로 나아가지 못해 제자리걸음을 하게 된다면 어떠할까.
미리 대비를 하지 않는다면 당신 역시 그러한 현상에 빠지는 또 한 명의 사람이 되고 말 것이다.

책장을 넘기는 순간, 책과 당신의 공감대가 형성된다!

적응을 위해 도움이 될 만한
인생의 지혜와 경험, 깨달음이 한가득 담겨있다.
그 속에 담긴 100가지 이야기 그리고 그와 관련된 100가지의 명언은
가슴 깊이 새겨 놓고 되뇌여 보기에 충분하다.

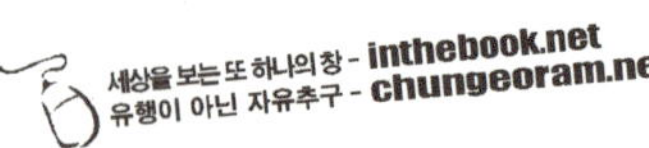

Book Publishing CHUNGEORAM

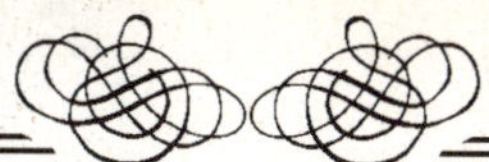

Rhapsody Of Cardinal

카디날 랩소디

송현우 판타지 장편 소설

놀라운 경험(the enormous experience)!

He created a completely new world,
It is a place who have never known and where never been able to imagine,
This splendid world will introduce the enormous experience for the
person only who reads,

그 누구에게도 알려진 것이 없으며 상상조차 할 수 없었던 새로운 세계를
작가는 완벽하게 창조해내었다.
이 멋진 세계는 독자들만이 체험할 수 있는 놀라운 경험으로 인도할 것이다.

판타지는 허구다? 아니다. 판타지는 일상이다.
우리의 삶은 연속된 판타지의 연장선상에 놓여 있고,
상상은 우리의 일상을 더욱 살찌운다.
『카디날 랩소디(Rhapsody of Cardinal)』를 경험하는 독자들은
더욱 풍부한 일상 속에서 새로운 삶을 경험할 것이다.
멋진 만남! 흥미로운 경험! 이것이 『카디날 랩소디』가 가진 장점이며,
작가 송현우가 독자들에게 바라는 꿈이다.

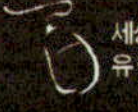
세상을 보는 또 하나의 창 - inthebook.net
유행이 아닌 자유추구 - chungeoram.net

Book Publishing CHUNGEORAM